中公文庫

新装版

ジウ Ⅱ

警視庁特殊急襲部隊

誉田哲也

JN030164

中央公論新社

目次

プロローグ Ⅰ 7
プロローグ Ⅱ 15
第一章 25
第二章 103
第三章 183
第四章 247
第五章 323
第六章 393
エピローグ 427
新装版解説 宇田川拓也 430

ジウⅡ

警視庁特殊急襲部隊（SAT）

プロローグ　Ⅰ

黒いワゴン車に、引きずり込まれた。

全部で五人だ、って思ったのは覚えてる。私を羽交い絞めにしている男と、足を押さえている男。あとから乗り込んできた男と、最後にドアを閉めた男。それと運転手。計五人。

ドアを閉めたのは、金髪の、けっこう綺麗な顔をした人だった。さっと辺りを見回してから、後部座席にいる私を見た。目が合った。あっ、て思ったんだけど、すぐにビビッて音がして、目の前が暗くなった。ガムテープの目隠しだった。

車はすぐに走り出した。

両手は後ろで、足は足首で括られた。口も塞がれた。全部ガムテープだった。車の中では、みんな中国語みたいな言葉で喋っていた。少なくとも、後部座席で私を抱えていた二人はそうだった。英語だったら分かるのにな、とちょっと思った。

ふいに前の方で「鍵、誰が持ってんだ」って日本語が聞こえた。

「……知らねえよ」

「じゃ訊いてくれよ」

「誰に」

「ジウに」

「んなこたァテメェで訊けよ」

声の距離感から、運転手と、その後ろに乗ってる人の会話なんだなって思った。最初にいったのが運転手で、テメェで訊けよ、っていったのがその後ろの人。

「ったくよ……なあジウ。鍵、預かっとくよ。鍵、カーギ……キーだよ、キー」

隣の人にいってるみたいだった。少なくとも、私を抱えてる二人にじゃない。ってことは、ジウっていうのが、あの最後に乗り込んだ金髪の人の名前なのか。でもさっき、真ん中の席からも中国語が聞こえた。するとあの金髪も、中国人ってことなのか。

チャリチャリって音がした。

「……お前、喋るな」

棒読みっぽい言い方。位置から、それがジウの声なんだって思った。ちょっと鼻にかかった、甘い感じの声だった。

鍵は、私の上半身を押さえてる人が受け取ったみたいだった。私は、その人に膝枕するみたいにして寝かされていて、耳の上でチャリチャリ鳴ってたから、たぶん間違いない。

ホニャララ、ホニャララ、ってその人が喋って、私の足を押さえてる人と、二人が笑った。ジウは笑わなかった。鍵をくれっていった人が、ケッて感じで息を吐いたけど、でもジウにいわれた通り、そのあとは喋らなかった。

道が混んでるのか、走りはノロノロっぽかった。

どれくらいしてからだろうか。車はいったん停まって、ガコーッてスライドドアが開いた。街の騒音と、「ドン・キホーテ」のテーマが聞こえてきた。

また、ホニャララって中国語が聞こえて、たぶんそれはジウで、私の足を持ってる人がなんか答えて、シートがこすれる音がして、すぐにドアは閉まった。

ジウの気配が消えた。彼一人が、そこで降りたみたいだった。

また車は走り出した。そしたら急に、私の肩を押さえてた手が、胸の辺りに下りてきた。

最初は、たまたま当たっただけ、って感じだった。でもそのうち、はっきりと、指先に力が入るようになった。右にも左にも、掌がかぶさって、それからはずっと揉まれてた。頭の後ろがあったかく、硬くなって、それがなんだか分かったから離れようとしたんだけど、でもダメで、逆にぐいぐい押しつけられた。

そしたら足の方の人も、それに気づいたみたいで、中国語でなんかいって、スカートの中に手を入れてきた。初めはお尻を撫でてただけだったけど、そのうち、足の間に指が入ってきた。

なんだ、結局そういうことなんだ、って思った。

大学生の従兄とか、塾の先生とか、学校の図工の先生とかと同じ。つまりこの人たちも、私にエッチなことをしたいから、こんなことをしてるんだ。私をさらって、どっかに連れていくんだ――。

ブラウスのボタンがはずされ、手がぐいっと入ってきた。直接ブラの中に指がすべり込む。感じやすいところを弄られて、私がぴくってすると、そいつはそこを、もっとしつこく弄った。

下の方も、もうパンツをずり下げられて、中に指が入ってきてた。ぬるってしたのが、自分でも嫌だった。

「んっ、んっ……」

思わず私が声を漏らしたら、ざばって音がして、真ん中の席の人が振り返った気配がした。

「おい、なにやってんだよオメェら」

その人は、よせよって、二人の手をどけてくれた。

お陰で、それからは弄られなくなった。でも、ずらされたパンツはそのままだった。

もう少し走ってから車は停まった。けっこう周りはうるさくて、賑やかな感じだったけど、なんかの中に入ったら、すぐに静かになった。

中国人二人がまたなんかいって、抱え上げていた私を、急に地面に下ろして、足のガムテープを剝がした。自分で歩けってことみたいだった。

たぶん歩かされたのは、わりとせまい、廊下みたいなところだったんだと思う。カーペットが敷いてあるのか、足音は、ササ、ササ、って感じだった。

止まって、鉄の扉みたいなのが開く音がして、そこをくぐらされた。

「階段、気をつけろよ」

いわれた瞬間に、カクンって右足が落ちて、よろけて、誰かが支えてくれたけど、でもそれで、逆に肩の関節がグキッてなって、痛くて、怖くなって、もうそれ以上は下りられなくなった。そしたら中国人が、ホニャララってまたいって、ベリベリッて目隠しのガムテープを取った。髪が切れたり抜けたりして痛かったけど、見えるようになったから、それは逆に少し安心できた。

「あッ、なに取ってんだよ」

振り返って怒鳴った日本人は、あの真ん中の席に座ってた、二人によせっていってくれた人だった。声で分かった。髪は短くて、肌がでこぼこで、がっちりした、ヤクザみたいな雰囲気の人だった。その前にいる人は、ひょろっとしてて、もうちょっとストリート系の恰好をしてた。後ろの中国人二人がなんか口答えしてたけど、全然通じた感じはなかった。

下の行き止まりまで下りて、また右に鉄の扉があって、私の後ろにいた中国人がヤクザふうの日本人に鍵を渡して、扉を開けさせた。外にスイッチがあって、それで中の電球が一個点いた。けっこう広い部屋なのに、明かりはそれだけだった。

五人で中に入った。床も壁も天井も、全部コンクリート剝き出しで、他にはなんにもない部屋だった。

いきなり、私は後ろから突き飛ばされた。つんのめって、電球の真下辺りに倒れた。手は後ろに縛られたままだったから、まくれたスカートも直せなかった。コンクリートの床が冷たかった。

「おい」

ヤクザみたいな人は怒ったけど、中国人たちはヘラヘラ笑ってるだけで、なんにも答えなかった。見ると、彼らは背も大して高くなくて、痩せ型で、髪はちょっと長めで、二人ともよく似た感じだった。一人は濃い色のシャツにグレーのパンツ。もう一人は小豆色の半袖と白い長袖のTシャツを重ね着してて、下はジーパンだった。顔は、どうってことない。二人とも目がちっちゃくて、唇が厚かった。

濃いシャツの中国人がズボンを下ろして、私に覆いかぶさってきた。日本人はやめさせようとしてくれたけど、もう一人の中国人が「邪魔すんなよ」みたいに、逆に二人を押し退けた。

でも私は、もうそんなに怖くはなかった。

別に初めてじゃなかったし、されること自体は、従兄のお兄ちゃんが相手でも、塾の先生でも図工の先生でも、みんなおんなじだから、妊娠しなけりゃいいや、くらいにしか思ってなかった。ただ、手を後ろで縛られてるから、変な横向きみたいな感じで入れられた。そのせいか、すごく深く入ってきた。

すぐ、中でビクビクッてして、そいつは終わった。今度はTシャツ中国人の番になった。そいつは手のテープをいったん剥がして、頭の上でもう一回巻き直した。私はバンザイをするみたいになって、正常位で入れられた。その、二人目がウンウンやってるとき、開けっ放しになっていたドア口に、人影が現われた。

金髪の中国人、ジウ――。

彼は、真っ直ぐ私たちの方にきた。別の男に姦(や)られてるところを彼に見られるのは、なんかちょっと嫌だったけど、彼はいきなり、そのTシャツ中国人の髪を鷲(わし)づかみにして、ぶるんッて何かを振り回して、実はそれは大きなナイフなんだけど、喉元に一本線を入れた。その瞬間、なぜか私の心は、シュワッと弾(はじ)けた。

「んぐ……」

まるで、時代劇のチャンバラシーンで、米俵をバサッて切った瞬間みたいだった。

黒く、笹の葉みたいな形に傷ができて、そのままの形で、ドバーッて、滝のように血が流れ落ちてきた。私のお腹に、バケツ一杯分くらいの血がいっぺんにぶちまけられた。すごく、あったかかった。

ジウが引き倒したんで、そいつはそのまま後ろに倒れた。その反動で、男のモノもつるんって抜けた。

そしたら、濃いシャツの中国人が、すごいキレて怒鳴り始めた。水揚げされた魚みたいにビクビクしてる仲間を指差して、たぶん、なんで殺したんだっていってたんだと思うけど、ジウの胸座をつかんで、ぐいぐい締め上げた。でもすぐ、そのシャツの背中が小さく尖って、そいつも、ガクンッて膝から崩れ落ちた。

ジウはナイフの柄を両手で握って、ひざまずいたそいつのおでこを、靴底で蹴った。またすごい血が噴き出たけど、ジウは綺麗にそれを避けていた。私と違って、返り血なんて、一滴も浴びてなかった。

急に、汚れてる自分が、恥ずかしくなった。

プロローグ Ⅱ

温度も、湿度も、完璧に調整された部屋。

基子が生まれてから、この二十五年の間に出入りした場所で、最も無菌状態に近いであろう空間。

警視庁本部庁舎十六階、警備部長室。

この部屋の主である太田信之警視監は、皇居を見下ろせる窓を背にし、執務机に座っていた。薄笑いを浮かべ、口元に組んでいた手をほどく。

「……意外に、早かったですね。伊崎巡査」

しなやかな手つきで手前の応接セットを勧める。基子が黙ったまま立っていると、困ったように首を傾げ、彼は立ち上がった。

「そんなに怖い顔をなさらなくてもよろしいでしょう。あなたがお怒りになるのはもっともだが……私だって、釈明の機会くらいは与えてもらいたい。何せまだ、私はあなたの上司なのですからね」

巡査の上は巡査部長、さらにその上には警部補、警部、警視、警視正、警視長と続き、そのあとにようやく、太田の階級である警視監がくる。一般企業でいうならば、アルバイトと代表取締役社長くらいの格差が、基子と彼の間には存在する。

「……まだ、ってことは、どのみちあたしは、どっかに放逐されるってわけですか」

手にしていた写真週刊誌をテーブルに投げる。ずっと問題のページを開いたまま丸めていたため、それはそのままの形で太田の膝元まで滑っていった。

【彼女の名は伊崎基子(25)。高校時代、レスリングと柔道の両方で全国大会出場の経歴を持つ彼女は、今年になって警視庁対テロ特殊部隊〝SAT〟に鳴り物入りで入隊。初の女性隊員としてその活躍が期待されていた。

そんな折に発生したのが、先日の女児人質立てこもり事件である。多くの男性隊員が銃弾の飛び交う現場に尻込みする中、彼女はなんと、たった一人で五人の犯人を撃ち倒し、見事人質を救出してみせたというのだ。】

SATは、所属隊員のあらゆる情報を秘匿することで知られた特殊部隊だ。それなのに基子は、あろうことかご丁寧にも写真入りの実名で報道されてしまった。このまま隊にいられるはずがない、そう考えるのが普通だ。

だが意外にも、太田はかぶりを振ってみせた。

「いえ。隊に留まるか否かは、あなた次第ですよ、伊崎巡査。SATが隊員の氏名等を公表しないのは、世間がそれを逆手にとって被疑者の人権云々をいい出し、警官個人に対してその責任を問うようなことになったら面倒だからです。世論が味方をしてくれるのなら、別に顔と名前が知れるくらいは、大した問題ではないと思いますよ」

「じゃあ、異動は」

「少なくとも、私は考えていませんでした」

「だったら、さっきの〝まだ〟ってのは、どういう意味ですか」

「あれは単なる、言葉のあやです」

お座りくださいと、太田は重ねてソファを勧めた。仕方なく従うと、彼は向かいの、基子の正面を少しはずした位置に腰を下ろした。

太田は週刊誌には目もくれず、じっとこっちを見つめている。目を逸らすのは癪なので、基子も負けじと睨み返した。

基子が人間を評価する基準は、まず「強いか弱いか」だ。その評価項目に、経済力や権力は含まれない。あらゆる意味での戦闘能力。それが基子の価値基準だ。身体能力、判断力、武器が手近にあるならその操作能力――。

そういった意味でいえば、この太田という男の評価はかなり低いものになる。ソファに座っている姿勢からしてなっていない。踏ん張りの利かない足の置き方、すぐに反撃に転ずるのは不可能な姿勢。基子に今ここで殺されるかもしれない。そういうことはまったく考えていない腕の組み方。

しかし、それにしては妙な迫力が、この男にはある。ジャッカル似の顔に相応しい、妙に冷たい目つきが印象的だ。

人を殺せるか、殺せないか。その基準でいけば、この男は殺せない部類に入るだろう。だが、誰かに殺せと命ずることは躊躇わない。そういう顔をしている。そして自分は、この男に誰かを殺せと命じられたら、おそらく報酬の多寡にかかわらず、その誰かを殺しにいくだろう。そう。それが今の、二人の関係のすべてを表していると、基子は思うのだ。

秘書が開いたままになっていた戸口から入ってきた。アイスコーヒーのグラスを二つ置き、今どきならロボットにでもできそうなマニュアル通りのお辞儀をして去っていく。戸口で振り返り、太田と交わした視線には「閉めましょうか」「いや、そのままでいい」という意味があったように思う。彼女は一礼し、隣の秘書室に姿を消した。

「……奇異に、思われたでしょうな。なぜこのような記事が、大衆誌に載ってしまったのか」

太田はストローを挿し、ミルクの類は入れずにひと口吸った。基子はグラスをつかみ、そのまま口をつけた。

応えずにいると、太田はストローで、氷をカランと鳴らした。

「……私の釈明を、聞いていただけますか」

基子は小さく溜め息をついた。

「聞けといわれれば、聞きますよ。部下ですから」

「よかった」

太田はいったん背筋を伸ばし、それから身を乗り出した。

「実は、雨宮巡査の殉職について、ある方面から問い合わせがありましてね」

ちくりと、針で刺すような刺激を首筋に覚える。

「……ご存じの通り、一九九六年の正式発足以来、警視庁ＳＡＴは表立った活動をしていませんでした。手掛けた事件はなく、その訓練内容や実力は謎に包まれていた。そこにきての、先日の女児人質立てこもり事件です。初出動で、殉職者一名。全隊員の六十分の一、制圧部隊の人数を分母にしたら十二分の一。パーセンテージにすると八・三。何せ出動が一回こっきりですからね、どう弄っても減らしようがない、異常なまでに高い死亡率です」

そんな確率に一体なんの意味がある、と思ったが口ははさまなかった。

「……あの歴史的大事件、浅間山荘事件での殉職者が二名。しかしあれは、それまで警察庁長官が発砲を許可しなかったから出た犠牲であると、一般には認識されている。まあ、今回とは相手も違いますしね。単純に比較することはできない。武装したテログループとはいえ、あれの実態はアカの学生だった。だが今回は、第一空挺団に所属した経験もある元自衛官です。冷静に一戦闘員として比べてみると、非常に分が悪い。

ですが、そんなことで世間は評価を甘くしてはくれない。雨宮巡査の殉職が、どんなに小さくであれ報道されてしまったら、毛ほどのヒビからダムが決壊するように、多くの機関がSATについて書き立て始めるでしょう。訓練内容に問題はなかったのか。作戦はどうだったのか。武器はどうだった。防弾装備はどうなっていた。専門家は憶測で、しかも見てきたようにSATについて語るでしょう。それもおそらく、その実力に対して、極めて懐疑的な切り口でね。

そうなってしまったら、もうそれが正しいかどうかの問題ではなくなってしまいます。SATはこういう組織である、陣容である、装備である、作戦を持っている……間違っていようとどうだろうと、その通り世間に認識されてしまう」

基子にも、話の先が徐々に読めてきた。

「世間の、SATに対する共通認識ができあがってしまったら、犯罪者は、今度はその上をいく準備をして犯行に挑むようになるでしょう。それが実際にSATの実力を上回っているかどうかは、この際問題ではありません。むしろSATはこうだ、だからこれで上手くいく、そう思い込ませてしまうところに、これらの報道の問題点はあるのです。要するに、ゴーサインの基準ができてしまう。謎なら引きようのない線が、その報道によって引けてしまうわけです。

……私には、それを未然に防ぐ責務がありました。ですので、あなた個人には大変申し訳ないことではありましたが、あなたの情報を、私は売りました。雨宮巡査の殉職について一切触れないことを条件に、伊崎巡査の活躍について、あるいはそのプロフィールについて、書くことを認めました。問い合わせがたった一件だったというのも、こちら側には幸いしました」

「誰にですか」

「は？」

太田が眉をひそめる。

「誰に売ったんですか。雑誌社にですか。記者にですか」

「あなたがそんなことを聞いて、どうするんです」

「それは、聞いてから考えます」

「ではお答えできません」

疑問はまだある。

「じゃあ、写真はどうしたんですか。部長が提供したんですか」

掲載されていたのは二十歳頃、第一機動隊入隊前の顔写真と、元花沢旅館ホテル敷地内に佇(たたず)んでいるときの全身写真、その二枚だ。

太田は、これにもかぶりを振った。

「勝手に調達したんでしょうな。名前と所属さえ分かってしまえば、あとはつてを頼って、写真の二枚や三枚はなんとしてでも入手するでしょう。あの手の輩には、決して難しいことではないはずですよ」

あの手の輩、というひと言から、基子はなんとなく、フリーライターをイメージした。

ふいに沈黙が、二人の間に舞い下りた。

いったん黙ってしまうと、他には誰もいない警備部長室は耳鳴りがするほど静かになった。ときおり、秘書が叩くキーボードの音が聞こえる。かつて所属した六階の、刑事部フロアにはあり得ない静寂が、ここにはある。

それにしても——。

雨宮の殉職と、自分の個人データ。まったく関係ないはずの事柄が、報道というハカリの上では、ちょうど同じ重さに釣り合うというのか。ではそれは、警察組織というハカリの上では、どうなのか。

基子はアイスコーヒーを最後まで飲み、わざと一つ、咳払いをしてみせた。

「……では部長は、今回の雨宮巡査の殉職を、どのように評価されますか」

太田は訝るような目を向けた。

「それは、どういう意味ですか」

「そのままです。太田部長は、彼の殉職を、どう思われるのですか、ということです」

彼ほどの地位にもなると、ある事象に対して個人レベルの見解を述べるのは非常に難しいこと、なのかもしれない。一警察官僚として、警視庁警備部長という国家警備のリーダーとして、あるいは未来の警視総監、警察庁長官――その顔は、実に多くの側面を持っている。

「……むろん、立派だったと、思いますよ」

「犬死にとは、思いませんでしたか」

太田は、馬鹿馬鹿しいとでもいいたげに鼻で笑った。

「思いませんよ、そんなことは。彼はサブマシンガンを奪われ、防弾装備を剝がされ、その上で人質の命を守るために、自ら身を投げ出したわけでしょう。……警察官だからといって、なかなかできることではありませんよ。しかも人質女児は、かすり傷一つなかったと聞いています。まあ、部下が生きて帰ってくれるに越したことはありませんが、人質の命は守ったわけですからね。最大級の賛辞を贈るべきでしょう」

「二階級特進、ですか」

「ええ。そういう方向で、検討されているはずです。むろん、公表はされませんがね」

通常、警官は殉職すると二つ階級が上がることになっている。つまり雨宮は、巡査から二つ上がって、最終階級は「警部補」と記録されことになる。遺族に対する補償なども、これによってずいぶんと変わってくるはずだ。

まあ、そこまでは当然だと、基子も思う。

「……じゃあ、私については、どうですか」

「は？」

「この週刊誌は、ずいぶん私の働きについて評価してくれているようですが、部長は、いかがですか」

また眉をひそめ、太田は怪訝(けげん)な表情をしてみせた。

「それは、むろん……私も、評価していますが」

「ですよね。実質的に五人のホシを捕ったのは、このあたしなんですから」

「そう……伊崎巡査の功労も、高く評価されてしかるべきだと、思っていますよ。実際に、警視総監賞を始めとする複数の賞が、贈られることになるとは思いますが」

それが聞ければ充分だ。

「だったら、あたしの階級も上げてください」

「は？」

太田は、本気で驚いたようだった。

「あたしも、特進させてください」

秘書も聞き耳を立てているのだろうか。直後の沈黙には、キーを叩く音も混じってはこなかった。

第一章

1

暗青色、あるいは暗蒼色。

そんな言葉があるのなら、それがおそらく、あの海の色を示すのに、最も相応（ふさわ）しい表現になるだろうと思う。だが辞書に、「暗赤色」という言葉はあっても、青について同様の語句はない。流れ出て、酸化しかけた血の色。そんな赤と、対を成すような青。あの海は、まさにそんな色をしていた。

紺碧（こんぺき）という言葉は、かなりの年になるまで知らなかった。知っていても、そもそもピンとはこなかっただろう。ただ暗い、青。そういう方が、ぴったりくるように思う。

むろん、清々（すがすが）しく晴れ渡った日もあった。夏はそれなりに暑かったし、海水浴場ではなかったにせよ、泳いで遊ぶ者もいたはずだ。なのに、そんな華やいだ光景は、私の脳裏には一切浮かんでこない。思い出すのは、冬。寒さの厳しい、冬の朝のことばかりだ。

自分が本当にあそこで生まれた人間なのかどうか。実をいうと、私にはよく分からない。もっと別の場所で生まれて、何かの事情で引き取られてきたのかもしれないし、もしかしたら、誘拐されてきた可能性だってないわけではなかった。でもとにかく、気づいたときにはあそこにいた。私は、物心ついたときには、すでにあの集落の住人だったのだ。

新潟県糸魚川市。当時がまだ合併前だったのだとしたら、浦本村と呼んだ方が正しいのかもしれない。漁港から離れた小さな村の、さらにそのはずれの掘っ建て小屋に、私たちは住んでいた。

宮路という男が、その集落の長だった。いま考えれば四十代半ばだったようにも思えるが、当時は大人の年齢など想像もできなかった。何せ私は、自分が何歳なのかもよく知らない子供だったのだから。

集落に小屋は三つ。大人は七人。宮路とその女房。宮路の弟分が三人と、その女が二人。女が一人足りないのが、常に諍いの種になっていたように思い起こされる。だからといって、弟分たちが宮路の女房に手を出すようなことはなかった。当たり前だろう、と思われるかもしれないが、それが当たり前でない世界も、この世にはある。まあ、その辺は追々、分かってくるだろう。

子供は五人。私よりだいぶ年嵩の男の子が二人。二つか三つ上の女の子が一人。それに私と、私より小さな女の子が一人いた。確かなのは、私より年上の女の子が、宮路の娘だということだけだ。その他は、誰が誰の子供で、なんという名前で何歳なのかも分からない。しかし、当時は私自身、世の中とはそういうものだと思い込んでいたから、特に問題はなかった。

別に一人一人に名前がなくたっていいし、年なんて分からなくたっていい。今こうやって、だいぶ年嵩だとか、二つか三つ上とかいっているのも、実は体格や力関係、のちに得た知識からそういっているだけであって、根拠といえるようなものは何一つない。

大人たちは、漁村の近くに住んでいながら、実は船も網も持っていなかった。つまり、漁師ではなかったのだ。村の男たちはみな夜明け前に海に出て、アジやサケ、マス、イカなどを獲ってくるというのに、彼らは日がな一日、女どもと交わり続け、酒を飲み、辺りにあるものをしゃぶるように食べるだけだった。

そんな中で、もう宮路の娘は、いっぱしの女になっていた。

弟分たちにも股を開いたし、父親であるはずの宮路にも抱かれていた。土間に藁を敷いただけの床に寝そべり、恥毛もまだ生えそろわぬ陰部を男たちにしゃぶらせては、薄い胸の真ん中にある乳首をぴんと立たせていた。だが、それが当たり前だと思っていた。彼女も、私も、他の子供たちも。

大人たちが出かけると、年嵩の男の子二人が彼女と交わった。というよりは、彼女が率先して、どうするといいだとか、こうすると濡れるだとか、手取り足取り教えていた。

「嚙んだらあかんよ。舌の先で、転がすようにせんと」

彼らは従順だった。大人しく順番を待ち、代わり番こに彼女の足の間にひざまずいた。

「こっち、かぶさって……ちょっと、ちゃんと自分の手で支えてぇな。うちが潰れてしまうわ」

乾いてしまったらしまったで、舐めて濡らさなければならない。なかなか厄介だな。などと思っているうちに、私にも順番が回ってきた。別に私は、そういうつもりで見ていたわけでもないのだが、まあ、拒む理由もなかった。

「……ちゃあんと、勃ってるやないの」

彼女は私の、まだ剝けてもいないそれを、自分の中に導き入れた。自分で動けと指示され、その通りにしていると、やがて痺れるような感覚が、私の先っぽにじんわりと広がった。

「出たぁ？……ああ、出てるね。出てるわちゃんと」

彼女は笑った。いま思い出しても、あの笑顔は美しかったなと、心底思う。

大人たちは、どこからか白い物を仕入れてきては、それを漁師たちに売って生活の糧を得ていた。そのものの名前はあとになって知った。ヒロポン。今でいう覚醒剤だ。そういえば、宮路の娘には名前があった。ヒロコ。ヒロポンのヒロコ。自分でよく、そう説明していた。

だから、食うのには困らなかった。野菜や魚の干物、生米は、探せば必ず小屋のどこかにあった。ただ、誰も調理をしようとはしなかった。宮路の女房は、たまにすいとんみたいなものを囲炉裏(いろり)で作っていたが、基本的に私たちは、野菜や干物をかじることで腹を満たしていた。生米はさすがに湯に入れて柔らかくしたが、硬いまま食べることもないわけではなかった。

その代わりといってはなんだが、衣類はひどいものだった。夏はパンツとランニングシャツ。男も女も関係なし。まあ、そこまではいいだろう。どうせ一日の大半は裸で交わっているだけだから、却って邪魔なくらいだ。だが寒くなってもそのまま、というのはかなり堪(こた)えた。むろん、そういうものだとは思っていたが、単純に寒いのはつらかった。

だから冬場は、布団だかなんだかよく分からなくなった布の固まりを体に巻きつけ、一日中ごろごろ転がっているか、隣の女と布を開き合っては、中で交わっていた。私は、大人の女にはまだ相手にしてもらえなかったので、ヒロコとやるしかなかった。一度覚えると、一日に何度でもやりたくなった。特にヒロコは白い綺麗な体をしていて、あそこもくちゃくちゃとよく濡れたから、とても気持ちがよかった。

でも、宮路に見つかるとさすがに怒られた。弟分がやるのはかまわないが、年嵩の二人や私には、まだヒロコとやる資格はないということらしかった。ちなみに大人の男たちは、ちゃんとした服を着ていた。暖かそうな上着も持っていた。

「なにしとんじゃコラ、このクソガキがッ」

途中だろうとなんだろうと、私たちを殴って放り出し、宮路はヒロコの上に覆いかぶさった。ズボンとパンツを膝まで下ろし、怒張した肉棒をヒロコに突き入れる。激しい交わりだった。ときにはヒロコが上になり、放り投げられるのではないかというほど激しく下から揺すられた。ようやく膨らみ始めた乳房も上下に跳ね、潰れてなくなってしまうのではないかと本気で心配した。

「んどォォォ……」

イクとき、宮路は物凄い声を出した。驚いたことに、そういうときはあのヒロコも、凄い声を出すのだった。弟分や、年嵩の二人とのときは出さない声を、宮路とのときは、出す。

獣、というよりは、山ノ神が泣いているような声だった。目の前を海に塞がれて、閉じ込められて、憎しみのあまり上げる声のように、私には聞こえた。

ただ食って、寝て、宮路の目を盗んでヒロコと交わるだけの私たちに、一体どんな存在価値があったのか。正直なところ、ほとんどなかったといわざるを得ないのだが、まあそれでも、雑用くらいはこなしていた。具体的にいうと、覚醒剤の結晶を細かく砕き、別の白い粉と混ぜてから、紙に包む作業を担当していた。

宮路を始めとする大人たちは、程度の差こそあれみな覚醒剤中毒にかかっていたから、小分けの包みを作る作業があまり得意ではなかった。下手(へた)をすると土間に結晶をばら撒(ま)いてしまい、それが弟分の誰かだったりすると、宮路は激怒し、そいつにとんでもなく厳しい体罰を加えた。

殴る蹴るは当たり前。雪の降る日はわざと小屋の外に放り出し、「寒いやろォ、これで堪忍なァ」と、背中に火箸(ひばし)を押しつけたりもした。あまりにもそいつが同じ失敗を繰り返すので、いつからか折檻(せっかん)に刃物まで使うようになり、終(しま)いには木に括(くく)りつけて腹を刺し、そこに拾った枝を挿して飾ったりしていた。

ある朝、彼は冷たくなっていた。

死体の処理は子供たちの仕事になった。

柄の折れたスコップで小屋の裏手に穴を掘り、もういいだろうと入れてみたけれど、最初はなかなか、手足がつかえて上手く入らなかった。死後硬直が解けていなかったのだろう。四肢は曲げることもできない。もっと穴を大きくするしかないか――。

いや、そうでもなかった。

ブンッ、と耳元で風が唸り、次の瞬間には、私の手元にあった死体の左足が、脛の辺りからポクンと折れていた。血はあまり出なかった。見上げると、年嵩の一人が、再び鉈を振り上げているところだった。

右足、右手、左手。

順番に切り落とすと、死体は楽に、穴に入った。

「あんた、上手いこと思いついたなぁ」

ヒロコに褒められた彼は、とても嬉しそうだった。

男が一人減ったお陰で、集落での諍いはだいぶ少なくなった。宮路たちがどこからか結晶を仕入れてくる。五人の子供がせっせと砕き、混ぜ物をしてヒロポンの包みにする。できたのを誰かが売りにいく。そんな穏やかな日々がしばらく続いた。

集落は小高い丘の中腹にあった。小屋から出ると、あの暗い青の海が見えた。ヒロポンを打って、あるいは吸って、漁に出ていく男たちの船が見えた。彼らはアジやサケを獲ってくるといったが、それは後年知ることになっただけで、当時は、実はそれもよく分かっていなかった。

彼らはあの海に出ていって、どうして戻ってくるのだろう。船があるのだから、そのままどこかにいってしまえばいいのに。そんなふうに考えたりした。海に出ていれば、ずっと周りに魚がいるのだろう。だったらずっと、船の上で暮らせばいいのに。そんなことも考えた。

いま思えば、あの集落から逃げ出すのは実に簡単なことだった。海とは反対の方に、ただひたすら歩いていけばよかったのだから。だが当時は、この世にはあの集落と違う、別の世界があるなどとは知らなかった。丘の向こうに世界はなく、海に出られない自分たちは、ここにいるしかないと思い込んでいた。

殴られても、蹴られても、周りで誰かが殺されても、その死体処理をさせられても、私たちは、それが日常だと思っていた。食べ物は充分にあった。それでさらに、ヒロコとやることができるのだから、それだけで良しとすべきだと思っていた。いや、良しとか悪しとか、そういう比較すらしなかった。私にとっての、たった一つの現実。それがあの集落だったのだ。

また一人殺された。二人いた女のうちの一人だ。宮路の女房が首を絞めたのだ。理由など知る由もない。もしかしたら、そんなものはなかったのかもしれない。

また大きな穴を掘るのは大変だなという思いがあり、そのときは、最初から小さくバラバラにしてしまおうと話がまとまった。鉈は三本あった。年嵩の二人が一本ずつ、体力で劣るヒロコと私は一本を順番こで使った。

だが、作業はこの前より、やたらと大変だった。それはそうだ。前回はずいぶんと放置した末に命じられた死体処理だったから、そもそも血が固まったり、肉が縮んだりしていたのだ。だがその女の死体は、まだほとんど生だった。生肉を鉈で切るのは力が要ったし、何しろえらく血が流れ出るので、それだけで作業効率は悪くなった。五人の子供はみんな血だるまだった。

関節もぐらぐら曲がるので、上手く刃が当たらない。年嵩の二人は苛立ち、徐々に力任せに鉈を振るうようになった。

ボコッという音がして、隣を見ると、私より小さかった女の子の頭に、鉈の柄が生えていた。でもまだ生きていた。私と目が合った。頭に刺さってるよ。私はそう、教えてやるべきだったのだろうか。

女の子は、すぐに倒れた。

誰も、何もいわなかった。

その鉈を使っていた年嵩の男の子が、自分でそれを引き抜いた。また大量に血が噴き出た。

暗い、冬の朝の出来事だった。

大人が二人、子供が一人減った。すると、補充というのでもないのだろうが、残った女が身籠った。むろん宮路の子供なのか、弟分のどちらかのなのか、そんなことは分かろうはずもない。また誰も、そんなことには興味がないようだった。

次の秋、私は子供の出産というものを間近に見ることになった。

女はある意味、あれのときの宮路より凄まじい声をあげて息んだ。

宮路の女房は、こういうことも初めてではないらしく、湯を沸かしたり布を用意したり、普段の様子からは考えられないくらい機敏に働いていた。

男三人は、別の小屋で酒を飲んだり、ヒロポンを吸ったりしていた。ちなみに子供たちにヒロポンは与えられなかった。むろん、健康に悪いからなどという理由ではない。単に勿体（もったい）なかったからだ。

泣き声がしたのでいってみると、隣の小屋から宮路の女房が出てきた。胸に、粘液にまみれた赤ん坊を抱いている。

「ヒロコ、綺麗にしたり」

さすがに放り投げはしなかったが、今の感覚からいえばかなり乱暴な渡し方だった。受け取ったヒロコはどうだったろう。あれはあれで、赤ん坊の扱いには慣れているようだった。年の差から考えて、私が彼女に抱かれるようなことはなかったと思うが、もしかしたら、鉈で頭を割られた女の子は、ヒロコに負（おぶ）われたりしていたのかもしれない。

当たり前のことだが、女の産後の肥立ちは悪かった。宮路の女房も食事の世話までしてやる気はないらしく、野菜や干物をかじっている彼女の背中を、横目で冷ややかに見ているだけだった。

体が思うように動かない苛立ちを、女はヒロポンの量を増やすことで紛らわせるようになった。さすがに宮路も「もうよせ」と止めたが、それでも女は聞かなかった。幻聴、幻覚が日に日にひどくなっていくようだった。宮路の女房に殺されるような気がするらしく、いつも背後を気にしていた。何かというと「ハルさんは、どこにおるん」と私たちに訊いた。適当に「隣で寝てる」とか「出かけた」とかいってやると、少しの間、気持ちが落ち着くようだった。

乳など出るはずもなく、赤ん坊は一日中火がついたように泣いていた。ヒロコが重湯を飲ませたりしていたが、それだけで赤ん坊が育つわけもない。そもそも、その子は生まれる前から覚醒剤中毒だったのだ。最初から、長生きできる子供ではなかったのだ。だから、女が赤ん坊を、集落のある丘の中腹から投げ落としたとき、私は正直、ほっとした。

それも、暗くて寒い、冬の朝の出来事だった。

2

『利憲(としのり)くん事件』捜査本部とSATの活躍により、九月十六日金曜日、警視庁赤坂署管内で発生した女児誘拐事件、通称『沙耶華ちゃん事件』は、即日人質を無事保護するという結末を見るに至った。

身柄を確保した被疑者は五人。某衣料メーカーの元社員、笹本英明、三十二歳。元自衛官の竹内亮一、二十九歳。さらに不法滞在中国人が三人。林冲及、二十二歳。崔克敏、二十歳。陳若飛、十九歳。だが彼らは、口を揃えて「主犯は別にいる」と主張した。

その名は〝ジウ〟。彼こそ『利憲くん事件』の主犯と目される中国人少年だ。似顔絵で確認したところ、全員から間違いないとの証言が得られた。

以上の結果から、『沙耶華ちゃん事件』の発生まではたった八名だった『利憲くん事件』捜査本部は、急遽百四十人態勢の合同捜査本部のトップに組み込まれることになった。

「起立……礼……」

警視庁本部庁舎十七階の大会議室。

捜査一課殺人犯捜査三係東班、同四係、同十一係、特捜一係、二係、碑文谷警察署強行犯捜査係、練馬署同係、葛西署同係、赤坂署同係、各近隣署からの応援要員、本部鑑識課及び各所轄鑑識係――。そうそうたるメンバーが立ち上がり、一斉に頭を下げる。マイクで号令をかけているのは、捜査一課管理官の三田村警視だ。

「……着席」

門倉美咲は、そんな百四十人分の圧力を背中に感じながら、同じように礼をして座った。

九月二十一日水曜日、午後八時。すでに事件発生、人質保護から五日が経っている。捜査は『沙耶華ちゃん事件』当日の事実関係確認から、徐々に犯行に至るまでの経緯を解き明かす段階に入りつつあった。

夜の会議では、今日一日の成果をそれぞれ報告し合う。

「それではまず、マル被（被疑者）の取り調べ担当から」

はい、と立ち上がったのは、殺人班三係東班の、沼口巡査部長だ。

「こちらは本日も、笹本英明の取り調べを行いました。笹本は、これまでの供述でも、ジウと出会ったのは歌舞伎町のＳＭクラブだったとしてきましたが、本日、その店名が〝ジエイ〟であったことが判明しました。ローマ字の〝Ｊ〟一文字です。住所は新宿区……」

笹本は、かつて勤めていた某衣料メーカーで、海外工場の設立を検討する部署にいたという。大学時代に興味を持ち、就職後も勉強を続けていた中国語の腕を買われての抜擢だったらしい。だが二年ほど前、賃金交渉のもつれから中国の工場内で暴動が起こり、その責任を負わされる形で退職せざるを得なくなった。

帰国後、しばらくは貯金を取り崩して食い繋いでいたが、一年もそんな生活を続けていると、さすがに焦燥感を覚えるようになった。再就職先を探しても、なかなかいい話には当たらない。そんなとき、気晴らしにいいと勧められた覚醒剤に、つい手を出してしまった。

むろんそれで、笹本はさらなる経済的窮地に立たされることになった。おそらく、歌舞伎町をさ迷う彼の姿は、誰の目にも「金に困っているシャブ中男」と映っただろうし、何かしら企んでいる人間ならば、金次第でどうにでもなりそうな男だと目をつけたことだろう。

気づいたら、SMクラブ〝J〟の案内カードを握らされていた。ここにくればいい話をしてやると、誰かが耳元で囁いた。それが誰だったのかは覚えていないが、店に足を運んで、最初に自分に声をかけてきたのがジウだった、と笹本は供述した。

笹本は覚醒剤売人の何人かと、それまで中国語で話したことがあったらしい。それを人づてにか、本人が直接かは分からないが、ジウは聞いて知っていたのだろう。

「……通訳、やるか」

まったく抑揚のない日本語で、彼はいったという。報酬はとりあえず二百万。それが今年、六月上旬の話だ。その後、二人は都内の廃墟物件を見て回り、先週初めになって、立てこもり事件現場となった花沢旅館ホテル跡地にいき着いた。

沼口デカ長の報告は続く。

「他の共犯の四人と顔を合わせたのは、犯行の三日前。花沢旅館ホテルでです。ジウは携帯電話を所持、使用してはいますが、常に電源は切った状態で、連絡は基本的に、向こうから架かってくるのを待つしかなかったそうです。普段のヤサ（住居）も不明。いつも手ぶらだったようですから、『利憲くん事件』の身代金残金は、どこか他の場所に隠していたものと思われます」

笹本は、質問に対しては素直に答え、関連する事柄についても、思い出せばその都度抵抗なく喋っているようだった。まあ、元は真面目なサラリーマンだったようだから、当然といえば当然かもしれない。むろん、供述した内容については他の捜査員が裏付け捜査に走り、逐一確認がなされている。

「ああ、それと余談ですが、例の〝ジウ〟の語源、あれは笹本も〝鳩(はと)〟だと思っていたようです」

昨日の報告で、林冲及が「奴はよく鳩を食べるから、〝ジウ〟と呼ばれるようになったんだと思う」と供述した旨の報告があった。沼口はそれを笹本にも確認した恰好になるが、捜査員の誰かは「どうでもいいだろ」と失笑を漏らした。

「……明日は、ジウと行動した順路と、その時系列を整理させる予定です。報告は以上です」

「何か質問はないか」

この時点での質問はなかった。むしろ昨日おとといの会議では、供述内容の裏付け捜査を行った組に質問が集中する傾向が見られた。

「では次。竹内担当」

「はい」

美咲は立ち上がり、沼口からマイクを受け取った。

『利憲くん事件』を捜査している段階では、美咲は捜査一課殺人班三係の東警部補とペアを組んでいた。だが、彼が『沙耶華ちゃん事件』で重傷を負い入院してしまったため、現在は赤坂署強行犯係の清水健之巡査長と組んでいる。厳密にいえば、美咲と清水は所轄署捜査員同士なので若干セオリーからはずれるのだが、これはあくまでも東が退院してくるまでの暫定措置だから、美咲自身はあまり気にしないようにしている。

「ええ……本日も竹内は、あまり多くは語りませんでしたが、質問をすれば、一応、〝はい〟と〝いいえ〟程度の回答は、するようになってきています。確認がとれた事項について、いくつか報告します」

竹内亮一はかつて、陸上自衛隊第一空挺団にも所属した空挺レンジャー有資格者だ。第一空挺団とは、航空機から落下傘等による降下を行い、空からの制圧を主な任務とする、陸自唯一の空挺部隊である。そんな精鋭自衛官だった彼が、なぜジウと知り合い、身代金目的誘拐に手を貸すことになったのか。

実のところ、まだその経緯については明らかになっていない。

竹内は笹本とは違い、あらゆる違法薬物検査を陰性でパスしている。金銭面でも借金などのトラブルはなく、ひと月前に自衛隊を除隊してはいるものの、理由は一身上の都合となっており、特に隊内で問題を起こしたというような事実も見当たらなかった。

これまで、雨宮崇史巡査殺害についてはその犯行を認めているものの、その他についてはまだ何も供述していなかった。竹内がした「一応の回答」というのは、ジウのヤサは「知らない」、連絡方法は「ない」、今現在どこにいるかも「知らない」、その程度だ。他に、報酬はいくらだったのか、具体的に計画はどのようなものだったのかという質問については黙秘を貫いている。

上座にいる和田捜査一課長が、美咲に視線を合わせる。

「雨宮巡査殺害の話題以外では、まったく反応がないのか」

美咲は、竹内の様子を思い浮かべながら答えた。

「まったく、反応がないわけではありません。たとえば、ジウとどんな会話を交わしたのかとか、そういう質問をすると、目を伏せて考えて、ときおり、苦笑いを浮かべたりして、でも結局……首を横に振る。そんな感じです」

次に訊いたのは、碑文谷署署長の豊嶋警視正だった。

「態度は、どうですか。少しは軟化してきているのですか」

それについては、美咲も多少の自信があった。

「はい。表情は、だいぶ和らいできています。もう少し時間をかければ……」

「おい」

急に、後ろの方から声がかかった。

「悠長なこといってんなよ」

美咲は右斜め後ろを振り返った。声の主は、捜査一課殺人班十一係の主任、柿崎(かきざき)警部補だった。美咲たちの列から五つか六つ後ろ。腕を組み、パイプ椅子にふんぞり返っている。

「竹内はSATの隊員を射殺している。さらに門倉巡査、あんたのその耳を切り裂いたのも、腹を刺したのも竹内なんだろう。表情が和らいだとか、そんなことで悦(よろこ)んでねえで、ガンガン締め上げてゲロさせろよ。そっちがネタ出さなきゃ、こっちは裏付けるもんがねえんだぞ。あんた一体、俺たちを何日遊ばしとく気だよ」

殺人班十一係長、丹羽(にわ)警部が「おい」とたしなめる。だが、彼はそんなことで引き下がるタマではない。五十歳を大きく過ぎた大ベテラン、定年間近の柿崎に怖いものなどありはしない。一つや二つの階級差などないに等しい。それが彼のスタンスなのだ。

「大体、東が出てこられねえんだったら、あんたは倉持か佐々木の下につきゃあいい話だろう。何を偉そうに、本部面して所轄の平デカ使ってんだよ」

そう。美咲自身は、赤坂署の清水巡査長と組むことを、特に意識しないようにはしている。だが、周りからの圧力というのは少なからずあった。それも大抵は柿崎のような、裏付け捜査に回らざるを得なくなった巡査部長以上の捜査員からだった。

「……そもそも、マスコミの前でストリップやって刑事部を追い出されたあんたが、どういう神経でこの帳場（捜査本部）に出張ってきてんだよ」

「よさんか柿崎」

前を向くと、和田一課長がマイクを握っていた。

「人事問題に言及する資格はお前にもない。質問がないのなら、自分の報告の順番が回ってくるまで黙っていろ」

相手が和田一課長だと、さすがの柿崎も黙らざるを得ないようだった。ふて腐れたように鼻息を吹き、テーブルに肘をついてそっぽを向く。

「続けろ、門倉」

三田村管理官に促され、美咲は再びマイクを口元に上げた。明日も引き続き、ジウとの接点に焦点を絞って取り調べをする予定だと告げ、今日の報告を終えた。


会議を終え、大勢の捜査員に混じって廊下に出ると、ぽんと後ろから肩を叩かれた。振り返ると、そこには嬉しい顔があった。

「……麻井係長」

美咲は急いで流れからはずれ、麻井の前に立った。

通行の邪魔になろうと怪訝な目で見られようとかまわない。美咲は深々と頭を下げ、麻井の目を見つめた。

様々な思いがあふれ、思わず涙が出そうになった。彼の姿は『沙耶華ちゃん事件』の初回会議のときに遠くから見たくらいで、落ち着いて話す機会はこのところなかった。ちょうど会いたいと思っていたのだ。

「これから、ちょっといいか」

むろん、断る理由はない。美咲は「はい」と答えた。

すし詰め状態の高層エレベーターで一階に下り、その流れのまま、吐き出されるように警視庁本部庁舎をあとにした。麻井は、霞ケ関駅の方に階段を下りた。

「ちょっと、歩いてもかまわないか」

「はい」

ずっとそっち、財務省の方に歩いて溜池まで出れば、彼の行きつけの寿司屋がある。美咲も、特二時代に何度か連れていってもらったことのある「松寿司」だ。

「傷の具合は、どうだ。まだ、痛むんじゃないのか」

麻井はちらりと、美咲の右耳辺りを目で示した。

「ああ、いえ……そうでもないです。今は、気が張ってますから」

そうか、と漏らし、麻井は柔らかな笑みを浮かべた。あまりしつこくしない、そんな彼とのやりとりが懐かしく、また嬉しくもあった。

内閣府や総理官邸の横を通って外堀通りを渡る。松寿司はそこからすぐ、瀟洒なビジネスビルの中二階、イタリアンとフレンチの店にはさまれる位置にあった。

「えいらっしゃい」

暖簾(のれん)をくぐると、決して大きくはないが切れのいい声が二人を迎えた。客の一人が麻井であることを悟り、大将が顔をほころばせる。彼は美咲の顔も見たが、覚えてはいないようだった。互いに愛想笑いと会釈を交わす。

「座敷も空いてますが、いかがしましょ」

さして広い店ではないが、カウンターの他にテーブル席が三つ、奥には座敷が二つある。

「いや、テーブルでいいよ」

「はい。じゃ、そちらにご案内して」

笑顔でテーブル席へといざなうのは着物の女性だ。確か彼女は、大将の娘さんだったはず。時代劇に出てくる商家の奥さまのようだと、美咲は彼女を見るたびに思う。

ビールと、大将のお勧めをつまみでもらって、まずは「お疲れさま」と、

「あ、アルコールは、傷によくないか」

「いえ、ちょっとなら大丈夫です」

乾杯。麻井はひと口飲み、早速という感じで切り出した。

「……会議、後ろの方で聞かせてもらったよ」

特殊犯捜査係は現場でのオペレーションに特化されたセクションであり、刑事捜査は原

則として行わないことになっている。『沙耶華ちゃん事件』でも、特殊班二係は現場での任務を終え、追捜査を行う殺人班の捜査員に引き継ぎをし、捜査本部を去っている。特二係長である麻井が、自分の手を離れた事件の会議に出席するというのは、かなり異例なことのはずだ。

美咲は、急に頬が熱くなるのを感じた。

「そう……だったんですか」

つまり、美咲が柿崎に野次られたのも、聞いていたというわけだ。

「うん。東くんが帰ってくるまで、ちょっと大変かもしれないね。あの帳場は」

「はい。特に、ここまでの経緯がイレギュラーですからね」

たった八人しかいなかった『利憲くん事件』捜査本部は、長く地道な捜査の結果、まるで先回りするような形で『沙耶華ちゃん事件』の現場にいき着き、即日解決に導いた。だが今現在、その『利憲くん事件』捜査本部を引っ張ってきた、東警部補本人がいない。

「柿崎さん、誰でもいいから、ホシの取り調べをやりたくて仕方ないんだろうな。普通、あれくらいの年になったら、多少は人間が丸くなるもんなんだが……」

通常、警視庁における取り調べは、主任警部補がやる仕事だ。その役を担うはずの東が不在となったら、ある意味、柿崎のような他班の主任がその任に当たる方が、自然といえば自然なのだ。

しかし、それを頑なに拒否している人間がいる。他でもない、入院中の東本人だ。だがそのわがままを通せるだけの仕事を、彼は実際にしてきた。それは直上の綿貫警部を始め、捜査一課幹部全員が認めている。だからこそ今回、巡査部長である沼口、佐々木、倉持、高田らがホシの取り調べに当たることができるのだ。美咲は、そのおこぼれに与っているにすぎない。ちなみに、本木沙耶華への事情聴取を担当したのは殺人班三係長の綿貫警部だった。

「やりづらくないか」

麻井の優しい声に、美咲は思わず頷いてしまいそうになった。

「いえ、大丈夫です……」

そんなはずはない。今日柿崎がいったようなことは、朝晩の会議の前後、いたるところで囁かれている。ほらあの娘だよ。ああ、あのタブロイド紙の。そうそう、噂のストリッパー。なんでこんなとこにいるの。分からん。でもホシの取り調べを任されてるらしいよ。へえ、じゃあ得意のお色気で速攻「完落ち」だ。

しかし、そんな声にも負けず、美咲が捜査を続けられるのは、ひとえにこれが東の守ってきたヤマだからだ。彼と三係の四人のデカ長が、心血を注いで集めてきた情報が実を結んだ結果だからだ。

ふと、ある言葉が頭に浮かんだ。おととい見舞いにいったとき、帰り際に東がいったひと言だ。

――君は、その……やはり、特二に戻るのか。

なぜ東がそんなことをいうのか、そのときの美咲には分からなかった。そんな話がどこかで出ているのか。だとしたら、なぜ自分より先に、東の耳に入るのか。

どうやら、麻井が今夜美咲を誘ったのも、それについて話すのが目的のようだった。

「実は……事件の翌日、引き継ぎがあらかた終わった頃に、『沙耶華ちゃん事件』に関する、幹部会議が設けられてね。そこでまあ、今回の功労者は、という話が出たんだ。すると和田課長が、まず東くんの名前を出し、次に君を出した。西脇部長は、すぐにはピンとこないようだったので、和田さんが説明したんだ。『岡村事件』で特殊班からはずした彼女が、碑文谷で『利憲くん事件』を手掛けて、その活躍があったからこそ、『沙耶華ちゃん事件』は、さしたる被害もなく解決できたんですよ、と」

美咲は「いえ」と恐縮してみせたが、麻井は続けた。

「綿貫さんも、三田村さんも、みんな君の働きを評価してくれた。……まあ西脇部長は、あれでわりと、周りの空気を読むところがあるからね。そこまでみんながいうなら、何か賞でも出そうかと、そういうことになった。そこですかさず、和田さんがいったんだ。それならば、もう彼女を所轄に出しておく必要もないですね、特二に戻してやっていいですねと。そうなったら、あの人はあとには引かないから。もちろんだ、早速明日にでも戻してやれと、いい働きをしたら、俺だって戻してやるつもりだったんだと、もう満面の笑みでいうわけだよ」

なるほど。それでおそらく、綿貫が東に、その話をしたのだ。だからあの日、東は――。

「もう君は、いつ特二に戻ってきてもいいんだ。今の帳場は、ちょっと空気が荒れてるみたいだが、でもあれくらいは、強行犯事件の帳場としては、特に珍しいことでもないからね。ああいう帳場は、基本的には足の引っ張り合いだから、どうしてもギスギスしてしまう」

麻井はひと息つくように、ビールで喉を湿らせた。

「……私は君に、ずっとすまないと思っていた。君が、特二を離れなければならなくなった直接の要因は、私に……」

美咲は、かぶりを振って遮った。

「係長、よしてください。私は、そんなふうには思ってませんから」

「しかし門倉」

「違うんです」

特二にいた頃、自分はこんなふうに、麻井の言葉を遮ったりはしなかった。それが今は――。

何かが変わってしまった。良し悪しの問題ではなく、それは事実として、美咲の心に沁みていった。

「……小さな帳場で、地道な捜査をやってみて、答えがなかなか出にくい、刑事捜査というものをやってみて……でも、これはこれで、やり甲斐のある仕事だなと、やっと思い始めたところなんです。確かに、特二を離れるのはつらかったです。でも、いつまでも立ち止まってはいられない、次に次に、どんどん進んでいかなきゃいけないんだって、そういうことも、私は特二のみんなに、教えてもらった気がするんです。

……今は、もう少しこっちで、やってみたいと思っています。せっかく碑文谷にいって、事件が動き始めて……だから、せめてこの一件に片がつくまでは、私はここで頑張ってみたいんです。もうすぐ、東主任も戻ってきますし」

　改めて言葉にすると、自分でも知らなかったような思いが、心の底からあふれてくる気がした。それは、自分で自分を納得させる行為なのかもしれないし、気持ちを整理する作業なのかもしれない。だがどちらにせよ、いま美咲がいいたい内容に変わりはない。

「私はどうしても、あの〝ジウ〟という少年に会ってみたいんです。そして知りたいんです。彼がなぜ営利誘拐を目論み、仲間を殺し、岡村だけを生かしておいたのかを。新たな事件を起こしてまで、彼が真に求めるものとはなんなのか。彼の最終目的は、一体なんなのか……」

　やや眉をひそめるようにしていた麻井が、ふいに、その表情を和らげた。

美咲はそれで、台東区で豆腐屋を営む、父のことを思い出した。四年半前、美咲は警察官になることを父親に反対された。だが、美咲はどうしてもなるといい張った。私は警察官になって、人助けをすることによって、その誰かを笑顔にしたいのだと。美味しい豆腐を食べてもらって客を笑顔にするのと、助けてその人を笑顔にするのと、どんな違いがあるのかと、涙ながらに訴えた。

今の麻井の顔は、あのときの父の表情に似ていた。娘の意外な我の強さに呆れ、思わず浮かべた苦笑い。あの表情に、そっくりだった。

3

口から出任せ、というのでもなかったが、まさかあの太田部長が、基子の特進を認めるとは思っていなかった。

「殉職と同等、二階級特進……というわけにはいきませんが、一階級だけなら、私の裁量でなんとかできると思います。それで、よろしいですか」

七階級も上の太田に敬語でいわれて、文句を垂れるほど基子も世間知らずではない。

「……ありがとう、ございます」

実際にどうなるかは分からないので、結果は後日、正式な辞令をもって伝えるといわれた。基子はそうですかと返し、部長室を辞した。


翌々日。九月二十三日金曜日、午後四時。

基子は第六機動隊隊庁舎の五階、ＳＡＴ部隊長室の前に立っていた。ドアは開いている。

「第一小隊、伊崎巡査です」

「入れ」

窓際の執務机に座っているのが、ＳＡＴ部隊長の橘（たちばな）義博（よしひろ）警部だ。

「失礼します」

「座れ」

単純に比較していいものではないかもしれないが、太田と橘とでは、これまでに歩んできた警察官人生がまったく違う。片やエリートキャリア、片やベッタベタの叩き上げ。それが現在の階級や立場、さらにいえば、それぞれの個室の雰囲気の違いにも表れている。

単純に、橘の部屋は貧乏臭い。

掃除はちゃんとしてあるのだろうが、板張りの床は、いつもなんとなく砂っぽい。蛍光灯の照明は点けているのに、今ふうの間接照明がないせいだろうか、どことなく暗い印象が拭えない。国旗や隊旗が右手に立てられているが、慌てて通ったりして何度も倒すのだろう。旗先の矢尻がつけた傷が、壁にいくつもの凹みを作っている。

基子は一礼して、手前の一人掛けに座った。女性秘書でもいれば、ささっと拭いておいたりしてくれるのだろうが、それもいないため、ソファには床と同じ色の砂埃が薄っすらと載っている。だがそれが、基子にはさほど不快ではない。

「……辞令が出た。上野署、交通課だ」

橘は机にあった通知書を基子の前に置いた。異動先を示すものと、巡査部長への昇任を知らせるものの二通だ。そのまま、基子の真向かいに腰を下ろす。

「特進、らしいな」

「はい」

「まあ、あれだけの働きをすれば、当然か」

「恐れ入ります」

懐からタバコの箱を取り出し、一本銜える。箱をこっちに向けて勧めるが、基子は小さくかぶりを振った。橘が喫煙についてどういう考えを持っているのかは知らないが、基子は警察官、特にSATのような体力勝負の職務に就く者は、やはりタバコを吸うべきではないと考えている。そこからはずれることになっても、基子はそれを自分に許そうとは思わない。

だが目の前で旨そうに吸われると、ちょっと「欲しいな」とは思う。タバコの味は知っている。高校時代、レスリングと柔道をいっぺんにやめた頃に吸っていたのだ。しかし、ちょっとしたいざこざから街中で喧嘩になり、そのとき、思うように体が動かず窮地に陥り、それ以後は吸わなくなった。体が動かなかった原因がタバコかどうかははっきりしないが、とにかくそう感じてからは吸っていない。

橘は、フーッと長く吐き出した。セブンスターの、いい匂いがした。

「……思ったより、短かったな」

基子がSATにいたのはたったの二ヶ月半だ。

「部隊長は、もっと長くいるとお思いでしたか」

苦笑い。だが、嫌味な感じはない。

「いや。三日で逃げ出しても、おかしくはないと思っていた」

「きつくて、ですか」

「そうじゃない……」

一瞬の沈黙。そこには、様々な意味が込められていたように、基子は感じた。

「なんたって、男だらけの部隊に、女が一人だからな。それが、ブタゴリラみたいなのだったら、誰も問題にはしないんだろうが、貴様はまあ……ああ、あれか、こういうのは、セクハラか」

自分相手に、いまさらそんなことを気にするのか、と思うと可笑しくなった。基子がかぶりを振ると、橘も安堵したように笑みを浮かべた。

「大体、なんでＳＡＴに女を入れるんだと、俺も最初は疑問に思ったよ。ほらあの……アイドル歌手を、所轄の一日署長にしたりするだろう。俺は思わず、あれを思い浮かべちまってな。春木隊長と、松田課長に喰ってかかったよ。フザケんな、ってな」

春木はここ、第六機動隊の隊長で、松田はＳＡＴを所管する警備部第一課のキャリア課長だ。

あたし、そんなに可愛いですかとはさむと、橘は「自惚れるな」と吐き捨て、タバコを揉み消した。

「……でもまあ、幹部連中のどこかにそういう意思があったにしろ、なかったにしろ、貴様が優秀な隊員であったことは、俺も認めざるを得んよ。基礎体力こそ男には劣るが、実戦というか、現場で発揮される能力は、それだけで計れるもんでもないからな」

「恐縮です」

吐き出す息には、まだ少し煙が混じっている。

「……それにしても、雨宮巡査は、残念だった」

何かひやりとしたものが、基子の肩に落ちてきたようだった。橘が、基子と雨宮の関係を知った上でいっているように聞こえたのだ。

「あ……ええ」

「奴は本当に、優秀な隊員だった。技術面でも、精神面でも、あれほどの男は十年、二十年に一人だったろう」

「はい……」

また、橘がタバコを銜える。

「……しかし、まさかな。あれが殉職するなんて、思ってもみなかった。しかも、あんな死に方をするとは……二十一発だったか。よくあれで、人質を守ったものだと思う。そういった意味では、奴らしいともいえるんだが……」

「同感です」

それからも少し、二人で雨宮について話した。

橘が自分たちの関係に気づいていたかどうかは、結局のところ、分からなかった。

部隊長室を辞したところで、警備一課長の松田警視正とばったり出くわした。すかさず敬礼をする。

「……特進だそうだね、伊崎くん。おめでとう」

手を出されたので、素直にそれを握った。彼は、太田部長とはまた違ったタイプのキャリアであるという印象を、基子は持っている。

野心を秘めず、あえて表に出すというか、スマートな外見とは裏腹に、眼鏡の奥の目はやけにギラギラしているというか。

「君はまた、ここに戻ってきてくれるんだろう」

だから余計に、その感傷的な台詞には違和感を覚えた。

「はい……お呼びがかかれば、いつでも。……悦んで」

満足そうに頷き、松田は「じゃあ」と去っていった。基子は彼が廊下を曲がるまで見送り、それから通常待機の詰所である、第一教場に戻った。

「……伊崎、なんだった」

早速寄ってきたのは、第一小隊狙撃班の加藤巡査だ。

「ああ、異動です」

「やっぱり。で、どこに」

第一小隊の面々は、基子が部隊長付きの伝令に呼ばれて出ていったのを見ている。話の内容に興味があるのは、何も加藤だけではないようだった。こっちを見ていない者でも、それとなく聞き耳を立てていたりする。

「上野署みたいです」

ごくりと、加藤が生唾を飲む。

「……階級、上がったか」

「ええ、まあ」

途端「ほぉー」という声がどこからともなく沸き上がる。基子以外、十五人の第一小隊員全員がこっちを向く。

「やっぱ手柄を挙げたら、特進するってのはほんとだったんだ」

「そりゃそうだろう。あれだけぶっ放せば」

「いやいや、弾数の問題じゃねえだろ」

「オオーッ、俄然やる気が出てきたなァーッ」

小隊全体がにわかに活気づく。まあ基子も、あからさまにやっかまれるより、こんなふうにでも自分の昇進を悦んでもらう方が、気が楽ではある。

小野小隊長が立ち上がる。

「よし、今夜は俺が奢る。誰か、大森辺りの居酒屋を押さえてくれ」

加藤が「焼肉屋でもいいですか」と訊くと、小野は「居酒屋だといっただろう」ときつい口調で返した。


午後五時十五分。通常待機の任務を終え、大森駅前の居酒屋に集合ということで解散した。夜間待機のシフトに入っている第二小隊第一分隊は除き、それ以外の、非番だった第二小隊第二分隊や、訓練日に当たっていた第三小隊などにも、加藤は声をかけたようだった。

席の予約は午後七時からということだったので、基子はその時間に合わせて店に向かった。確か、雨宮と初めて二人で飲みにいったのは、これと同じチェーンの品川店だった。

暖簾をくぐり、加藤の名前を告げると、広めの座敷席に案内された。もう大半の隊員が席についていた。雨宮に怪我を負わせた一件以来不仲になっていた、制圧一班の臼井巡査もきている。無視するのも大人気ないと思い、軽く会釈をした。向こうも同じように返してよこした。

「伊崎、お前はここだ。今日は主役だからな」

小野小隊長が一番奥で手招きをしている。

「よかったじゃないか。お誕生席だ」

茶々を入れたのは加藤だ。

「すんません、失礼します」

第一小隊の面々は、大体揃っているようだった。他の小隊からも五、六人きており、まだ六つか七つ、席が空いている。

ジョッキはすぐに運ばれてきた。幹事役の加藤が、そのまま司会も務めるようだった。

「じゃあまず、小野……係長から、お言葉を頂戴します」

警官は、外では自分の立場を隠すのが普通だ。警視庁ならば本部を本社、所轄を支社のようにいう。同じように加藤は、小野小隊長を別の役名で呼びたかったのだろうが、「係長」というのはいかがなものか。やや的外れな感が否めない。

まあ、小野本人は、まんざらでもない様子だが。

「ええ、みんなももう聞いている通り、このたび、ここにいる伊崎くんが、ええと……栄転、ということで、いいんだろうか。ええ、上野署、あ……いや上野、支社に、巡……ええと、所轄だと……あ、いやその、なんだ、主任になるのか……主任という立場で、異動することになった」

加藤の煽りで、全員が拍手をする。

「うん。でまあ、これは、手柄……ん、手柄は、手柄でいいだろ？　ああ……先日の〝プロジェクト〟の成功を、評価されての、栄転であるので、これからの、みんなの、励みにもなるのではないかと、思っています」

語尾の妙な変化に、何人かが失笑を漏らす。

「まあ、つまり、そういうことだ。じゃあ、伊崎からもひと言」

「ああ、はい……」

基子が立ち上がり、お辞儀をすると、また拍手が起こった。他の小隊の隊員も駆けつけ、ほぼ席は埋まっていた。

「あー、すんません。あたしなんかのために、こんな席を設けていただいて。……えーと、ほんと、二ヶ月半しかいなかったので、ほんと短かったんですけど、いい経験が、たくさんできました。上野でも頑張ります。ありがとうございました」

今一度お辞儀をすると、もう終わりかよ、小学生かよ、という突っ込みも入ったが、おおむね暖かい拍手が返ってきた。特二を去るときは、挨拶も何もしないで抜けてきてしまったので、却って基子にはむず痒(がゆ)い感じがした。

「かんぱーいッ」

制圧二班、青山(あおやま)班長の音頭で乾杯。次々と料理も運ばれてくる。

「ご苦労だったな、伊崎」

他の小隊の隊長や班長が、次々と注(つ)ぎにくる。これまで基子は、雨宮以外の隊員と外で食事をしたり、酒を飲んだりしたことはなかった。隊本部内で何かの打ち上げに付き合う程度で、それも乾杯だけすませたらできるだけ早めに帰るようにしていた。だから、注がれるそばから全部一気飲みで空けていくと、多くの者が驚きの声をあげた。

「……つえーなしかし」

「うわばみだ、うわばみ」

むろん、基子とて飲めば酔う。シラフのときとまったく同じではいられない。だが酔ったからといって、他人に弱みを見せたりしないよう注意はしている。注意というか、要は気合いの問題だ。気合いさえ入っていれば、どんなに飲んでも前後不覚になることはない。

挨拶代わりの一気飲みが一段落した頃、小野小隊長が話しかけてきた。グラスに入っているのはウーロン茶だ。小野はあまり酒に強い方ではない。

「なんか、変な挨拶で、すまなかったな」

「いえ、ありがとうございました……」

ふいに、試験入隊訓練の初日、実戦がどうだ、現場がどうだと彼に話したことを思い出した。あれからまだ二ヶ月半。なのに、ずいぶん昔のことのように思える。その間に基子は、雨宮と出会い、多くのことを語り合い、体を合わせ、そして彼を失った。それによって自分の何かが変わったのか、何も変わっていないのか、当の基子にはよく分からない。

「……昇任に関しては、自分からいったのか」

正直、ぎょっとした。だが、顔に出さないくらいの冷静さはまだ持ち合わせている。

「なんのことっすか」

「大きな声ではいえんが……昇任と引き換えに、例の雑誌掲載の件を呑んだという噂を耳にした」

順番は逆だが、その通りだ。誰かがこの話を外部に漏らしているのは明らかだった。一体誰だろう。だが少なくとも、太田がすべてを秘密にしておく男ではない、ということだけは確かなようだった。

「さあ……想像に、お任せしますよ」

「否定、しないんだな」

「肯定もしませんけど」

「違うなら違うといえばいい」

「違うといったら違うと思ってくれますか」

馬鹿馬鹿しくなったのか、小野は鼻で笑い、そこにあった鶏の唐揚げを一つ口に放り込んだ。

「……お前は、体力も技術も大したもんだが、わりと、口の方も達者だな」

それについて、基子は何も答えなかった。ただ小首を傾げてやり過ごした。口なら、雨宮の方が達者だった。いや、口も、というべきか。

「だが、気をつけろよ。お前は相手の足をすくって、転ばせたつもりでも、実は足をすくわれたのはお前自身で、転んだのもお前で、だから相手が傾いで見えているだけ、ってこともある……世の中には、あるんだからな」

まったく、ピンとこない喩え話だった。そういえば以前も、誰だったかSATの上官に、分かったような分からないようなことをいわれて不快に思った記憶がある。だが、あれは小野ではなかった。だったら誰だ。橘か。松田か太田か。思い出せない。もしかして、自分は酔っているのだろうか。

「もっと、分かりやすくいってくださいよ。……難しいことは、よく分かんないんすよ」

小野は吹き出した。そうだろうなと、声を大きくして笑った。

失礼な奴だと思った。

翌日、基子はほんの少しだけ置いてあった私物を引き取り、隊庁舎をあとにした。橘にも挨拶をしようと思ったが、何かの用事で出かけて不在だったため、それは叶わなかった。

隊庭を歩きながら、朝の訓練風景を眺める。飽きもせず、ジュラルミンの大盾を持った機動隊員たちが、右から左へと隊庭を走り過ぎていく。真ん中辺りでは、腕立て伏せをやっている小隊もある。

ここに初めてきたあの日、基子は「捜査員」から「隊員」になることに、少なからず興奮を覚えていた。特殊班の勤務形態で衰えた体力に不安はあったが、そんなものは、自分が本気になったらすぐにでも取り戻せると思っていた。事実そうであったし、ＳＡＴでの訓練や待機の日々も、予想を大きくはずれるものではなかった。

たった一つ。雨宮崇史と出会い、そして別れたことを除けば。

彼のことを愛していたと、胸を張っていうことは、基子にはできない。彼に対して抱いた気持ちが、一般でいうところの「愛」なのかどうか、基子には判然としない。

だが、こんなことを考えてしまう自分には、ある種の違和感を感じている。

彼への思いは、生きていたときよりも、むしろ死んでからの方が、基子の中では大きくなっている。こうやって隊庭を振り返っている今も、どこかで彼の視線を感じ、存在を意識している自分がいるのだ。

ひょっとして自分は、そんな雨宮の亡霊から逃れたくて、太田に特進をねだったのかも——。ふと、そんなふうに思った。

警官は階級が上がれば、普通は別の部署に異動させられる。自分は、このSATの拠点がある第六機動隊から出たくて、つまり、死して無限の存在となった雨宮と、少しのあいだ距離を置きたくて、太田に昇進を乞うたのか。

——ま、そんなことは、どっちでもいいか……。

基子は私物を詰め込んだバッグを担ぎ直し、隊庭に背を向けた。

4

警視庁本部庁舎の一階には、約八十の調室がある。美咲はその、三十二番目の部屋に入っていた。

窓のない三畳の小部屋。中央には取調官と被疑者が向かい合うスチール机。その左後ろの補助机には、赤坂署の清水巡査長がワープロを構えて控えている。

「竹内亮一を、連れてまいりました」

「ありがとうございます」

総務部の留置管理課員から竹内の身柄を引き受け、奥の席に座らせる。両手の手錠をはずす代わりに、左足は机に繋ぐ。

「ご苦労さまでした」

留管員が去り、背後で清水がドアを閉める。

——よし。

重たい空気が調室を支配する前に、美咲はできるだけ明るく切り出した。

「おはようございます」

竹内はほんの二、三センチ、頷くようにして会釈をした。

「怪我の具合は、いかがですか」

また、同じような会釈だけが返ってくる。

今現在、彼の顔の半分は包帯で覆われている。左眼窩底と鼻骨の骨折。首も重度の捻挫を負い、コルセットがはめられている。さらに右肩には銃創。左膝の靭帯は断裂寸前。しかもこれらすべての怪我は、あの伊崎基子が負わせたといわれている。

——いくらなんだって、やりすぎよ……。

確かに竹内は、雨宮崇史というＳＡＴの隊員を銃殺している。真後ろからサブマシンガンで二十一発の弾丸を浴びせたのだから、それこそやりすぎだという意見があるのは理解できる。だが、だからといって、警察官が逮捕時にリンチのようなことをしていいはずがない。加えて彼女は、竹内以外の中国人被疑者の顎に、膝を落として粉々に打ち砕いてもいる。お陰で口頭での取り調べができないと、高田デカ長が漏らしていた。

それにしても――。

あの伊崎基子が、警備部のSATに異動していたとは意外だった。しかも初の女性隊員。今回の活躍は写真週刊誌で報道され、ちょっとした騒ぎにもなっている。

しかし、隊員の経歴から何から一切を明かさないとされてきたSATが、なぜ伊崎基子の情報だけは表に出したのか。大いに疑問が残る――。

いや、そんなことを詮索している場合ではない。いま自分が考えるべきことは別にある。五人の被疑者の内で、唯一殺人を犯している竹内亮一の取り調べ。それこそが自分に与えられた任務だ。

「……昨夜は、眠れましたか」

包帯の間に覗いている右目が頷く。

「そうですか。では今日は、少しテーマを絞って、お話ししていきましょう。……繰り返しになりますが、今あなたにかけられている容疑は、雨宮崇史巡査の殺害を始め、銃刀法違反、女児の誘拐と監禁。私、門倉美咲に対する傷害、小さなものも入れれば住居不法侵入、器物破損などがあります」

すでに竹内は、雨宮巡査殺害についての供述を終えている。二十一発の弾丸を浴びせたことに対しては、「周囲に刑事の姿があったので、脅しの意味もあって派手にやった」とし、美咲を人質にとったことに関しては、「まだやりようによっては逃げられるかもしれないと思ってやった。場合によっては殺すつもりでいた」と供述した。

「共犯の笹本英明の供述については、おおむねその通りだと教えてもらいましたが、あなた自身については、どうですか。あなたを今回の女児誘拐計画に誘ったのは、俗に〝ジウ〟と呼ばれている、この中国人少年ということで、間違いありませんか」

机には、受話器だけの電話と、美咲が持ち込んだファイルが一冊だけ載っている。凶器になるようなものは一切置いていない。美咲が示したのは、そのファイルのジウの似顔絵だ。

竹内は一応、小さく頷いた。

「なぜですか。あなたは優秀な自衛隊員で、これまで隊内で問題を起こしたこともなかった。また笹本と違って、違法薬物に手を出しているような事実もない。金銭的にもクリーンで、陸自を除隊するときも、ずいぶんと慰留されたそうじゃありませんか。そんなあなたが、どうしてこの少年に誘われたくらいで、人生を棒に振るようなことをしたんですか。しかも、警察官を銃殺してまで……」

無言。彼は右目で、ジウの似顔絵を睨んでいる。

「……では、こちらの推測を、少し申し上げましょう。あなたのご両親は、あなたが小学五年生のときに、離婚されていますね。あなたはお母さまについていき、一人いた妹さんは、お父さまについていった。当時小学二年生、今年二十六歳になった妹さん……お名前は、中村幸恵さんと仰るんですね」

ぴくりと、竹内の眉が跳ねた。ちなみにこれは、特捜二係の主任が取ってきたネタだ。

「お父さま、中村恵介さんは、すでに一昨年他界されている。その後、一度は妹さんを竹内家に迎えることが検討されたそうですが、妹さん……幸恵さんが、拒否されたそうですね。私は、お父さんについていったのだからと」

「やめろ」

歪められたその頬には、不快感がありありと窺えた。

「……調べを担当した捜査員から、写真を見せてもらいました。お綺麗な方ですね。大学を卒業されてから、自動車メーカーに就職。営業部に配属……」

「やめろといっている」

「お仕事中に」

「よせ」

「営業先で倒れられた」

「幸恵は関係ない」

「検査の結果」

「黙れ」

「手術が難しいところに」

黙ったのは、竹内の方だった。

「……腫瘍が、できていると分かった。しかも入院中にクモ膜下出血を二度起こし、現時点でもすでに、手術、入院費用が百万円単位で必要になっている。今後のリハビリ等を考えると、生活費と合わせて毎月いくら必要になるかは、予測もつかない……」

竹内は面白くなさそうに鼻息を吹いた。

美咲の胸は、見れば服の上からでも分かるのではないかというほど高鳴っていた。竹内が黙ってくれて、本当によかった。もう少しいい合いが続いたら、美咲の方が負けていたかもしれない。

気を取り直して続ける。

「どうしてなんですか。あなたは、決して不人情な人間ではないはずです。方法はともかく、あなたは妹さんのために自衛隊を辞め、ジウと行動を共にした。その、自衛隊をきちんとした形でお辞めになったのだって、お世話になった隊に、その後迷惑がかからないようにするためだったんじゃないですか?」

微かに眉がひそめられる。もうひと押しか。

「……あなたは、前回の事件でジウが、八歳の少年の指を切り落としているという事実を、か。

「子供の指を切り落とし、それを親に届ける。これ以上指を減らしたくなかったら、警察を振り切って金を届けろ……それが、ジウのやり口なんです。知っていましたか」

反応はない。

「八歳といえば、あなたと生き別れになった当時の、幸恵さんの年と同じです。今回の沙耶華ちゃんだって、まだ九歳です。あなたは、あのまま犯行が発覚しないで進行していたら、あの九歳の娘の、指を切り落とす役を担っていたのかもしれませんね」

竹内が右目を閉じたのは、心の内に葛藤が生まれている証拠、ではないだろうか。

「……あなたの沈黙は、ジウに、次の犯行のチャンスを与えることになるんですよ。そうしたら、今度は何歳の子の指が切り落とされるか分からないんです。あなたは、決して不人情な人間ではない。妹さんのために、自分の人生をなげうとうとした……違いますか？　教えてください。ジウについて知っていることを、なんでもいいですから。……あなた自身の罪は、もう消すことはできません。でも、これからジウが起こす事件に関しては、止めることができるんです。教えてください。彼はどこにいて、何を考え、どうして誘拐事件を繰り返しているんですか」

ご存じですか」

ちらりと目を上げ、美咲と視線を合わせる。竹内は、指切りについては知らなかったの心が動いたと思ったのは、美咲の思い違いだったのか。

この日も竹内は多くを語らず、左足を引きずりながら、留置場に戻っていった。

ここ数日、竹内の取り調べを担当するようになってからは、東の見舞いにはいけなくなっていた。だが今日、夜の会議の直前になって、綿貫係長から東が退院したらしいと聞かされた。

早速、美咲は電話を入れた。

『はい、東です』

家の電話に架けたので、向こうは誰だか分かっていない様子だった。

「ああ、門倉です。駄目じゃないですか主任、勝手に退院なんてしちゃ」

『あ、いや……でも、普通に、歩けるし。両手も、使えるから』

「退院して、何してるんですか」

『何って……洗濯とか』

それだけで、美咲の胸はキュッと縮むように痛んだ。頭にネット、腹にサラシを巻いた東が、痛みを堪(こら)えながら洗濯物を干している姿が目に浮かぶ。

「奥さま、いらしてるんですか」

といっても、離婚した元妻のことだが。

『いや、アレは、きてない』

「じゃあ、会議が終わったら、私がいきます」

『え？　あ、いや……いいよ』

「だって、お腹の抜糸とか、まだすんでないでしょ？」

美咲も七月の『岡村事件』で胸元を二十針縫っている。縫われたまま日常生活をする不自由さは身に沁みて分かっている。

『ああ、すんではないが……』

「洗濯なんていいですから、私がいくまでじっとしててください」

『いや、ほんと、大丈夫だって』

「大丈夫なはずないでしょ。とにかくいきますから」

午後十時過ぎ。捜査会議が終わると、美咲は急いで駅に向かった。

東のマンションは品川区西五反田(にしごたんだ)。霞ケ関駅から日比谷(ひびや)線で恵比寿(えびす)駅、そこからＪＲで五反田駅、あとは歩きだ。ちょうど深夜までやっているスーパーの前を通ったので、何か作れるように食材も買い込んだ。

初めて訪ねるので不安はあったが、東の住むマンションは「白い吹きつけに青い瓦(かわら)の地中海風」という、佐々木デカ長の説明がよかった。白は夜でも目立つのですぐに分かった。わりと古いマンションなのか、オートロックなどはなかった。直接六〇八号室の前までいき、チャイムを鳴らす。

『ああ、開いてる……入ってくれ』

「失礼しますッ」

なんで私は怒ってるんだろう、と思いながら玄関に入り、パンプスを脱ぐ。細い廊下を通ってリビングまでいくと、東は壁にかかった鏡を見て、頭のネットを直しているところだった。まるで、慌ててカツラをかぶるような仕草だ。わりと新しめの黒いジャージを着ている。

リビングは、普通に片づいていた。

「……掃除、したでしょう」

睨みつけると、東は誤魔化そうとするように苦笑いを浮かべた。

「いや、落ちてたもんを、拾っただけだ」

「だったら、物が落ちていた所だけが綺麗になっているはずです。ずっと捜査で忙しくて、挙句に一週間も入院してたのに、どこにも埃が溜まってないなんて変です」

「君は、いつから鑑識になったんだ」

フンッ、と鼻息を吹いてキッチンに向かう。なんでこんな嫌味な態度になってしまうのだろう、と自分でも不思議に思うが、かといって急ににこやかにもできない。そこまで器用な性格ではない。

奥にいくつ部屋があるのかは知らないが、ここは完全に家族で住む仕様の間取りだった。つまり、かつて東は、ここに妻と娘と一緒に住んでいた。やがて二人は出ていき、今は取り残されたように彼一人が住んでいる。すると賃貸ではなく分譲ということか。賃貸なら、とっくに引っ越しているはずだ。

「何か作ります。何がいいですか」

なぜか東は目を逸らした。

「何がいいかって訊いているんです」

「いや……っていうか、なんで君、そんなに怒ってるの」

重くぶら下がっていた水風船を、針でひと突きされたようだった。張り詰めていた気持ちが、いっぺんに、そこら中に散らばる。もう、修復はできそうにない。

――なんでって、そんな……。

すぐには、返す言葉も浮かんでこなかった。だがこのまま黙っていたら、却って何もいえなくなってしまう。とにかく、何か返さなければ――。

「だって……主任が、勝手に、退院したりするから」

東は困ったような顔をしている。

「でも、もう本当に大丈夫なんだ。寝てるほどじゃないんだ」

「そういう問題じゃないんです」

じゃあどういう問題なのだと、東の目は訊いていた。

「私は……私は、東主任が、病院に……病院にいると思うから、病院の人が、主任を看てくれていると思うから……だから、仕事ができるんです」

自分は、何をいおうとしているのだろう。

自分は一体、何をいってしまうのだろう。

「主任が、一人で、まだ治ってもないのに、こんなところで、色々やってるなんて、私、そういうの、駄目なんです。……居ても立ってもいられなくなっちゃうんです」

門倉、と東は呟いた。苦しげな顔つきで近づいてくる。

「だから、主任が大人しく病院にいられないんだったら、私、毎日だってここにきます。……だから、掃除とか、洗濯とか、そういうことするの、やめてください。もし間違って、何かが当たったり、転んだりして、また傷口が開いたりしたら、どうするんですか。夜中に、無意識のうちに傷口を掻いちゃったりして、それで、また出血が始まったりしたら、どうするんですか。誰も……ここには、誰もいないじゃないですか。ここには、あなたの面倒を見る人が、誰もいないじゃないですか」

自分が、馬鹿なことをいってるのは分かっている。東は四十五歳になる、改めていうまでもないほど立派な大人だ。面倒を見るだの見ないだの、一々いう方がどうかしている。

思わずひざまずくと、美咲の脇腹も痛んだ。そう。すっかり忘れていたが、実は自分も、あの竹内に右脇腹を刺されているのだ。三針だから大したことはなかったが、抜糸がすんでいないのは同じだった。

「門倉……」

いつのまにか、目の前まで東がきていた。片膝をつき、美咲の肩に手を触れる。そこだけが、急激に熱を持っていく。

――主任……。

好きです、好きなんですと、喉元まで出かかっていた。いや、言葉にするまでもなく、ほとんど表情には出ていたと思う。

普通の男なら、分かる。伝わっているはず。そして、この気持ちを受け入れる気があるのなら、このままそっと、抱きしめてくれるのだろうし、それができないのなら、君の気持ちは嬉しいけれど、とかなんとか、やんわり断るところだろう。

だが、どうも東は、ちょっと違うタイプのようだった。

「分かった……俺も、明日から復帰するよ」

美咲はがっくりと、首がもげるほどうな垂れた。

半泣きになって熱を持ったせいか、耳の傷も、だんだん痛くなってきた。

5

送別会の翌日と翌々日は休暇をとった。ＳＡＴのシフトと異動先のそれを考え合わせると、そうした方が都合がよかったのだ。

「おや遅ようさん。連休とは優雅だねえ」

そして休日はいつも、他の連中が出かけた頃を見計らって食堂に下りていくことにしている。基本的に基子は、大人数の女性というのが苦手なのだ。化粧の匂い、甲高い声、女同士だからこそ覗かせる下劣な一面――。そんなものに取り囲まれるくらいなら、少しだけ賄いのおばさんの世間話を聞いてやるフリをする方が、精神衛生上いいというものだ。

「なに、今日は味噌汁ないの」

カウンターに置かれたトレイには、ハムエッグとサラダ、トーストの皿が一枚ずつ載っているだけだ。

「見りゃ分かるだろ。今日は欧風だよ」

「どこが」

あとから添えられたマグカップに入っているのは、どう見ても中華スープだ。

「……あのさぁ、おばちゃんはさぁ、無理にメニュー増やそうとか、工夫しようとかしなくていいから。おばちゃんは毎朝メシ炊いて、味噌汁作ってくれりゃあ、それでいいから」

「基ちゃん。人間てのはねぇ、日々成長するものなんだよ」

「おばちゃんは、これのどこで成長したの」

「目玉焼き。半熟でたくさん作るのって、案外難しいんだよ」

ちょんちょんと箸でつついてみる。

「……思いっきり固まってるけど」

「そりゃ、あんたが寝坊したからだよ」

もうけっこう。基子はトレイを持っていつもの席についた。

ちょうど手が届くところにリモコンがあったのでテレビを点ける。日曜のため、政治経済系のワイドショーをやっている局が多い。それ以外だとアニメ、じゃなければ『題名のない音楽会』か、美術館巡り。仕方なくワイドショーに戻す。解散総選挙がどうたらこうたらいっている。

賄いのおばさんは、急須と湯飲みを持参して基子の隣に腰を下ろした。

「……基ちゃんって、自衛隊の特殊部隊にいたんだねぇ。全然知らなかったよ」

「自衛隊じゃなくて、機動隊だってば」

そういえば、例の週刊誌に基子の記事が出ていることを最初に教えてくれたのは、このおばさんだった。

「でなに、アレが出ちゃったから、特殊部隊をクビになったの」

「違うっつーの。昨日もいったろう。あたしは手柄を評価されて階級が一個上がったの。階級が上がると異動するのが決まりなの。だから上野署にいくの。それだけのこと。クビになったのと違うんだよ」

せっかく説明してやっているのに、彼女は「ふーん」と興味なげにテレビを見上げ、音をたてて茶をすすった。

――分かってねえだろ、あんた。

まあいい。そんなことはどうでもいい。

気を取り直し、冷えて硬くなったトーストにマーガリンを塗る。上手く溶けないが仕方ない。そもそも基子は、あまり美味しいとか不味いとかにはこだわらないタチなのだ。もちろん、不味いより美味しい方がいいが、そのためにどこかに出向いたり、待ったり並んだり余計な金を払ったりするのはまっぴらご免だ。

「……最近、美咲ちゃんに会った？」

卵なんざぁ、軟らかかろうが硬かろうが大した問題ではない。

「ねえ基ちゃん。美咲ちゃんに、最近会ったかい？」

「ん？　ああ……いや、会ってないよ」

人質になって、羽交い締めにされて頭に銃口を突きつけられている姿はちょっとだけ見かけたが、ああいうのは、普通「会った」とはいわない。

「あの娘、なんかすごい怪我してたよ」

それはそうだろう。元自衛隊のレンジャー隊員に殴られ蹴られしたのだ。怪我をしなかったら、却ってその方がどうかしている。

「そりゃお気の毒。お大事にっていっといて」

彼女は、驚いたように仰け反ってかぶりを振った。顎の下で、白い肉がムニュムニュと蠢いている。

「ほえエ、しおらしいこというじゃないのさ。さては基ちゃん、男ができたね」

できたけどもう死んだよ、といったら、この人は驚くだろうか。

「……別に、怪我人に〝お大事に〟くらい、あたしだっていつもいってるよ」

「でも、表情は明るいんだよ。あれだね、美咲ちゃんにも、男ができたね」

中華スープをひと口すする。悔しいことに、これはこれで旨い。

「……も、ってなんだよ。あたしは男ができたなんて、ひとっ言もいってないけど」

「しかもかなり年上だね。あたしの見立てでは」

基本的に人間とは、年を取ると相手のいうことを聞かなくなる生き物らしい。

「あの娘、美咲ちゃんはねえ、誰かに惚れると、何倍もパワーアップするタイプなんだよ。

頑張っちゃう、頑張れちゃうタイプっていうかね。……あんまり、無理しなきゃいいけどね。昔のあたしに似てるだけに、心配でしょうがないよ」

それを聞いたら、さすがにあの門倉美咲でも腹を立てるだろう。

「ごちそうさん」

立ち上がると、彼女は慌てて基子の袖口をつかんだ。

「今お茶淹れてやるよ」

「いい。いらない」

その手を振り払う。これ以上無駄話に付き合ってやる義理はない。

「急ぐのかい」

「うん。出かけるんだ」

「でも、デートじゃないんだろ？」

正直、ギクッとした。この女、けっこう鋭い。

盗難に遭ったあと、新しいバイクは買っていない。ここふた月ほど、スポーツセンター通いに付き合ってくれた雨宮崇史は、もうこの世にはいない。

そうなると、途端にどうやって休日を過ごしたらいいのか分からなくなる。

バイクを持っていなかった頃、まだ雨宮と出会っていなかった頃の気持ちに戻ればばいいのだろうけれど、それも決して簡単なことではない。つまらない。本当に、心底つまらないので、柄にもなく「つまんねえな」と、一人呟いてみたりする。

考えに考え、ようやく思いついた時間潰しは、クリーニングに出したスーツを引き取りにいくという、これまた実につまらない用事だった。

特殊班時代は、ほとんど毎日スーツだった。ＳＡＴ時代は、打って変わってＴシャツにジーンズの日々だった。

——ほんと、ひと夏だったからな……。

だが所轄にいくなら、またスーツが必要とされるケースも出てくるはず。そう思い、昨日慌てて出したのだ。

「いってきます」

「基ちゃん、どこいくの」

「ちょっと近所」

清澄（きよすみ）通りの向こうのクリーニング屋までは、いつも歩いていく。

だが、その途中で基子は、ふと何者かの視線を感じとった。

——なんだ……？

そう思ったときには、背後からバタバタと足音が迫ってきていた。

「すみませェーん、伊崎基子さんですかァー？」

なんと、テレビで見たことのある女が、茶色いスポンジをかぶせたマイクを向けながら突進してくる。その後ろからカメラを構えた男と、なんだかよく分からないのがもう一人ついてくる。基子は、閑静な住宅街が突如テレビのフレームの中にはまってしまったような錯覚に陥った。

——なんだこりゃ……。

あまりに想定外の出来事だったので、基子は思わず立ちすくんでしまった。あのマイクが刃物だったら、あのカメラが迫撃砲だったら、どうすべきかは瞬時に決められる。だが、相手が明らかな善意の第三者だと、基子は途端にどうしたらいいのか分からなくなる。情けないほどに判断力が鈍る。

——蹴っ飛ばしたら、マズいんだよなぁ……。

迷っているうちに、囲まれてしまった。

「一部の週刊誌で報道されていましたが、伊崎さんは、初の女性SAT隊員ということでよろしかったですよねぇ？」

だったらなんだってんだこの年増、とかいってもマズいんだろうな、などと一々考えてしまう。

「ええ、まあ……」

にわかに自分も国民的英雄か、と思ったが、相手の設定したテーマは、どうやら別のところにあるようだった。

「先日の『沙耶華ちゃん事件』で逮捕された五人の被疑者の内の何人かが逮捕時の乱闘で重傷を負ったという情報があるのですが、ＳＡＴの訓練内容や強行突入のプログラムにいき過ぎた点があったのではないかという指摘が専門家の間ではされています。その点について伊崎さんはどのように……」

ようやく、考えがまとまった。

ダッシュ。とりあえず基子は、その場から逃げることを選択した。

お陰で、二日目の非番は休んだ気がしなかった。

スーツを引き取って寮に戻るのにも、わざわざ裏の路地から忍び込まなければならなかったし、戻ったら戻ったで、もうおいそれと出かけられる状態ではなくなってしまった。そもそも部屋でじっとしていられる性格ではないので、閉じこもっているという状態そのものに気詰まりを感じる。なんとも、嫌な休日になってしまった。

明けて、九月二十六日月曜日。

基子は多くの女性警官と共に食事をすませ、七時過ぎには寮を出た。いい天気だった。途中で前を歩く門倉美咲らしき人物の背中を見かけたが、わざわざ声をかける間柄でもないので、そのまま追いつかない程度の距離を保って歩き続けた。

しかし、ここ月島の女子寮は、やはり便利である。

特二からSATに異動したときも引っ越さずにすんだし、今回は上野で、却って今までよりも近くなったくらいだから、むろん出ていく必要はなかった。多摩とかあっちの方に飛ばされればその限りではないが、二十三区内だったら、たぶん動かなくてすむと思う。

昨日のレポーターたちは、今日はどこにもいなかった。朝一番から張り込まなければならないほど、基子のネタは重要なニュースではないということなのだろう。

月島駅から上野駅までは、乗り換え時間を入れても三十分とかからなかった。上野署までは歩いて三分というところだ。

警察署自体は、まあまあ綺麗な七階建てだった。

「おはようございます」

まずは一階の警務課に顔を出す。基子のために早出をしてくれたのだろうか。人事担当職員の中年男性は、すでに席についていた。

「おはようございます。伊崎基子、巡査部長ですね」

若干の優越感。

「はい。よろしくお願いします」

異動に関する事務手続きをひと通りすませると、二階の交通捜査係にいってくれといわれた。

「え？　交通、捜査の方ですか」

　基子はてっきり、自分はミニパト軍団の小隊長になるのだとばかり思い込んでいたので、
橘にもらった辞令通知書はろくに読んでもいなかった。

「ええ。ご存じありませんでしたか」

　知らなかったともいえず、基子は苦笑いでその場をやり過ごした。

　いわれた通り二階に上がる。交通捜査係の部屋を見つけて覗くと、当直だったらしい中年男が机で髭(ひげ)を剃(そ)っている。その他は、まだ誰もきていないようだった。

「おはようございます。本日からお世話になります、伊崎基子巡査部長です」

　んあ、と振り返った男は、眠そうな目で基子を見た。

「……ああ、今日からの」

　ワイシャツはしわだらけ、白髪交じりの頭は寝癖だらけ。首と背中の感じからすると、腹の周りは贅肉(ぜいにく)だらけ、といったところか。

「はい。よろしくお願いします」

「元ＳＡＴ、って人でしょう？」

　よくご存じで。

「ええ、まあ」

「私、主任の、吉岡です」

つまり、基子と同じ巡査部長というわけだ。

ぼんやり立っていると、そんなところじゃなんだからと、近くの椅子を勧められた。

「たぶん、その机になるから」

「はあ、そうなんですか」

八時を過ぎると、ぼちぼち人が入り始めた。係長の田中警部補や他の捜査員たちとも挨拶を交わす。朝礼を兼ねた訓示では全員に自己紹介もした。

「伊崎基子です。よろしくお願いします」

平均すると、まあ、可もなく不可もない迎えられ方だったように思う。田中係長や吉岡主任は、中でも好意的な方だった。他にもう二人いる主任、井原巡査部長と大島巡査部長は、若干煙たそうな目で基子を見た。あとは巡査長が五人。四人は、揃いも揃って疲れた顔をした中年男だ。

だが、紅一点というべきなのだろうか、三十代半ばと思しき女性だけは、挑発的ともとれる視線を基子に向けてきた。

「秋吉巡査長です。よろしくお願いします」

これがまた、けっこうなブスだった。身長は百五十四センチぎりぎり、固太り。顔は白い饅頭に黒とピンクのクレヨンで落書きをしたような作りだ。ひと言でいうならば「トラフグ」。だが、頭はよさそうだった。知力、体力、あとは根性と反骨精神でここまでの人生を乗りきってきたようなタイプだ。美人をやっかむことでパワーを発揮し、体力で勝って相手を見下し、知力で陥れるのが得意、といったらいい過ぎか。

――でも、あたしを甘く見るんじゃないよ。

少なくとも、体力と根性で自分に勝とうなどと思うな。さらにこっちには、攻撃力とセンスもあるぞ。

「こちらこそ、よろしくお願いします」

握手で応える。無謀にも、秋吉が力を込めてきたので、基子はギュッと握り返してやった。

「んギャッ」

愚か者め。元ＳＡＴを舐めるな。

一体、どういう類の嫌がらせなのか。

「女同士の方が、何かといいでしょう」

田中係長の意味不明な計らいにより、基子はしばらくの間、秋吉巡査長と組むことになった。年上だが階級は下。能力は疑問だが、少なくとも交通捜査における経験は上。やりづらいが、基子自身が交通捜査に慣れるまでは仕方ないか。

上野署交通捜査係が目下全力で追っているのは、六日前に東上野五丁目で発生した轢き逃げ事件だ。被害者は男性、斉藤博史さん、六十二歳。二十日の夜十一時半頃、浅草通りにかかる横断歩道を横断中に何者かに撥ねられ、救急車で近くの病院に搬送されたが、翌二十一日未明に死亡した。

　捜査係は事件現場に残されたヘッドライトカバーの破片や塗膜から、車種をシルバーメタリックの「ホンダ・シビック・フェリオ」と特定。現場にブレーキ痕はなく、事件発生時刻が夜中であったため、飲酒・居眠り運転であった可能性も含めて捜査を進めてきた。

　基子は秋吉に同行する形で、早速城北地区の聞き込みに出ることになった。

　だが、署の玄関を出て、通りを駅方面に向かおうとした途端、

「伊崎基子さんですよねぇ？」

　曲がり角から飛び出してきた女に声をかけられた。

　――ちぇ、またかよ……。

　だが、今回はテレビではない。週刊誌か、タブロイド紙の記者のようだった。周囲にはライバル同業者のような男が五人ほどいる。

　その一人が横から割り込んでくる。

「先日の写真週刊誌で報道された件でお伺いしたいんですが」

　最初の女性記者は、あからさまに嫌そうな顔をした。

「……職務中ですんで」

基子は駅に向かって歩き始めた。秋吉も黙ってあとをついてくる。

「かなり怪我人が出たということなんですが」

「伊崎さん一人で検挙なさったというのは、本当なんでしょうか」

「不法滞在中国人を含む、男五人ということですが」

「中には、元自衛官もいたといわれていますが」

「実際には、機関銃で撃ったんですよねぇ？」

「人権問題とかは、そのときお考えになりましたか」

浅草通り。出勤途中のサラリーマンがすれ違いざま、怪訝そうな目で基子を見ていく。

もしかしたら、芸能人か何かだと思われたのかもしれない。

「特に、元自衛官の怪我がひどいといわれていますが」

「大事件の現場で、興奮してしまったというようなことはありませんか」

目の前に突き出されるレコーダーを、それとなく払い除けて進む。

「発砲はすべて、警察官職務執行法や、それに類する職務規定の範囲内だったと、断言できますか」

「使用されたのは、機関銃ですか、ライフルですか」

「なぜ男性隊員ではなく、伊崎さんが単独でという形になったのでしょうか」

何をいわれても、無反応でいるつもりだった。だが、

「ちゃんと答えてくださいよ。やましいことがないんだったら」

そこだけは、どうにも無視することができなかった。訊いたのは、最初の女性記者の前に割り込んできた、あの男だった。

思わず立ち止まる。

無意識のうちに、基子は彼と目を合わせていた。

――やましいこと？

そんなもの、あるはずがない。自分は命令に従ってあの現場に入り、屋上に上り、当初の作戦とは違ってしまったが、それでも命令通り階下に下り、犯人グループを鎮圧したにすぎない。

それを、やましいとは何事だ。

――こっちは、警察側は、一人死んでんだぞ……。

誰のために、自分たちが現場に入ったと思っている。誰のために、ＳＡＴが強行突入をしたと思っている。人質だぞ。人質の命を守るためにだぞ。お前たちにだって家族がいるだろう。その誰かが明日、どこかで人質になるかもしれないとは考えないのか。そうなったときもお前は、自分の家族の命を救った警察官に向かって、命を張って救出に向かった警察官に対して、なぜ犯人に向けて発砲したのかと、本気で問いただすことができるのか。

――フザケんなよ、コラ……。

基子は彼に正面を切った。

「……おたく、名前は？」

むろん、声に威圧感は込めた。名前と社名をいわせたら、それを元に色々調べて丸裸にしてやろうか。そんなことも考えた。

だが、あらゆる邪念はすぐに消え去った。

残ったのは、彼に対する、純粋な殺意だけだった。

——こいつ、殺してやろうか……。

不自然な沈黙。二人を隔てる空間が、突如真空になってしまったかのような膠着状態だった。他の記者はまだ何かいっていたのかもしれないが、基子はまったく聞いていなかった。

基子は、彼を、目で、なぶり殺していた。

「さ、サカイ……ですが……」

そういった彼の目には、じんわりと涙が浮かんできていた。彼自身、なぜ自分が涙ぐんでしまうのか、分からなかったのではないだろうか。

彼は、怖かったのだ。ただただ、怖かったのだ。死にはしないが、殺される恐怖だけは味わってしまった。基子の殺意に感応し、そのまま、心だけ被害者になってしまったのだ。

「……覚えておくよ」

ほんの、囁くような小声でいい、どきな、と付け加えると、彼は背後の記者たちに寄りかかるようにして道を開けた。他の記者たちは何が起こったのか分からず、とっさに彼を支えようとしたり、寄りかかられて転びそうになったりしていた。

かまわず歩き始めると、後ろから、秋吉の気配だけが追ってきた。

慣れない聞き込みをこなし、夜になって署に戻ってみると、なんと驚くべきことに、すでに被疑車両は特定されていた。

さきほど捜査対象車種で、事故発生日の翌日、極めて疑わしい破損状況で修理に出されていた車両のナンバーをNシステムで検索したところ、その車両が事故発生時刻の直前、事故現場付近の道路を事故現場に向かって走行していたことが、明らかになったというのだ。ちなみにこの車両を探し当てたのは、品川方面を担当していた井原巡査部長だ。

「しかし、持ち主がなぁ……」

田中係長は、地肌が透けて見えている頭をぼりぼり掻いた。無理もない。なんでも車の持ち主が、わりと名のある代議士の息子だったのだから。

――代議士の息子なら、もっといい車に乗れよ。

そこに秋吉が「あのぉ」と割って入った。

「そうなると、かなり慎重に捜査を進めなければいけないと思うんですけど、でも伊崎さんがいると、今朝みたいにマスコミがいっぱいくっついてきちゃう可能性も、出てきますよね」

「なんだ、マスコミってのは」

一斉に、係員全員の目がこっちを向く。

「あ……ええと」

だが、基子がわざわざ答えるまでもなく、秋吉が全部説明してくれた。田中係長は「それはマズいな」と、見ているこっちが痛くなるほど頭皮を掻き毟った。

こういう場合、相手の言葉を待つより、自分からいうのが基子の流儀だ。

「あたし、しばらく捜査からはずれましょうか」

途端、田中は顔をほころばせた。枯れかけた花に、無理やり水をやってもう一度咲かせたような、しわしわの笑みだった。

「そうしてくれると、助かるなァ」

――どういたしまして。

基子は一礼して、デカ部屋をあとにした。

六階まで上がって、暗くなった食堂で一人、缶コーヒーを買って飲んだ。隣には柔剣道場があるが、時刻も遅いため空っぽで、静まり返っている。

窓から上野署周辺を見下ろす。ぱっと見、マスコミはもういないようだった。いたところで、別に基子は怖くもなんともないのだが、やはりいないよりいる方が、煩わしいのは事実だ。

――なんだよ。世論なんて、全然味方してねえじゃねえか……。

その点では、太田の目論見は大きくはずれたといわざるを得ない。

溜め息を吐き出し、基子は近くのパイプ椅子を引いて座った。

たった一日だが、マスコミの姿を気にしながらする捜査は、けっこうきつかった。体力的にはSATにいたときの方が何十倍もつらかったはずだが、むしろ今の方が、どこかに座りたい、寝転びたいという気持ちは強い。いま道場にいって、柔道用の畳が敷いてあったら、受身の練習をするようにバタッとやって、そのまま、大の字になって眠ってしまいたい。そんなふうに思う。

長居をすると、本当に動けなくなってしまいそうなので、冷めたコーヒーをぐっと飲み干し、よっこらしょと立ち上がった。振り返ると、自販機の明かりがやけに眩しい。隣にある空き缶入れは、小さな闇の塊だ。手にしていたそれを丸い口に落とす。期待したような金属音は聞こえず、ゴンと、ポリ製の底板に当たる音だけが虚しく響いた。

明るい廊下を通り、エレベーターで下りるまでは、誰にも会わなかった。一階で各課の受付前を通り、当直の何人かに挨拶をする。玄関前で立番をしているのは、名前も知らない私服警官だ。

「お疲れさまでした」

「ああ、お疲れさん」

通りを見回す。やはり、マスコミの姿はなかった。はぁと小さく息を吐き、肩を落としてみる。こんな様子を雨宮が見たら、どんなふうに馬鹿にするだろう。

——へえ。君でも、そんなふうに凹むんだ。

——別に、凹んでなんかないよ。

そんな、一人問答をしているときだ。

「ねえ」

急に声をかけられ、基子は不覚にも、驚いて肩をすくめてしまった。声のした方を向くと、角を少しいったところの電信柱に、男が一人、寄りかかっているのが見えた。

「伊崎、基子さん……でしょ？」

背は百八十センチ前後。中肉。たるんでいる印象はない。こっちに近づいてくるが、基子が体を向けると足を止めた。距離のとり方を知っている。何かの格闘技経験者か。

また、ゆっくり近づいてくる。

明かりが当たり、顔が見えた。見覚えはなかった。無精ひげを生やしているが、まあまあ甘い感じの顔ではある。年齢は不詳。麻のジャケット、着崩したワイシャツ、濃い色のスラックス。手ぶら。

「誰、あんた」

男は、基子の間合いの外で足を止めた。そのリーチから考えると、基子自身は彼の間合いの中にいることになる。

「……キハラといいます。キハラツヨシ。まあ、フリーライターってやつですよ。最近では、SAT初の女性隊員について、書いたりしたんですがね」

腰を落として基子が構えると、男もさっと、両拳を上げてガードを固めた。

こいつは殴ってもいい。そう基子は判断した。

左を顎の辺りに軽く出し、それを引くと同時にボディへ、ストレートを打ち込んだ。バチッといい音がし、基子の右拳は硬い腹筋の上で止まった。

「ンッ……けっこう、自信持っちゃうな。これでも、学生時代はボクシングで、けっこう……」

すかさず左のローキック。男の左膝を内側から破壊する。

「がはッ」

大きな体が斜めに傾ぐ。膝が痛いのと、前に倒れたくないのと、尻餅をつきたくないのと――。おそらくそんな諸々が瞬時に入り混じり、だが結局、男は左手をついて「おネエ座り」で地べたにへたり込んだ。

それ以上は、基子も手出しをしない。

「……自分のバックボーンを語るってのは、つまり弱点を披露してるのと同じことだよ」

ボクサーはローキックに弱い。そんなのは常識中の常識だ。むろん、キックボクシングや空手の経験者ならば話も変わってくるが、この男の構えは純粋なクラウチングスタイル、ボクシング以外の要素はまったく見られなかった。

「あ、ああ……さすがだね、勉強になるよ。つまり、レスリングと柔道の他にも、なんか拳法とか、そういうのも、やってたわけだ」

顔をしかめながら立ち上がる。よほど上手く入ったのだろう。立ってもなお、彼は左手を電信柱についていた。

その姿勢のまま、空いている右手を、すっと内ポケットに入れる。基子はそこから、彼が拳銃を取り出しても、ナイフを抜き出しても対応するつもりでいたが、差し出されたのは一枚の名刺だった。「木原毅（きはらつよし）」という名前と、住所、携帯電話番号だけのシンプルなものだ。

「ご丁寧に、どうも……あたしの打撃は独学だよ。距離の測り方はレスリングのタックルの応用」

「ちぇ……君だってけっこう、ペラペラ喋るじゃない」

「うん。あんたの力量は見切ったからね」

ブンッ、と右アッパーが上がってくる。基子は落ち着いてそれを捌き、今度は外側から右膝にローキックを叩き込んでやった。

「だはッ」

両膝を破壊され、男は否応なく、正座するように前に倒れた。その際、両膝をアスファルトに強打した。手をつこうとはしたがタイミングが合わず、自重を支えきることができなかったのだ。

悲鳴とも、呻き声ともつかない音が、男の口から漏れる。

「じゃあね。お大事に」

基子は踵を返し、駅への道を急いだ。

「ちょ、ちょっと……ちょっと待って、話が……」

待てといわれて待たないのは、たぶん泥棒も警察官も一緒だろう。

第二章

1

あとになって歴史的事実と照らし合わせ、結局あれは、一九五〇年代の初頭だったのだろうという結論に至った。そして当時の私は、およそ十二歳とか、それくらいの年齢だったのだと思う。何せ私は、自分の生年月日を知らないわけだし、戸籍も持っていない。記憶なんてのはすべて曖昧模糊としたものだから、何かを数値で区切るということが根本的にできない。そうなると、正確に「あれはこうだった」といえることなど、何一つなくなってしまう。私にとって過去とは、そういう性質のものであり、記録との隔たりは計り知れぬほど大きかった。

ただあの頃、集落での暮らしが、一つの転換期を迎えていたのだけは確かだ。

大人は宮路とその女房、弟分が二人、頭のイカレた女が一人、計五人。子供は年嵩の男の子二人にヒロコ、それと私の計四人だったが、その「大人と子供」の境界が急に、あやふやになりつつあった。

「お前らも、そろそろ商売いうもんを、覚えなぁな」

私はまだだったが、年嵩の二人は服を与えられ、宮路たちと町に出かけていくようになった。ヒロポンの仕入れ、販売を手伝うようになったのだ。

「あんたは、もうちょっとしてからやねぇ」

取り残された私は、一日中ヒロコと交わっていた。いま思い起こせば、あの乱れに乱れた生活の中で、よくもヒロコはあれだけの美貌を保っていたものだと思う。

体格は私と大差なかったが、形のよい乳房は前に尖り、細い腰から丸い尻への曲線は、大人の女のそれを凌駕するほどの色気を備えていた。肌は夏でも雪山のように白かった。

私は乞われれば、いつでもヒロコの体を拭いてやった。

「あんた、なにしとん……そこばっかり弄らんといて」

行水の途中で交わるのが、何しろ一番興奮した。

「……あかんて……あんた、おとんが帰ってきたら、また殴られるで……」

そういいながらもヒロコは、いつでも細く真っ直ぐな足を開き、私を迎えてくれるのだった。高まってくると、私の胴を両膝でぎゅっと締めつけた。一度終わると、ヒロコの背中は泥だらけだった。それをまた綺麗にしてやり、だがその途中で催し、また私がヒロコにかぶさる。そんなことを、私たちは一日中繰り返していた。

日中、私がヒロコを独占するようになって、さぞ年嵩の二人はヤキモキしていることだろう、と思ったのだが、実際はそうでもなかった。

あの二人は町に出て、私たちの知らないことをたくさん知るようになっていた。商売の仕組みも、だいぶ理解している口ぶりだった。

「港にな、車がくるんや。遠い遠い、トーキョーいうところから、オヤジさんの名前で、荷物が届く。それがヒロポンや。前はな、兵隊が持っとったり、薬屋で買えたりしたんやけど、今はあかんのや。国がな、あかんことにしたらしい。……でもな、それを見越して、溜めこんどったもんが送ってよこすんや。それをオヤジさんが、ここで売り捌く。分かるか？」

いや、さっぱり分からなかった。

「でもなぁ、なんか変なんや……。港におる奴らはな、わしらとは、違う言葉ぁ喋っとんねん。なんやよう分からんこと、ずぅーっと、いうてんねんて」

あとから考えれば当然だ。大人はみんな関西出身だったから、集落の中は関西弁が普通だったのだ。港にいる地元民の新潟弁が理解できないのは、ある意味当たり前のことだった。

たぶんその頃が、ヒロポンで一番儲かった時期なのだと思う。覚せい剤取締法ができた一九五一年から、改正される五四年くらいまでのことだ。

あれは危険な薬で、使い続けたら死に至るという認識が一般的になる一方で、中毒者は何をしでかしてでもヒロポンを手に入れようとし続けた。だがもう表社会では売っていない。法で禁じられたものは地下にもぐり、高値で取引されるのが世の常だ。それが組織暴力団の資金源になった。宮路はその末端であり、私たちはさらにそこにたかる虱（しらみ）のような存在だったのだろう。

お陰で若干、集落の暮らしは上向いた。

私たちにも服と、町に出る自由が与えられた。宮路の女房は派手に着飾り、乗合自動車で大和川（やまとがわ）や糸魚川の町まで遊びに出かけた。

私も何度か連れていってもらった。現代の感覚からすれば、むろん薄汚い町だったとしかいいようがない。どこの家も、外壁は真っ黒に煤（すす）けた下見板だったし、ガラスなんて、ちょっと割れてるかヒビが入ってるくらいが普通だった。もしそれがなくても、今みたいに真っ平なガラス板ではなかったので、妙に向こうが歪んで見えるのが常だった。

だが、集落にはガラス窓なんて一枚もなかったものだから、当時の私にはえらく物珍しく、綺麗に見えた。向こう側が透けて見えるのに硬い。でも氷ではない。それだけで、無性にわくわくした。特に、夜になって街灯が灯（とも）り、ガラス越しの明かりで、眩（まばゆ）いくらいに輝いていた糸魚川駅前の風景は、今でも忘れられない。

城之川という、小さいが綺麗な川が、真っ直ぐ駅に向かって流れていた。そこに架かる橋から駅の方を眺めると、川面に街灯の明かりが映り込み、さらに町が明るく煌いて見えた。

隣にはヒロコがいた。それはそれは、たいそうな美しさだった。着ている物こそ宮路の女房には敵わなかったが、夜の町を見てきらきら光る瞳は、何物にも代えがたい愛らしさに充ちていた。

だが、その頃になって私はようやく気づいた。

集落の大人たちは、町の人たちとは違うと。

例の方言の問題ではなく、ましてや着ている物の違いでもない。私の目には、彼らが、町の人間と比べると、ひどく貧弱に見えたのだ。

誰かが蹴飛ばしたり、ぶん殴ったりしたら、すぐにでも死んでしまうのではないかというほど、弱々しく見えた。年嵩の二人はそれでもまだマシだった。ひどいのは宮路とその弟分二人だった。

日頃、自分を殴る蹴るしていた大人たちは、実は町の人たちと比べると、ちっとも強くも大きくもないのだと、私は初めて知った。

私を町に連れていったこと。それは宮路たちが犯した、彼らの人生最大の失態だったといえる。

以後、私は年嵩の二人から話を聞くことによって、急激に世間や社会というものを認識するようになっていった。

「ここは目の前が海やけどな、後ろの方は、ずっと山やねん。でもあの……ほら、見えるやろ。あの道をずっとあっちにいくとな、それでも町があるらしい。なんとかハヤカワ、いうとこらしい。でもなんでやろ、あっちでは商売したらあかんのやて」

やがて私は、二人の所有する「地図」というものを目にするようになった。文字は読めなかったが、彼らが話すのを聞いていると、大体この集落の周りがどういうふうになっているのかが分かってきた。

「ここが、わしらのいる、ここやで」

「今日は、この道を、こっちにいったなぁ」

「ちゃうやろ。こっちいって、この川を渡ったんやないか」

「あそうか」

私が「糸魚川の町はどこ?」と訊くと、二人は一斉にある地点を指差した。

「ここやッ」

「そやここや。んで、ここが大和川やで」

自分で地図を所有することはできなかったが、宮路の女房のお供をするときに周囲を注意深く見て、それを帰ってから、年嵩の二人に確認してもらうようになった。それを繰り返すことによって、私は自分の頭の中に、独自の地図を描くようになっていった。

その脳内地図の肥大化と呼応するように、私の中で、ある一つの欲求が、急激に膨らんでいった。

この集落を出たい。宮路たちと別れて、町に出て暮らしたい。それも、ヒロコと二人で。だが、糸魚川辺りだったら、ヒロポンを仕入れにくる宮路たちに見つかってしまう可能性があった。見つかったら、私はともかく、ヒロコは確実に連れ戻されてしまう。それでは駄目だ。だから、糸魚川よりもっと遠くの、宮路たちも知らない土地に逃げる必要があった。

宮路はヒロコを、ある意味では女房よりも愛していた。今となっては、もう二人が実の親子だったのかどうかは知る由もないが、もしそうだったとしたら、宮路は実の娘を抱くという行為に特別の興奮を覚えていたのだろうと推察できる。あの二人の交わりは異常だった。私なんかは傍から見ているだけで、陰茎になどさわりもしないのに、よく射精してしまったものだ。

私は、ヒロコを独占したかった。日中だけでなく、朝も夜も自分のものにしておきたかった。そしてそれは、決して実現不可能なことではないと思うようになっていた。

宮路は、実は大して強い大人ではない。私はそう確信していた。確かに彼は、ヒロポンを仕入れることができる。それを売り捌いて作った金を持っている。だが逆にいえば、宮路にできることはそれだけなのだ。彼に逆らえない人間は、彼の持っているヒロポンか、金に頼りたい人間に限られている。あるいは頭が悪いのか。あの年嵩の二人はまさにそれだ。二人が力を合わせれば、宮路なんて今すぐにでも亡き者にできるのに、それをしようともしない。たぶん、思いつきもしないのだろう。

だが私は違う。私はヒロポンもいらない。金もいらない。ただヒロコが欲しかった。私はただ、ヒロコと二人で生きていくために、故郷を捨てる決心をした。

「あんた、そんなことしておとんに見つかったら、殺されるで」

行水の最中、ヒロコに計画を打ち明けた。最初は、あまり本気にしていないようだった。だが私が、何度も繰り返し説明すると、次第に興味を示すようになっていった。

「それも、ええかもしれんねぇ……」

宮路と交わるとあんなに凄い声を出すのに、ヒロコは、実は宮路に抱かれるのが好きではないようだった。

「うちは、あんたのちっちゃいコレの方が、好きや」

その頃は、小さいのが恥ずかしいという認識すらなかったので、私は好きだといわれたことが単純に嬉しかった。

「あんたと逃げたら、あんたとだけしとったら、ええんやもんねぇ……おとんに、もうこんなんされんで、ええんやもんねぇ」

おとんにこんなん、というのは、あのヒロコが上になって、激しく下から突かれるアレである。どうやらヒロコは、アレが特に嫌だったらしい。

ある朝、宮路と他の男たちが出ていったあとで、私はヒロコと、密かに集落を出る準備をした。イカレ女はそこらを徘徊している。宮路の女房は、たいがい昼頃まで寝ている。だから、こっそりそこらにある金とヒロポンを掻き集めて、持って出ていってしまえば、まったく問題ないはずだった。

だが、いざ集落を出ようとすると、そこには宮路の女房が、腕組みをして仁王立ちになっていた。

「……ヒロコ。あんた、なんのつもりなん」

嗄(しわが)れた、低い声だった。そこには非難も、怒りもない。あるのは、ただ深い穴のような、底のない暗さだった。宮路の女房は、ひたすら暗い声色、暗い表情で、ヒロコに尋ねた。

「なんのつもりなん、なあ、ヒロコ」

私がそのとき考えていたのは、宮路の女房、つまりヒロコの母親が、腕ずくででもヒロコをここに留まらせようとするなら、自分も腕ずくでやらなければならないだろう、ということだった。

目の端で、何か役に立つものはないかと探った。ちょうど宮路の女房の足下に、薪(まき)を割ったり、あるときは死体を処理するのに使った、あの鉈が落ちていた。

「ヒロコぉ、あんた、どっかいくつもりなん」

ふらりと、ヒロコの方に踏み出す。

「あんたが、どっかいくつもりなんやったら」

もう一歩踏み出した、そのときだ。

ヒロコは身を屈めて地面を這い、私が目をつけていた鉈を拾い上げ、目にも止まらぬ速さで母親の額に打ち込んだ。

「んどっ」

死体の四肢を断つのとはまた違う、硬くて、重たい音がすぐそこに響いた。

「……おかん、堪忍な。うち、もうここにいたないねん」

ヒロコが手を放すと、母親は前のめりに倒れた。地面に激突し、鉈はその頭を真っ二つに割るほど深く喰い込んだ。

うつ伏せになった母親の右手は、いつから持っていたのか茶色の紙包みを握っていた。

「なんやろ、これ……」

私が訊いても、ヒロコは小首を傾げるだけだった。

紙包みの中身は、札束だった。いくらあったのかは、当時の私には知ることができなかったが、その後しばらくはそれで食い繋げたのだから、かなりの額だったのだと思う。

どういうわけか、それも冷たい冬の朝の出来事だった。海は暗い青というより、ほとんど灰色に見えた。

私たちは西の糸魚川には向かわず、近くの早川という川に沿って南下していった。早川沿いには下早川、上早川という町があり、その頃すでにスキー場や温泉ができて開業していた。それらの町で私たちは、生まれて初めて自由に食べ、自由に寝て、自由に遊んだ。

その名も「早川スキー場」というところでは、上越スキー選手権大会や市民スキー大会というイベントが催され、たいそうな活気に満ちていた。私たちは、スキーはできなかったものの、防寒具はそれなりに揃えていたので、今まではできなかった雪遊びもいろいろやってみた。ヒロコはもう十五とか、ひょっとするとそれより年上だったのかもしれないが、初めてやる雪遊びが楽しくて仕方なかったのだろう、カラカラと笑いながら、何度も腹を抱えて雪に倒れ込んでいた。

だが、そんなふうに遊んでいられるのも金のあるうちだけだった。

宮路の女房の握っていた金、集落で掻き集めた金が尽き、ヒロポンもなくなると、もう私たちにできることは何もなくなっていた。

そうなると、選ぶべき道というのは、自然と一つに絞られてくる。

街頭に立って、ヒロコは夜な夜な体を売るようになった。遠方からのスキー客、酔っ払った宿屋の従業員、地元のヤクザ。ヒロコはいいように男たちに弄(もてあそ)ばれ、壊れていった。
それと同時に、私の中には、日に日に苛立ちが募っていった。
私はヒロコと、こういう暮らしをしたいのではなかった。私は一日中ヒロコと交わって、面白可笑(おか)しく暮らしたかっただけなのだ。どこの誰だか分からない男たちにヒロコを差し出し、その行為を障子の隙間から覗き見て、自慰に耽(ふけ)りたかったわけではない。

　それ以上に、美しさを失っていくヒロコが許せなかった。

　いつのまにか彼女は、自分で稼いだ金でヒロポンを買うようになっていた。それも飲んだり炙(あぶ)って吸ったりするのではなく、いきなり注射で直接体に入れ始めた。たぶん、客になったヤクザに勧められたのだろう。でなかったら、いきなり注射器を使うはずがない。宮路たちでさえ、あの集落では飲むか吸うかにとどめていたのだ。

　ヒロポン、つまり覚醒剤は、それを摂取するだけで異様に活力が湧いてくるので、食事は摂らなくてよくなってしまう。おまけに眠気も吹っ飛ぶので、朝まで何人でも客をとれる。稼いだ金の大半はヒロポンに。いつのまにかヒロコは、とんでもない悪循環にはまり込んでいた。

　私は、ヒロコに目を覚ましてほしくて、殴った。平手で殴って駄目なら拳で殴った。でも駄目だった。食事を摂らなくなったヒロコは体力をなくし、痩せ細り、だがそれではいけないと思うのか、ヒロポンを打って体力だけは回復させようとした。もう、そんなもので戻るはずがないのに、ヒロコはヒロポンを打ち続けた。

「うちぃ？　名前ぇ？　ヒロコ。ヒロポンの、ヒロコ……うっひっひっひっひ……」

終いには、客も寄りつかなくなった。

白い肌には、ところどころ異様にどす黒いシミが浮き出ていた。

一日の大半を、ヒロコは眠って過ごすようになった。ときおり私が揺さぶり、目を覚ますと、彼女は決まって「お客さぁん？」と訊いた。私はそうだと答え、代わりに彼女にかぶさった。

もうヒロコは、穴の中まで冷たくなっていた。感じるはずなんてないのに、ヒロコは一所懸命声を絞り出し、よがってみせた。

だがあるとき、ヒロコはふと思い出したように、本気で感じ始めた。中も火が点いたように熱くなり、激しく髪を振り乱してよがった。

骨と皮だけになったヒロコのどこに、そんな煌(きらめ)くような生命力が残っていたのだろう。ヒロコは上体を起こして私を組み伏せ、よいしょと腰にまたがって、自ら激しく体を上下させ始めた。

私は目を閉じて、美しかった頃のヒロコを思い浮かべた。暗い青の海を背中に感じながら、彼女の体を拭いたあの頃を思い出した。宮路の目を盗んで交わりあった昼時。宮路に小屋から放り出されて、仕方なく壁の節穴から覗き見たヒロコの肢体。煤けた板壁に張りついた、私の精液。微かに立っていた湯気。横を見ると、年嵩の二人も同じことをしていた。

「んおォォォーッ」

ヒロコが、初めて私の上で吼えた。

あの、宮路との交わりのときにしか出さなかった、山ノ神の嘆くような声を絞り出していた。そして微笑む。

──出たぁ？……ああ、出てるね。出てるわちゃんと。

初めてのとき、そういわれたことを私は思い出した。ヒロコの微笑みが、ちょうどあの台詞をいったときと、そっくりだったのだ。

やがて、ヒロコは私にかぶさり、息を引き取った。

私はそのまま、三日三晩、ヒロコを抱きしめていた。

穴という穴から、ヒロコの体液すべてが出てしまうまで。

命のすべてが、枯れて乾いてしまうまで──。

2

翌朝。東は宣言通り、捜査会議に出席できる時刻に登庁してきた。

頭にネットはない。ハチマキ状の包帯のみになっている。目と唇の周りの黒ずみは隠しようがないが、それでも美咲には、かなり見られる顔になったという印象があった。何より、東の表情に覇気が戻ったのが嬉しかった。

「大丈夫なのか、本当に」

殺人班三係長の綿貫警部が心配そうに寄ってくる。東は「ご心配をおかけしました」と頭を下げた。だが、腹の傷が攣れたか、それだけで顔をしかめる。

「無理してくれるなよ、おい」

「……すみません。でも大丈夫です」

美咲は手近な椅子を引いて東を座らせた。

いつのまにか、周りには『利憲くん事件』捜査本部の面々が集まってきていた。三係のデカ長四人に、碑文谷署の森尾デカ長、萩島巡査、それに美咲。苦楽を共にした、というほどではないかもしれないけれど、それでもある種の連帯感のようなものが、この八人にはあるように思える。

「いったって聞きゃしませんよ、この人は。周りの忠告なんて、聞いたためしがないんだから」

沼口の憎まれ口も、以前ほど嫌味には聞こえなくなった。それがなんだか、美咲には嬉しい。

東は和田一課長や三田村管理官、その他の幹部連にも挨拶をして回った。美咲は、東が和田一課長と話すのを初めて見たのだが、二人の浮かべる親しげな表情には、何か特別なものがあるように感じられた。もしかしたら二人は、以前はもっと近い関係にあったのかもしれない。たとえば、所轄の刑事課長と新米刑事とか。もしそうならば、それはそれで微笑ましい図だ。

「起立……礼」

いつものように捜査会議は始まった。東の復帰に関しては、特に全体にアナウンスするようなことはなかった。美咲の相方だった清水巡査長は人知れず捜査本部を離れ、さきほど赤坂署の通常勤務に戻っていった。

ただ、捜査本部にいる者全員が、強く東の存在を意識しているようには思った。特に他班の主任警部補たち。昨日まで美咲を揶揄(やゆ)していた連中が、急にこっちには目もくれなくなった。

――そうなんだ……。

美咲は以前から、東弘樹(ひろき)という男を遠くから眺め、心のどこかでは意識もしていた。だが、彼がどんな捜査員なのかという点については、碑文谷の帳場で一緒になるまでよく知らなかった。特殊班時代、自分たちが担当した事件を殺人班三係に引き継いだこともあったはずだが、それこそ会議に出るのは最初の一、二回だけで、そこで東がどうだったかなどという印象は特に持たなかった。

東はたぶん、同僚にとっては、非常に煙たい存在なのだ。対立したら厄介な奴。馴れ合いに応じないガチンコ野郎。おまけに顔がいいのを鼻にかけている。おそらく、そんなふうに評価されているのではないだろうか。つまりちょっと前までの、沼口デカ長のスタンス。あれこそ東に対する、捜査一課員の代表的な態度だったのだと察せられる。

——なるほどね。

東の、周囲に対する硬い態度がそうさせるのか、あるいは周囲の対応が東の態度を硬化させるのか。何やら「ニワトリと卵」の話のようだが、もはやそんなことはどうでもいい。大切なのは、東が他人の嫉妬心を買うほど優秀な捜査員であるということ。美咲にとっては、そのことの方がよほど重要なのだった。

二、三の連絡事項だけで朝の会議は終了となった。
「門倉。特捜二係の石田を、あとで呼んできてくれ」

会議中にそういわれていたので、美咲は散会と同時に後ろの方に走った。特捜二係は、柿崎警部補のいる殺人班十一係と共に、竹内の敷鑑（関係者への聞き込み）捜査を担当している係だ。

「石田主任、ちょっといいですか」

正式には、第二特殊犯捜査特別捜査第二係主任、石田光雄(みつお)警部補。特捜一係と二係は、頭に「特殊犯捜査」とついてはいるものの、実際には他の殺人班となんら変わらない活動をしている部署である。なんでもそこには、予算がどうこうという難しい問題があるのだと、以前麻井に聞かされたが、詳しい内容は忘れてしまった。

「はい、なんでしょう」

彼の対応は、他班の主任と違って、実に紳士的だった。

「あの、東主任が、少しお話を伺いたいと」

「そうですか。分かりました」

石田はすぐに部下を引き連れ、大会議室の上座近くまでやってきた。石田以下、七人の係員とそれぞれの相方。東の周りは、にわかに黒山の人だかりとなった。

「……大丈夫なんですか、東さん」

石田は、東に対しても真摯(しんし)な口調で話しかけた。年は、石田の方がだいぶ若く見える。

「ああ。今日、葛西の現場をもう一度っていわれたら遠慮するが、取り調べだからな……なんとかなるさ」

「無理しないでくださいよ。もう若くないんですから」

「……いうね」

戯言(ざれごと)はそこまでで、あとは捜査に関する事柄になった。

「竹内の調書は読んだ。昨日までのそっちの報告書も、ざっと目は通したつもりだ。竹内の妹……」

幸恵です、と美咲は耳打ちした。

「ああ……その幸恵の、容体はどうなんだ」

石田は「はあ」と、暗い顔で溜め息をついた。

「現在は、小康状態らしいです。詳しいことは、私にも分からないんですが」

「費用はどれくらいかかる。百万単位と、どこかに書いてあったが」

「どうでしょうね。手術費用、入院費用……その後もすぐに働けるわけではないらしいですからね。健常者といえるようになるまでに、一年かかるのか、二年かかるのか……生活費と、リハビリのための通院費を考えたら、すぐにでも、三、四百万は欲しいんじゃないですかね」

東は小さく唸った。

「……つまり、ジウとの約束も、その辺の額だったということなのかな」

ちなみに、笹本は二百万で通訳をやる約束をしたと供述している。

「竹内の預金残高は」

「二百万弱です」

「父親は他界してるんだったな」

「ええ。一昨年に」

「母親は」

「元気ですが年金生活です。とても医療費を捻出できる状態ではありません。しかも、親戚はほとんどいないときている……竹内が妹に対してどういう思いでいるかは知りませんが、妹がある程度の健康状態を取り戻そうとするならば、竹内に頼らざるを得ないと、いうことはいえると思いますね」

「そうか……」

　東は気を取り直すように、自衛隊関係は当たっているか、と訊いた。

「そっちは難しいです。竹内は習志野（ならしの）の第一空挺団を離れたあとは、練馬駐屯地の普通科連隊にいました。向こうの総務は、むろん捜査をさせない、とはいいませんが、かといって決して簡単に、基地内に入れようとはしない。捜査をしたいのなら、誰と誰に事情を訊きたいのか挙げてくれ、といった態度です。こっちは、それを誰かに訊きたい段階だってのに。……どうなんです。自衛隊っていうのは、どこもそういう対応なんですかね」

「いや。自衛隊は、俺もよく知らない」

　他にもいくつか、母親の人柄や面会の有無、自衛隊以外の交友関係について確認し、東は「ありがとう。よろしく頼む」と石田らを送り出した。

　美咲は、自分が把握していなかった事柄などをメモにとってから訊いた。

「……主任と石田さんって、どんなご関係なんですか？」

　東はちょっと、嬉しそうに笑みを漏らした。

「奴は、俺が成城署の強行班にいたときの後輩だ。見所があるなと思ってたんで、俺が本部に引っ張ったら、すぐに昇任試験に合格して、ブケホ（警部補）になって出てっちまった。その後、うちは空きができなかったんで呼ばなかったんだが、そしたら特捜が引っ張った。ま、奴は殺人班三係のＯＢってわけだ。……そんな縁で、こういうデカいヤマのときは、裏付けに奴の班を使うんだ。取りこぼしをしないし、何より粘りがある。俺は安心して、取り調べに集中できる」

　なるほど。そういう繋がりがあったから、石田は美咲にも、他班の主任たちのような態度をとらなかったわけか。

「さ、俺たちもいくか」

　美咲は「はい」と答え、先日、本部出入りの業者から買ったばかりのノートパソコンを小脇に抱えた。


　いつもの留置管理課員が竹内を連れてきた。

　竹内は竹内なりに、驚いているようだった。何しろ、美咲ではない怪我人が、取調官の席についているのだから。

「捜査一課の東だ。先の現場で、君の仲間にはだいぶ世話になってな。十日ばかり休みをもらっていたんだが、今日から君の取り調べは、私が担当する。何か質問は」

竹内は小さくかぶりを振った。彼の容体も、日に日によくなってきている。左足は相変わらず引きずっているが、今日から、眼窩底を骨折した左目は眼帯だけになり、鼻骨の方も、小さなガーゼを残すのみになった。

「じゃあ、こっちから訊かせてもらう。……君は、ジウと、どこで出会った」

沈黙──。

当然だろう。いくら相手が東でも、そんなに簡単に答えられては、昨日まで担当して何も引き出せなかった美咲の立場がない。

「君は、比較的真面目な自衛官だったと聞いている。去年から練馬駐屯地に勤務している君が、新宿を根城にしているジウと、どうやって出会ったんだ」

無反応。竹内は東の、口元辺りをじっと見ている。

「……誰か、仲介した人物がいるのか。君とジウを、引き合わせた人間がいるのか」

依然、反応はない。

「シャブもやらない、借金もない。ギャンブルや酒で、トラブルを起こしたというような過去もない。……笹本みたいのなら、ある意味分かりやすい。シャブは食うわ、借金で首は回らないわ……ああいうのにジウが目をつけるのは、よく分かる。以前、ジウと一緒にヤマを踏んだ岡村ってのも、そういうタイプの男だったからな。

　だが君は違う……なぜだ。妹さんがご病気だそうだが、その医療費を工面するにしたって、何もいきなり、誘拐計画に加担することはないだろう。他に方法はいくらだってあったはずだ。消費者金融とか、仲間内とか、色々当たってみてから、誘拐はそのあとだってよかったんじゃないか？」

　確かに、それは美咲も疑問に思っていた。

　竹内は、またその話か、という態度で目を逸らした。

「名前は、中村幸恵さん、か……新卒で自動車メーカーに就職。まだ二十六歳。働き始めて四年目……普通は、病気になるなんて考えない年だな。青天の霹靂(へきれき)ってやつだ。百万単位で医療費が必要になる病気にかかって、自腹でどうにかできる状況でもない。普通は、まだ親がどうにかする年だろう。だがすでに父親はなく、生き別れた母親は早々と年金生活者だ。頼みの綱の兄貴は、殺人事件を起こして勾留中……踏んだり蹴ったりだな、まったく」

　東は手元のファイルを閉じた。

「病気の妹、年金暮らしの母親、自衛官の君。そして、身代金誘拐犯の少年、ジウ……君たちを繋いだものとは、一体なんだ。君はなぜこの誘拐計画に参加した。何か、普通に借金できない理由でも、君にはあったのか。どうなんだ竹内」

彼は、苛立ったように歯を食い縛った。その心情は、美咲にはよく分からなかった。ただ、美咲が彼の妹、幸恵の話を最初にしたときも、似たような表情を浮かべたようには記憶している。

なぜだろう。なぜ竹内は、幸恵の話をすると、こんなにも苛立つのだろう。

東は黙っていた。美咲も口をはさまない。

重たい沈黙が、調室に充ちていく。

竹内とジウを繋ぐもの。自分たちの知り得ない何かがそこにあるのは確かだろう。だがそれを、彼が自ら進んで吐露するようには、美咲には思えなかった。

新宿と練馬という距離。「黒孩子（ヘイハイズ）」と呼ばれる戸籍のない少年と、それまでは違法性のまったくなかった日本人。営利誘拐犯と、国を護る自衛官。隔たりは決して小さくない。

それを繋いだものとは、一体なんだったのだろう。

意外なことに、次に口を開いたのは竹内だった。

「……それで、あんたは納得できるのか」

右目で東を見つめる。

「納得？」

「俺が、病気の妹の医療費を捻出するために、ジウの犯行計画に参加したと認めたら、あんたたちはそれで、納得できるのか」

口調には、少しふて腐れたような響きがあった。

「納得は、できない……君がどう説明しようと、二十一発の銃弾を浴びせて、警官を殺害する理由にはならないからな」

「だったらなぜ訊く。何をいっても納得できないのなら、なぜ尋ねる」

東はいったん手元に視線を落としてから、改めて竹内を見据えた。

「……納得、したいからだ。納得できる説明をしてもらいたいと、思っている。そしてそれは、君にしかできないことだ」

「だが、そんな理由はない……そう思っているんだろう」

「ああ、現時点では……少なくとも私には、納得できる理由は思いつかない。だから教えてほしい。どうやって君がジウと出会い、どこで、なんといって誘われ、なぜ犯行計画に参加する気になったのか……」

「無理だな」

竹内は強い口調で遮った。

「俺が何をいっても、あんたらは納得しない。この世で……いや、少なくともこの日本では唯一無二の正しい価値観のもとで生きていると、そう思い込んでいるお前らに、俺の考えは理解できない」

急に竹内という男が、それまでとは違う人格になってしまったかのように感じられた。

すぐそこにいるのに、姿形もはっきり見えているのに、手を触れることができない。そんな、遠い存在になってしまったような――。

「……どういう意味だ」

「そのままの意味だ。価値観の相違、といい換えてもいい」

「おい」

東が少し声を荒らげる。

「これは自衛隊内での査問とはわけが違うんだぞ。お前は重大な刑法違反を犯し、やがて刑事裁判にかけられる。論点は有罪か無罪かじゃない。極刑か無期か、そういう裁判だ。お前はすでに雨宮巡査を殺害した事実を認める供述をし、その実際の場面は、警視庁が犯行現場に設置したビデオカメラに記録されてもいる。そんなときに、価値観の相違とは何事だ」

今は竹内の方が、むしろ落ち着いて見えた。

「そこだ。俺がここにこうしていることが、やがて刑事裁判にかけられるという状況に直結すると思っている、そこにすでに価値観の相違が表れている。あるいは、見解の相違か」

「……お前は、裁判を受けないのか？　まさか、脱走でもするつもりじゃないだろうな」

彼は笑った。美咲は彼が笑うのを、初めて見た気がした。

それは、温度のない笑みだった。可笑しそうなのでもなく、またこちらを馬鹿にしているのとも違う。温かくも、冷たくもない、要するにどう解釈すべきなのか分からない、そんな笑みだ。強いていうならば、目の前の愚行に目をつぶり、穏便にすませようとする、慈悲の笑みに近いかもしれない。だからこそ、今の彼にはそぐわない。意味が分からない。

「この俺が、脱走か。……なるほどな。考えてもみなかった」

「それはけっこうだ。余計な手間はかけさせられたくない」

「俺が脱走しようとしたら、手間か」

「ああ、厄介だろうな。無事脱走することは絶対に不可能だが、そこらのコソ泥が逃げ出すよりは、やはりこっちもダメージを被る可能性が高い。そういう手間はかけさせるな、という意味だ」

そのとき、美咲は初めて気がついた。竹内が、東と会話をしているということに。

竹内は、美咲とはほとんど会話をしなかった。雨宮巡査殺害に関する供述は確かにしたが、それは、ぼそりぼそりと彼が漏らした言葉を、美咲が繋ぎ合わせて文章化したにすぎない。それを改めて本人に読み聞かせ、その通りだと認めさせ、押印させた。決して、すんなりと喋ってくれたわけではない。

それと比べたら、現在の状況には格段の進展が認められる。会話の内容はやや意味不明だが、言葉のやり取りが成り立っているという点だけをとっても、これまでとはまったく状況が変わってきているといえる。

——さすが、東主任。

時計を見ると、昼にだいぶ近くなっていた。正午になると、また留置管理課員がきて、竹内を連れていってしまう。現在の警察機構は業務上、「留置」と「捜査」を完全に分離させている。捜査する側の都合で長時間の取り調べをしたり、留置場に戻ってまでも自白を強要したりさせないようにする、というのがその狙いだ。

被疑者の人権保護。取調官にとってそれは、単なる捜査権の侵害に他ならない。

だから、今の流れで一つ段階を越えるなら、昼前に何か、大きなネタを吐かせる必要がある。留管がくる前に喋らせないと、午後はまた一からやり直し、ということになりかねない。

「……逃げる気がないのなら、喋ったって差し支えないだろう。俺に君の考えを理解するのが無理だというのなら、理解できる話をしようじゃないか。……君は、どうやって新宿を根城にしているジウと出会った。練馬に勤務していて、遊びに出るなら、池袋で充分だろう。それとも、池袋で、ジウと出会ったのか。それくらい、喋ったっていいだろう」

竹内は右目を閉じ、ゆっくりと息を吐いた。

東は、その様子をじっと見ていた。

美咲も息を殺し、状況を見守った。

やがて、竹内は語り始めた。

「……俺より先に、練馬の、第一師団第一普通科連隊に配属されていた、ニシオカツヒコという男がいる。ジウに俺を紹介したのはその男だ。年は三十代半ば、階級は俺と同じ二等陸曹だった」

東はすかさず「漢字は」とはさんだ。

「ニシオは、西に尾っぽ、カツヒコは、正確には分からない。だがたぶん……コク、下克上の『克』だと思う。……その西尾は、基地内で、シャブを売っていた」

美咲は暗澹（あんたん）たる気持ちで、その名前をパソコンに打ち込んだ。

警察内部でも、かつては生活安全課の警官が、平成十五年の組織改編後でいえば、組織犯罪対策課のそれが覚醒剤を横流ししている――その手の話は、昔から数多くあった。だがそれよりもっと深刻なのが、実は自衛隊内の薬物汚染なのだといわれている。石田は、自衛隊の総務の対応が芳（かんば）しくないようなことをいっていたが、もしかしたらその原因は、このことにあったのかもしれない。そうなると、これは思ったより、問題の根が深い事件なのかもしれない。

「西尾とは、特に親しくはなかった。ただ、同じ小隊というだけの間柄だった。……むろん、最初は奴がシャブを売っているなんて知らなかった。海自や空自は知らないが、少なくとも陸自の人間が、食べ物をまったく口にしなくなるほど、アレにのめり込むことは珍しい。みんな、ちゃんと食って、適当に吸ったり飲んだりする程度なんだろう。だから、誰がやってて、誰がやってないかは、よほど慣れた人間でなければ、見ただけでは分からないはずだ。

奴は俺にも、それとなくクスリを勧めた。だが断った。シャブや麻薬の先に見える世界に興味はないと俺はいった。奴は逆に、それで俺に興味を持ったようだった。棍棒（こんぼう）を振りかざして襲っておいて、それを俺が避けてみせると、冗談だといって奴は笑った。訓練中にも、後ろから何度か攻撃された。奴はいつも間違えた振りをしたが、故意であることは明らかだった。最初は、シャブをいらないといったことが気に喰わなかったのかと思ったが、そうではなかった。それは、話をしてみて分かった」

そのとき、背後に尖ったノックの音がした。時計を見ると、正午を四分ほど過ぎている。

「留置管理課です。昼食の時間です。竹内亮一を退室させてください」

東は、うんと小さく頷いた。だが内心は、穏やかではなかったに違いない。せっかくここまで喋らせたのに、午後になって、竹内の気が変わってしまったらどうしてくれる。できることなら、そう留管員をどやしつけて追い返したかっただろう。

だが、規則は規則だ。

美咲は「はい」と答え、ドアを開けた。朝とは違う留管員が入ってきて、三人がかりで竹内に手錠をかけ、腰縄を巻いた。今は大人しくしているが、それでも竹内は、警察官に二十一発の弾丸を浴びせて殺害した凶悪犯なのだ。用心にしすぎはない。

調室を出ていく竹内の顔を、美咲はそれとなく目で追った。

その頬には、あの、温度のない笑みが、また浮かび上がっていた。

3

轢き逃げ犯の捜査をはずれたからといって、別に非番になったわけではない。翌日も基子は、ちゃんと定時に間に合うよう出勤した。

「おはようございます」

朝八時十五分。交通捜査係の部屋に顔を出すと、すでに秋吉が、みんなにお茶を配っているところだった。

「あ、おはようございますぅ」

「……おはようございます」

どうぞ、と基子の前にも湯飲みを置く。給湯室にいくつかある、白くて小さな客用のやつだ。そう。まだ基子は〝マイ湯飲み〟を用意していない。そういえば、ＳＡＴ時代にそういうものはなかった。特二時代は、茂木が気を利かせて買ってくれた。あれは、どこにいってしまったのだろう。

どうせ今日からは暇なのだから、湯飲みくらい自分で買いにいってみるか。そんなことを、基子はぼんやり考えていた。

「……Nシステムで割り出せたのは、あくまでも、久保昌弘が事故発生時刻、対象車両で事故現場近くを通った、ということだけだ。決して斉藤博史を轢いた、という事実ではない」

捜査会議も、まあ一応は聞いていたが、自分は参加しないのだと高を括っているせいか、ちっとも内容が頭に入ってこない。田中係長の熱弁も、右から左へと耳を素通りしていく。ちなみに久保昌弘というのが、例の代議士の息子の氏名だ。

「……久保の当日の前足（事故時刻より前の足取り）を、とにかく徹底的に洗ってくれ。向こうは修理に出して、隠せるものは隠し、消せるものはすべて消したと思い込んでいる。だが、どこかに落ち度があるんじゃないかという不安は、少なからず付きまとっているはずだ。だから最悪、マル被周辺を当たっていることを、当人に悟られたら悟られたでかまわない。ボロを出して、何か余計な行動をするかもしれんからな。むしろ行確（行動確認）班がそういった点を見逃さないよう、くれぐれも留意してほしい」

それぞれに役が振られ、細部まで確認がすむと、田中の「よろしく頼む」のひと言で、全員がデカ部屋を出ていった。

基子だけが、そのまま席に座った。

田中は、特に何もいわなかった。


一時間が経過した。

途中、田中に七回ほど電話が入り、それぞれ短く受け答えはしていたが、特に捜査に飛躍的な進展が見られたわけではないらしかった。今も彼は係長デスクに座って、何やら書類に目を通している。

さらに三十分が経過した。

基子は席を立ち、係長デスクの前に立った。

「あの、ちょっと署の周辺を、歩いてきてもよろしいでしょうか」

田中は、まるで基子の存在など忘れていたかのように「ああ」と顔を上げた。

「ぜひ、そうしてみるといい。そう……うん。よくその、町名とか番地とかね、見ながら。うん」

一礼して下がる。ハンドバッグの類は持っていないので、基子はそのままデカ部屋をあとにした。


九月二十七日、火曜日。外はよく晴れており、日向(ひなた)を歩いているとすぐに汗ばんでくるような陽気だった。平日だというのに、陸橋を渡って動物園側に出ると、駅周辺は多くの人出で賑わっている。

——なんか、めんど臭くなってきたな……。

たかが湯飲みを一つ買うのに、わざわざアメ横までいく必要もないか、などと考えていたら、また背後から声をかけられた。

「伊崎さん、ちょっと、伊崎基子さん」

昨日の女性記者だった。基子が睨みつけて凹ませた男性記者はいないようだったが、それとは違う男が横についていた。彼女のアシスタントとか、カメラマンとか、そんな類だろう。妙に足並みが揃っている。

「少しだけ、お話を聞かせてください」

通行人の何人かがこっちを向く。なんとなく、逃げるタイミングを逸してしまった。

「……なんですか」

だが、その言葉を遮るように、誰かの大きな背中が基子の前に立ちはだかった。

「ちょっとちょっと、警察官個人に対する取材って、それはちょっと、ルール違反ってやつでしょう」

なんと、あいつだった。昨夜、基子を一人で待ち伏せしていて、ローキック二発で地面にへたり込んだフリーライター。名前は、そう、木原毅だ。

「なんなんですかあなた」

　女記者が不愉快そうに声を荒らげる。木原はそれを「へっへっへ」という下卑た笑いで受け流した。

「まず警務を通してもらってですね、そしたら広報担当の副署長が、お答えできることについてはお答えしますから。どうぞ、警官個人への直接取材というのはご遠慮ください。さ、いこうか伊崎くん」

　調子よく基子の肩を抱いて歩き出す。呆気にとられたか、女記者とその連れは、もう追ってはこなかった。

「……ちょっと、どういうつもりよ」

　基子は彼の腕を振り払った。木原はおどけたようにパッと手を放し、肩をすくめた。

「どういうもこういうも、助けてあげたんでしょうが。ほら、俺ってどことなく、なりも刑事っぽいだろう？」

　麻のジャケットに、着崩した黒いシャツ。

「どこが。それにあたしは、助けてくれなんて頼んだ覚えないから。あたしは誰の助けも借りない主義なの」

　すると両手を広げ、おどけてみせる。年齢は三十代半ばから後半といったところだろうが、好き勝手に生きてきた者だけが持ち得る、精神的「身軽さ」のようなものが、その立ち居振舞いには滲み出ている。要するに、年のわりに落ち着きがない感じ、ということだ。

「ま、そう固いこといいなさんな。ゴエッドウシュウといこうじゃないの」

意味の分からない言葉は聞かなかったことにする。

「ゴメンだね」

だが木原は基子の肘をつかみ、美術館の方に、強引に引っ張っていこうとする。それでは、アメ横とはまるで反対方向だ。

「ちょっと、なにすんだよ。あんた、またあたしに伸されたいの」

「この人込みの中で？ よせよ。それじゃただの、暴力警官になっちまうぜ」

確かに。周りのカップルや暇そうな年寄りが、奇異な目でこっちを見ている。昨夜のようにいかないのは、その通りだろう。

「こっちには、公務執行妨害って手もあるけど」

すると木原は、怪訝そうな表情を浮かべて手を放した。

「……あれ、そういや、あの、オカメちゃんはいないんだね。今日は別行動なの？」

むろん、秋吉のことをいっているのだろう。

「なにあんた、昨日の夜、初めてあたしんとこにきたんじゃないの」

基子が秋吉と行動を共にしたのは署に帰るまで。木原と出くわしたとき、秋吉は基子のそばにいなかった。

木原はきつく片目を閉じ、「失敗したな」という顔で首を掻いた。

「……ああ、まあね。さっきの連中とは別のところで、君を監視してたってのは、事実かな」

「なんで」

「決まってるだろ。君に興味があるからさ」

カン、とこめかみの辺りに、ガラス管を叩くような、澄んだ音が響いた。

――あたしに、興味がある……?

雨宮だ。雨宮は、自分に興味があるといった。

過去について話してごらん。君、もしかして過去に、人を殺したこととか、ある?

――なんだよ、いまさら……。

小さくかぶりを振り、基子は幻影を振り払って前を向いた。

「……あたしになんて、興味持たない方がいいよ。ろくな目に遭わないから」

木原は「なんだよそれ」と笑い飛ばした。

「それより、なんで一人なんだよ。オカメちゃんはどうしたんだって」

「別に。どうだっていいだろ」

「こんな……だってほら、もう十時過ぎてるぜ。こんな時間に、こんなとこブラブラしていいの。捜査しなよ。ほらあれ、六十過ぎのジイさんが、轢き逃げされた事件」

差なんて、一センチたりともつきはしない。

「詳しいんだね」

早足で歩いているのだが、悲しいかな、長身の木原の方が脚は長いし歩幅も大きい。差なんて、一センチたりともつきはしない。

「ああ、そりゃ詳しいさ。君のことなら、なんでも知ってるよ。右の脇の下にホクロがあることとか」

右の脇の下にホクロ？　一瞬、基子は足を止めて考えてしまった。そんなもの、あっただろうか。

「……いや、今のは冗談だけど」

くそッ。舐めるな。

「シュッ」

レバーに左フック。角度も体重の乗りも申し分ない。

「ほぐっ……」

雨宮と違って、こいつは攻撃が簡単に入りすぎて面白くない。

まあそれでも、回復が早いのだけは褒めてやろう。

「……ねえ、あたしなんかに付きまとって、何が面白いの」

「っていうかさ、なんで一人なんだよ。捜査しろよ。税金もらってんだろ」

もう一発ぶん殴ってやろうかと構えたが、さすがにさっきので懲りたか、木原はさっと飛びのいて距離をとった。しかもわざと大袈裟に。お陰で、また通行人の目を集めてしまった。

仕方なく、基子は拳を下ろしながら答えた。

「……捜査から、はずれたんだよ。ああいう記者団みたいなのを引き連れてたら、仕事にならないんでね。他の人の迷惑にならないように、あたしから捜査を下りたってわけ」

木原は「あっそう」と、少し気まずそうな顔をした。

「そりゃあ、あれだね……なんか、責任感じちゃうね」

「別に。あんたのせいじゃない」

「でも、俺があんたの記事を書いたから、こういうことになってるわけだろ？」

「まあ、そりゃそうだけど」

ふわりと軽い足取りで、彼は基子の前に躍り出た。

今日は無精髭を剃り落としているので、元来の甘いマスクが、まあそれなりに引き立ってはいる。肩幅が広いからか、無駄な肉がないわりにガッチリした印象がある。中東辺りに取材にいっても、立派に仕事をこなして元気に帰ってきそうな、タフなフリー・ジャーナリスト。実際はどうだか知らないが、印象としてはそんな感じだ。

「じゃあれだ、今は暇なんだ」

「そういう言い方は失礼だろ。責任の一端はあんたにだってあるんだから」

「なんだよ。いま俺のせいじゃないっていったばっかだろうが」

両手を広げるアクションは、欧米人並みにオーバーだ。

「気が変わった。やっぱどう考えてもあんたのせいだよ」

踵を返し、アメ横の方に足を向ける。木原はなおも楽しそうに隣に並んでくる。

「ちなみに捜査をはずされて……」

「はずれたの。自主的に」

「ああ、はずれて、今この瞬間は、何をしてんの」

とても、アメ横に湯飲みを買いにいく途中だなんていえない。

「別に。新しい職場に早く慣れるように、管内を自主的に巡回してみてるだけ」

「つまりお散歩だ」

蹴飛ばしてやろうかと思ったが、ある疑問が頭をもたげたので、そっちを優先した。

「……ねえ。あたしがSAT辞めて上野署に異動になったこと、あの記者連中に広めたの、あんた?」

木原は急に真顔になった。

「いや、俺じゃない。どうして」

「だって、急にうじゃうじゃ出てきたから」

彼は、少し声をたてて笑った。悔しいが、いい男だと思った。

「だったらさっき、わざわざ助けに入ったりしないでしょ」

「分かんないね。あんたみたいなのは信用ならない」

また、真顔に戻る。

「じゃあ、ちっと真面目な話をしようか」

「はあ？」

木原は「あっちいこう」と、松坂屋の方を指差して歩を進めた。

「あんたが葛西で捕った五人。あれ、全部従犯だったって、知ってた？」

「……従犯？」

「そう。たまたまあの夜、主犯はあの現場にはいなかった。そしてそいつは、今まだこのシャバのどこかを、普通に歩いてるってこと。知ってた？」

基子はかぶりを振った。

「……全然知らなかった。あいにくSATは、そういうことには関知しないから」

「それが、あの『利憲くん事件』と同一犯だってことは？」

利憲くん事件？　ああ、「正月の黒星」とかいわれてた、あの一件か。

「……そうなの？」

「ああ。『利憲くん事件』の犯人グループの一人が、あの杉並（すぎなみ）の『主婦人質立てこもり事件』の犯人、岡村和紀(おかむらかずのり)だってのは……」

「それは知ってる。現場にいたし」

付け加えるならば、岡村を逮捕したのはこの自分だ。

「あそう。じゃ、岡村の他にいた、『利憲くん事件』の四人の犯人の内、三人が練馬の廃屋から遺体で発見されたってのは?」

知らない。かぶりを振る。

「その三人、つまり岡村以外の仲間全員を、殺したであろうと考えられているのが、『利憲くん事件』の主犯と目され、先の葛西の現場でも確保できなかった、『沙耶華ちゃん事件』の主犯格少年、ってわけさ」

またよくも、ごちゃごちゃといっぱい並べたものだ。

「……少年?」

木原は得意げに何度も頷いた。

「ああ……これはまだ、そんなに知ってる人間は多くはいないと思うんだが、どうも国籍も年齢も、名前も不詳で、でも仲間内では〝ジウ〟って、呼ばれてた少年らしいんだ。……まあ、正確な年齢が分からない以上、推定少年ってことなんだろうが、目下この〝ジウ〟を、本庁に設置された百四十人態勢の特捜本部は、血眼になって追っている、ってことなんだ」

それが本当なら、面白い話だとは思う。だがそれは、珍妙な殺人事件の顚末をワイドショー経由で知るような、何かそんな、下世話な好奇心を充たす話題でしかなかった。

少なくとも、基子にとっては。

今の自分は、特殊班の捜査員でもなければ、特殊急襲部隊の隊員でもない。ただの所轄の、交通捜査係のデカ長だ。『利憲くん事件』と『沙耶華ちゃん事件』の主犯が同一の少年だからといって、それをどうこうできる立場にはない。

「……そんなこと、あたしにいってどうすんの」

無意識のうちに、溜め息をついていた。マズい、と思ったが遅かった。木原が、なんとも嬉しそうな顔でこっちを覗き込む。何か魂胆があることは明らかだった。

「実はさ、俺もあの一件以来、どういうわけか、各社から嫌われちゃっててさ。ちょっと、干されちゃってる感じなんだよね」

「……あの一件って？」

「とぼけんなよ。あんたのことを書いた、あの一件だよ」

「なんであたしの記事書いて干されんの」

「知らないよそんなの。だから参ってんだろうが」

「っていうか〝も〟って何よ。〝俺も〟って。あたしは別に、干されたわけじゃないから。普通に昇進しての異動だから」

木原は「ハァ？」と、馬鹿にしたように聞き返した。

「なにいってんだよ。あんたは完全に干されてるよ。だって、上野の交通捜査係だぜ。普通、SATを卒業した奴ってのは、特殊班に取り立てられたり、機動隊でいいポジションについたりするもんだろう」

確かに、そうかもしれない。だが、そうだったらどうだというのだ。

「あたしのことはいいよ。とにかくあんたは干されてんだろ。だったらなんだっつの。そんなのあたしには関係ないでしょうが」

「いや。ところが、関係あるんだな」

歩きながら、木原は腕組みをした。

「なんで」

すぐにその腕をほどき、ぴゅんと人差し指を立てる。

「あんたは、俺と組むんだ。俺と組んで、本庁の特捜本部とは違う切り口で、ジウを捕捉するんだ」

馬鹿馬鹿しい。

「……興味なし」

ちょうど中央通りを横断する信号が青になったので、基子はさっと方向転換をし、小走りで渡り始めた。

「あ、ちょっと待てよ」

　木原が慌てて隣に並ぶ。

「悪かった、俺の頼み方が悪かったな……でも、どうせ暇なんだろ？　だったら、手を貸してくれよ。俺一人じゃ、どうにもならないんだ」

　今度は泣き落としか。

「だからって、なんであたしなの。そもそも公務員はアルバイトなんてしちゃいけないんだよ」

「バイトじゃないさ。これは……そりゃ交通捜査のヤマじゃないかもしれないが、でも警官だったら、別に誰が犯人を逮捕したってかまわないわけだろ？　あんたは俺と組んで、俺が仕入れた情報に添って、徐々にジウに接近して、最終的にはジウを逮捕するんだ。俺はそれを、まるであとから聞いた振りをしつつ、臨場感たっぷりの記事に起こして、また雑誌に売り込む。いま俺を干してる連中が、一体どこからの圧力でそういうことしてんのか知らねえけど、でもジウについて書いたら、絶対に無視なんてできないさ。必ずまた俺を使うようになる。今度は……干されないよう用心するさ。ネタを小出しにするなり、ふた股かけるなりなんなりしてさ」

　納得できる話ではなかった。

　こんな話に乗ったところで、自分に得など一つもありはしない。現職警官が、どこの馬の骨とも分からないライターに協力して、管轄でもない事件に首を突っ込んでいいはずがない。

だが、何かが基子の琴線に触れていた。何かが、基子の鼻先をかすめたのは、確かだった。

「……もう一度訊くよ。なんで、あたしなの」

木原は、基子の心の動きを、ちゃんと読み取っているようだった。

真っ直ぐ見つめ、彼はゆっくりと答えた。

「俺は一つ、ヤバいネタを、つかんでる。ジウに通じるネタだが、俺一人じゃ、危なすぎて手が出せない。下手したら……殺されるかもしれない。だから、強力な助っ人が必要なんだ。とびきり強え、それでいて頭もキレる、パートナーが要るんだ。そう考えたら、俺にはもう、あんたしか思いつかなかった。あんたが警官かどうかなんて関係ない。強いていうならば……匂い。そう、匂いだ。俺には分かる。あんたはこういうのが好きなはずだ。こっち側の人間のはずなんだよ。なあ……頼むよ。俺と組んで、ジウを、その手で、捕まえてくれよ」

心は決まっているのに、基子は、なかなかその答えを口にすることができなかった。

4

東は、竹内が調室を出るなり携帯を開き、特捜二係の石田に連絡を入れた。

「……西尾克彦。第一師団第一普通科連隊に所属している、二等陸曹だ。竹内の話では、隊内でシャブの売人みたいなことをしているらしいから、注意して接近してくれ。方法は任せるが、くれぐれも飛ばれんようにだけ、気をつけてほしい」

捜査会議を通さないで、直接そういうことをするから、柿崎主任とかが怒るんだろうな、と美咲は思った。

「さあ、俺たちもメシを食っちまおう」

「はい」

簡単にすませるため、そのまま本部庁舎一階の食堂にいった。特二時代はよく茂木たちと、少し歩いてでも溜池辺りまで食べに出たものだが、被疑者の取り調べを担当している以上、そんな余裕はない。

「俺は、ランチ」

今日の日替わりは青椒肉絲（チンジャオロース）定食。パスだ。『岡村事件』以後、美咲はどうしても、これを食べる気にはなれなくなった。

「私は……生姜焼き定食で」

それぞれトレイを持って、向かい合わせに席をとる。東と本部の食堂で一緒に食べるのは今日が初めてだが、何気なく辺りを見回すと、かなり自分たちが、周りの女性職員たちから注目されていることに気づく。

――ははぁ……そうなんだ。

にわかに優越感を覚え、美咲はわざと、東が乗ってきそうな話題を振った。

「さすがですね、東主任」

「ん、何が……」

まずひと口、味噌汁をすする。おちょぼ口をすると、二枚目の東でも、けっこう可愛い顔になる。

「竹内を、あんなにスラスラ喋らせるなんて」

だがふいに、箸の動きが止まる。眉間にしわが寄る。

「……ここで捜査の話はするな。どこで誰が聞いているか分からないんだぞ」

ゆるんでいた気持ちが、ひゅんと音を立てて縮むようだった。

「す、すみません……」

肩をすくめ、改めて辺りを見回す。確かに、この一階食堂は部外者も利用するし、そうでなくとも、あの柿崎主任に通じている人物が周りにいる場合だってある。

だがすぐに、怖い顔の東もいいな、などという、不謹慎な思いが頭をもたげてくる。動いているせいだろうか、顔色も昨夜よりいいし、テンポのいい食べっぷりも、かなり復活してきている。またこうやって、毎日一緒にご飯が食べられるんだな、と思うと、美咲はどうにも笑みを堪えきれなくなる。

「……何を、ニヤニヤしている」

もう、何をいわれても嬉しくて仕方がない。

「いえ、なんでもないです」

「早く食べろ。笑ってる暇はないぞ」

そういいながらも、東は少し笑みを浮かべた。

こういう、自分にだけ見せてくれる笑みが――いや、それはただの勘違いなのかもしれないけれど、でもそういう勘違いを、少しだけさせてくれるところが、東のよさなのだ。

調室で竹内を待つ間、少し二人で話をした。

切り出したのは、東の方だった。

「……君は、どう思った。竹内の、あの態度を」

竹内は午前中、急に価値観が違うだとか、話してもお前たちには理解できないとか、尊大かつ不遜な態度をとり始めた。さらにあの、温度のない笑み。あれは一体、彼のどんな精神状態からくるものだったのだろう。

「なんかちょっと、イッちゃってるっていうか、宗教がかってる……いや、それはちょっと違うかなぁ……」

東も困った顔で頷いた。

「俺も、少しそう思った。宗教ではないにせよ、竹内が何か特定のイデオロギーに傾倒している可能性は、アリだろうな。だが、それがどういった類であるのかは、さっぱり察しがつかない」

イデオロギー、か。

「右翼とか、左翼ってことですか」

「それともちょっと、違う気がするな。断言はできないが」

「じゃあ、イスラム原理主義とか」

東は小さく吹き出した。

「竹内がメッカに祈りを捧げているという報告は、どこからもあがってきていないぞ」

確かに。そういう動きがあれば、留置管理課からそれなりの報告があってしかるべきだ。

「じゃあ、もっと他の新興宗教ですか」

「どうだろうな。ただ、中国人たちはどうだか知らんが、少なくとも笹本には、そういう妙な態度は見られていないはずだ。そういう傾向があるならば、沼口なら、ちゃんと報告してくる。ということは、ああいう、何かにかぶれた感じがあるのは、竹内だけということになる。……まあ、基本的にあの手の輩は、喋りたくてうずうずしてるものだ。刺激の仕方さえ間違わなければ、また午後も、何かしら歌ってくれるさ」

　それから少しして、ドアがノックされた。留置管理課員だった。

「竹内亮一を、連れてまいりました」

　いつものように招き入れ、手錠と腰縄をはずし、左足をスチール机に繋ぎ直す。この辺を常に慎重に行っているお陰か、あるいは単に竹内自身が観念しているからか、彼がこの取り調べ期間中に暴力的な一面を覗かせたことは一度としてなかった。

「……では、昼前の続きから、聞かせてもらおうか」

　竹内は右目を閉じ、ゆるく溜め息をついた。昼休みをはさんだお陰で、また少し態度が硬化してしまったようにも見える。

「練馬駐屯地の、第一師団第一普通科連隊で一緒だった、西尾克彦。シャブの売人をやっていたその男に、訓練中に、事故を装って数回にわたり、襲われたんだよな？　だがその後、話をしたら、彼には彼なりの理由があったことが分かった。……そういう話だったよな、竹内」

　答えず、眠るようにうな垂れる。

「西尾が君をジウに紹介した。ということは、西尾の方が先にジウと知り合っていたことになるが、その二人の繋がりというのはなんだったんだ。二人は知り合いだったのに、なぜ西尾は、今回の誘拐計画に参加しなかった。シャブを売ってるくらいだ、金が欲しくないわけじゃないだろう。それに、手を汚すのが嫌だってタチでもない。……なんで、西尾は不参加だったんだ。ん？ 竹内」

身じろぎ一つしない。

「竹内。西尾のことは、君から話してくれたんだろう。だったらもう少し、詳しく頼むよ」

下手に出ても駄目。しかし、

「幸恵さんのことだって」

そのときだ。

「よせ」

竹内は右目を開き、東を正面から見据えた。

「幸恵の話はするな。胸糞が悪い」

正直、ひやりとした。病床にいる自分の妹に対して「胸糞が悪い」と表現する、その神経に、美咲はいい知れぬ嫌悪感を覚えた。

だがそれは、一つの発見でもあった。

竹内は、美咲が初めて幸恵について話したときも、東がしたときも、いったんは怒り出すが、その後はむしろ饒舌になる傾向が見られた。竹内にとって、幸恵は何かしらの〝キー〟になっている。そう考えてもいいのではないか。

　むろん、東もそれについては察しているようだった。

「ずいぶんな言い方じゃないか。俺はもうちょっと、君は妹想いの男だと思っていたが」

「よせといっている」

「なぜだ」

「胸糞が悪いといっただろう」

「病気の妹の話がか」

「そういう甘ったるい話、すべてがだ」

　美咲は彼の右目に、冷たい炎が揺らめくのを見た気がした。

「甘ったるい？」

「ああ、甘ったるくて吐き気がする。俺が、妹の医療費捻出のために犯行に及んだだと？　フザケるな。お前らは、俺の預金残高を調べなかったのか。少なくとも現状で支払うべき額くらいだったら、俺の預貯金でどうにでもなった。だが俺はそうはしなかった。他に支払う都合があったわけでも、何か考えがあったわけでもない。単に、払いたくなかっただけだ。払う必要も、義務もないから払わなかった……何しろ俺は、中村幸恵という女とは、まったくの無関係だからな」

午前中の、あの尊大かつ不遜な態度が蘇ってくる。ある意味、これはいい流れなのだろう。

「じゃあ、なんのためにジウの犯行計画に参加した。真面目な自衛官だった君が、そこまで急に金を必要とした理由はなんだ」

「もうすでに、そこで解釈が間違っている。俺はそもそも、金など必要とはしていない」

調室の空気に、大きな亀裂が入ったような錯覚を覚える。

「……なに？」

「俺は端（はな）から、金をもらうために誘拐計画に参加したのではない」

「だったら、なんのために……」

そして、あの笑み。温度のない、柔らかな、だが不気味な笑顔。

「強いていうならば、理想、か」

「営利誘拐の先に、どんな理想があるというんだ」

「営利誘拐の先にあるのではない。理想は今ここにもあるし、過去にも、常にあった。ただ、それに気づかない人間が社会の大半を占めているから、見えにくくなっているにすぎない」

確かに、竹内が喋りたがっているという東の見解は、間違ってはいなかった。だが、これは一体、なんの話なのだ——。

「どんな理想だ」

「お前は音楽に興味があるか」

二十九歳の竹内が、四十五歳の東を「お前」呼ばわりする時点で明らかに何かがずれているのだが、それ以上に、彼と自分たちの間に何かが立ちはだかり、このせまい調室を分断しているように、美咲には感じられた。

「まあ、人並みには、分かっているつもりだが」

「クラシックを学んだ人間が、初めてジャズを聴いたときに何を思うか、想像できるか」

東は少し、首を傾げた。

「すんなりとは、理解できんだろうな」

竹内の右目が頷く。

「クラシックというのは理論があって、ルールがあって、教育を受けて、初めて演奏できるようになる種類の音楽だ。だが対してジャズは、黒人の間に自然発生的にできあがったものだ。中には、軍部が手放した楽器がニューオーリンズ界隈の質屋に出回り、それを売春小屋の呼び込みが買って、好き勝手に鳴らしたのが起源だとする説まである。だが、現代ではどうだ。ジャズにだって立派な音楽理論が確立されている。一見、滅茶苦茶（めちゃくちゃ）に見える事象でも、分かる人間が見れば分かる。秩序立っていないように見えて、実はちゃんと、その世界のルールというものは存在している。……そういうことだろう？」

東は、曖昧に「ああ」と相槌を打った。

「だが悲しいかな、人間というのは、自分が育った環境を背景とした価値観しか、基本的には理解できない生き物だ。理路整然としたクラシックを学んでしまうと、ジャズのとっちらかった感じがどうにも理解できなくなってしまう。それと同じだよ」

「……何が、同じなんだ」

それでも竹内は、あの慈悲の笑みを崩さなかった。これだけ煙に巻いたのなら、もっと馬鹿にしてもよさそうなものだが。

「お前たちに、いま俺のとっている立場の考えは理解できない。お前たちは、この甘ったるい商業主義社会の駒として生まれ、順調に育ち、順当に消費されるだけの存在だからな。だがそんな中でも、気づく人間は気づく。そういう人間が、突然変異的に出現する。俺が……というと偉ぶって聞こえるかもしれないが、まあ、そういうことだ」

竹内は、資本主義に敵対する思想の持ち主なのか？　つまり、共産主義者——。

「……君の他にも、同じ考えの人間は、いるのか」

いったん視線をはずし、それに……竹内はゆっくりと瞬きをした。

「西尾がそうだったし、それに……ジウも」

ぴんと、東の背中に緊張が走る。

「君たちは、つまりそういう……一つの思想で、結ばれた仲間だったのか」

竹内は溜め息をついた。

「結ばれているとか、そういうこともいわれたくない。……理解しようとするな。土台、お前たちには無理なんだ。俺は、お前たちに無理だということを教えることはできるが、お前たちを覚醒させることはできない。そこまでの自信はない。どうせお前たちには分からないのだから、分からないものは、分からないで放っておけ。俺を罰したければ、罰するがいい。お前たちのルールに則って、この俺を殺すがいい。だが、それで終わりだと思うな。俺のような人間はいくらでも出てくる。特にこれから、自然発生的に、同時多発的に、あらゆる人種、あらゆる階層、あらゆる地域から、続々と出てくる。お前たちのルールでは計れない、縛れない……それを思想と呼ぶのは勝手だが、はっきりいってそれは間違っている。正しいキーワードが欲しいなら、与えてやってもいいが……」

東が、こくりと生唾を飲む音が、やけに大きく聞こえた。

「キーワード?」

「ああ。キーワード……そう。それが一番、相応しいな」

「なんだ、聞かせてくれ」

竹内は右目で、東と美咲を順番に見て、ゆっくりと、落ち着いた声でいった。

「秩序だ……新しい世界の、秩序」

「それを君は、西尾や、ジウと、共有したというのか」

「いや、西尾は秩序について理解し、俺が覚醒していることを見抜きはしたが、その先を見据えるまでには至らなかった。俺が襲われたのはつまり、奴の、スカウト活動の一環だったわけだ」

「じゃあ、ジウは」

「奴は……」

再び、あの温度のない笑みが竹内の頬に宿る。

「共有というよりは、ほんのいっときの共闘、といったところか」

「どういう意味だ」

「意味を求めるな。理解は覚醒のあとにしかあり得ない」

「それでもいい。説明してくれ」

まあ、いいだろう、と竹内は頷いた。

「ジウと俺は、確かに同じ秩序の中で、同じ方向を向いていた。ただそれは、ほんのいっときのことだ。奴とはいずれ、直接殺し合う運命にあった……まあ、こんなふうになってしまった以上、それも叶わないのかもしれんが」

「それは、ある組織の中での、秩序、なのか」

場違いなほど穏やかに、ゆっくりとかぶりを振る。

「組織などというものはない。あるのは秩序、ただ一つだ。新世界秩序……『覚醒』などという言葉を使うから、仰々しく聞こえるのか……つまりは、気づくか気づかないかの問題だ。要は、ガリレオと同じことだ。俺がどんなに地動説を唱えようと、天動説しか知らないお前たちに、またそう信じて、そういう結果が出るようにしか物事を計らないお前たちに、俺の拙い地動説を呑み込ませるのは難しい。……繰り返すが、俺は覚醒はしているが、啓蒙には向いていない」

要するに、実体のない、危ない「自己啓発セミナー」みたいなものか、と美咲は解釈した。

竹内もジウも、それに共鳴し、その理屈に従って営利誘拐を計画し、結果的には殺人まで犯した。犯罪を容認、奨励する思想グループと、その構成員。つまり、そういう感じなのではないか。

東が机に身を乗り出す。興味がある。そんな目で竹内を見つめる。むろんそれは、喋らせるための芝居なのだろうが、それでもつい、もし東が呑み込まれて、あっち側に引き入れられてしまったら、などと想像してしまう。そう。そういうことが絶対にないとはいえない、そんな嫌な空気が、この調室には充満している。

「君らが理想とする秩序を展開すると、どんな世界が生まれる？」

ニヤリと、竹内が頬を歪める。

「……だんだん、分かってきたじゃないか。刑事さん」

ぞっとした。

否定してくれ。美咲は東の背中に、そう念じた。

「ああ、徐々にな」

鳥肌が上塗りされる。

「秩序は、今もここにある。ただ、実際に新しい秩序を展開した世界というものがどうなるのかは、やってみないと分からない部分も多い。だが案ずることはない。今はまだ、それよりもっともっと前の段階だからな」

「……新世界が展開される前に、この旧世界には、一体何が起こる」

竹内は笑った。それも、心底嬉しそうに。

「いえないよ、まだ」

ふいにブブブッと、小さく低い振動音が鳴った。東の携帯のようだった。すぐに内ポケットから取り出す。

「……見てくれ」

竹内から目を離さないようにしながら、東は肩越し、美咲に携帯を手渡した。受け取り、表にある小さなディスプレイを読む。

「石田主任です」

「出てくれ」

一瞬戸惑ったが、そうしてくれといわれたのだから仕方ない。美咲は携帯を開いて耳に当てた。

「もしもし、門倉です」

石田に、特に驚いた様子はなかった。

『どうも。西尾について調べたんですがね』

ありがたい。石田はこっちが調室で竹内と一緒であることを想定しているのだろう。ちゃんと、小さめの声で喋ってくれている。

『やられました。西尾はとっくに飛んでます。葛西の翌日、九月の十七日です。隊は別ですが他にも五人、同じ日に行方をくらましています。……つまり、これがあったから、あっちは協力を渋っていたんでしょう』

ドクン、と脈が乱れた。

――そんな……。

美咲は片手で《西尾　九月十七日　失踪》とキーを叩いた。

「続けて、ください……」

『ええ。基地内の自室には私物も残していますが、今のところ、目ぼしいものは出てません。帳場がガサ札（家宅捜索令状）をとってくれたら、もうちょっとやれるとは思うんですが……現状は、そんなところです』

「分かりました。ありがとうございました……」

続きを打ち込み、携帯を返すと、東がそれとなくこっちに体を反らせてくる。美咲は立ち上がり、代わりに竹内を警戒する立ち位置をとりながら、東にディスプレイを向けた。

東は、何喰わぬ顔で竹内に向き直った。

「……ちなみに、西尾と最後に会ったのはいつだ」

竹内が、机の天板に視線を落とす。

「いつだ」

ゆっくりと上げ、東と美咲とを見比べる。

「……その様子じゃあ、飛ばれたといってるのも同然だぞ」

東は呆れたように鼻息を吹いた。

「西尾が行方をくらましたのは十七日、お前をパクった翌日だ。……どういうことだ。奴はどこにいった」

「さあな。下手をしたら、もうすでに殺されているのかも……」

痺れにも似た悪寒が、美咲の背中に広がっていく。

「誰に」

「ジウに、決まっているだろう」

なるほど。『利憲くん事件』の被疑者三人を、練馬の廃屋で殺害したのと同じというわけか。

「君は、なぜそう思う」

「当然だから、としかいいようがないな」

「……当然？」

　東の声に、苛立ちが入り混じる。

「それは、西尾が殺されて当然の人間という意味か。それとも、ジウが西尾を殺すのが、当然という意味か。どっちだ」

「くだらない」

　そのひと言が、余計に東を苛立たせたようだった。

「何がだ」

「誰かが誰かを殺す。そのことについて、一々理由や意味を見出そうとする、その考え方がくだらないといっているんだ」

「キサマッ」

　美咲は、とっさに机の下で東の手を握った。

　竹内はそれを見て、またニヤリと笑った。

「心底くだらんな。俺が警官を撃ち殺したのにも、またあんた、あんたを人質にとっただけで殺さなかったのにも、実のところ、大した差も意味もないんだよ。あんまり命、命って……そもそもあんたらは、一体誰のために他人の命を、そんなに大切にしてやってるんだ。そんなことは、考えたこともないか」

「キサマはッ」

東は美咲の手を振り払って机を叩いた。

「元、自衛官だろうッ」

もう美咲は、何をいっても無駄だと思った。あまりにも真っ直ぐに怒る東を、竹内はただ、嘲笑うだけなのだ。

笑ったまま続ける。

「あんたは自衛隊を、一体なんだと思ってるんだ。あれはな、防衛省なんてものを冠にかぶっちゃいるが、中身はただの軍隊だぞ。イラクの民間人居住区にミサイルをバンバン撃ち込んだ、米軍となんら変わりない、人殺しを目的とする、れっきとした軍隊だ。……あ、そういや、新世界秩序……〝ニュー・ワールド・オーダー〟ってのは、あのオヤジの方の、ブッシュ大統領の決め台詞だったたな」

東が強く奥歯を嚙み締める。握った拳を震わせる。

「……お前が人命を軽んじるようになったのは、自衛隊に所属したせいだといいたいのか」

違う、とかぶりを振る。

「俺は、人命を軽んじたりはしていない。そもそも、大して重みのないものだということに、気づいたにすぎない。……そう。そう気づいたんだよ、俺は」

また、美咲と東を見比べる。

「まずそれが、覚醒への第一歩……というわけさ」

自分たちは、何かとんでもないものを、相手にしようとしている。

そんな思いに囚われ、美咲は背筋に、冷たいものを感じずにはいられなかった。

5

そこらのベンチというのもなんなので、基子から喫茶店に入ろうと木原に提案した。

だが、上野署管内で誰かに見られ、あとでサボっているふうにいわれたら面倒だ。特に、回り回ってあの秋吉の耳に入ったら厄介だ。こんなチンピラみたいな男と一緒では、無理やり色っぽい話にでっち上げられないとも限らない。

基子はそれとなく隣の、蔵前（くらまえ）署管内の元浅草（もとあさくさ）まで木原を誘導した。

「なんでそっちなんだよ。そこにドトールあったぜ」

「ブツブツいうな。黙ってついてきな」

まもなく、地下に下りる階段の前に「純喫茶トヨカワ」とある紫の行灯（あんどん）看板を見つけた。

「ここにしよう」

「趣味ワリーなあんた」

「嫌なら交渉決裂だけど」

「いや……好きだよ、俺も。こういう感じ。懐かしくて」

階段を下り、紫のスモークガラスのドアを開ける。右手のカウンターにいるのが店主か。口ヒゲに黒ベストの彼は「いらっしゃいませ」と軽く頭を下げた。

「二名さまですか」

「そう」

「どうぞ。お好きなお席に」

薄暗い蛍光灯。緑のカーペット。ところどころ合皮の破けたソファ。なぜか通路側に点在する赤いベルベットの丸椅子。純喫茶というよりは、開店前のうらぶれたスナックという趣。基子は四つあるボックス席の、一番奥まったところを選んだ。

すぐに、水とおしぼりが運ばれてくる。

「……ブレンド」

「じゃあ、僕もそれ」

「かしこまりました」

店主も心得たもので、コーヒーを持ってきたあとは、遠くの方でグラスを磨き始めた。

ラジオを点けたのも、そんな配慮の一環か。

「……で、ヤバいネタってなんなの」

「ああ」

「危ないったって、度を越したらあたしだって手に負えないよ」

「大丈夫。あんたなら平気だって」

木原は内ポケットからラークの赤箱を出し、灰皿に入っていたマッチで火を点けた。

「あ、吸う？」

「いや、いい……始めて」

頷きながら、美味そうに大きく吐く。白く濃い煙が、店の空気を程よく霞ませていく。

「……まあその、本庁の特捜本部が、ジウってガキを追い始めたわけだ。それも地域を、ほぼ歌舞伎町に絞ってな。その代わり、店も組事務所も、通行人も呼び込みのオヤジも無差別にだ」

木原は腰のポケットから薄型のシステム手帳を出し、はさんであったコピー紙をテーブルに広げた。似顔絵だった。

「これが、ジウだ」

「えっ？」

ぱっと見、女の子みたいに見える。美少年という言葉が、これほど似つかわしい犯罪者も珍しいのではないか。

「……でも確か、未成年だって、いってなかったっけ」

「ああ、推定少年な。正確には分かってないから」

「じゃあ、似顔絵公開しちゃマズいじゃない」

木原はチッチッチと人差し指を振った。

「公開はしてない。捜査員が持って歩いてるだけだ」

「でも、あんた持ってるじゃない」

ひょうきんに両眉を吊り上げる。

「鋭いね。……そう。捜査員の中には、見かけたら知らせてって、店とかに置いていく奴もいるんだよ。そういうところで、これはコピーさしてもらったわけ。分かったら続けるけど」

なるほど。まあそういうことも、あるのかもしれない。

「うん、続けて」

木原は、トントンとジウの顎の辺りをつついた。

「で、特捜本部がこれを歌舞伎町で当たり始めた途端に、まったく別の集団がそわそわし始めた。なんだと思う?」

似顔絵を改めて見る。

「……ホストクラブ？」

「うーん、すまん。そういう意味じゃない」

「ゲイバー？」

「もういい、クイズは終わりにしよう。答えは、暴力団だ」

なんと。

「……つまり、こいつは組関係とも、繋がりがあるってこと？」

木原は小首を傾げた。

「いや、たぶんその真逆だ。ジウは歌舞伎町で何かやらかして、それで暴力団に睨まれる破目になった。それもかなり……ヤバいことでな」

基子が「勿体ぶんなよ」と顎でしゃくってみせた。

木原は、嬉しそうに頷いた。

「……ああ。ジウはおそらく、暴力団事務所を襲撃して、チャカを盗んで回ってる。いや、そういった意味じゃ強奪、強盗に近いのかもしれん」

基子の腹の底で、エンジン音のようなものが、激しく吼える。

——暴力団事務所を襲撃して、拳銃を、強奪？

なんと刺激的な言葉の連なりだろう。

——暴力団事務所を襲撃して、拳銃を、強奪。

頭の中で反芻すると、まるで空吹かしをするように、体中に闘志が漲っていくのが分かる。

「ただ、この話の裏は、まだまったくとれていない。だから、その辺をあんたに手伝ってもらって、きっちり足下固めて、作戦も練って、やっていきたいと思ってる。そうしないと……相手はなんたって、ヤクザと殺人鬼だからな。慎重にやらないと、必ず痛い目に遭う」

同じ匂いを感じるというだけはある。この木原という男、なかなか基子の琴線に触れる言葉を、会話にちりばめるのが上手い。

――痛い目か。遭わせられるもんなら、遭わせてごらんって……。

ついでに、ちょっといいアイデアを思いついた。

「あんた、コンクリートマイクとかって、調達できる?」

木原はニヤリとし、悪戯っぽい目をして頷いた。

夕方五時過ぎまでは外で暇を潰し、署に戻ってからは例のヤマの捜査会議に付き合った。報告の内容は、被疑者、久保昌弘が今日の何時にどこで何をしたとか、会っていた何某とはどういう間柄だとか、本当に轢き逃げに関係あるのか疑わしいものばかりだった。結局、当直にも当たっていない基子は、八時半頃になって「お先に失礼します」とデカ部屋を出た。誰も、何も返してはこなかった。

上野のラーメン屋で食事をすませ、まだ早いと思ったので焼き鳥屋で一杯飲んだ。こんな姿を、あの雨宮ならオヤジ臭いといっただろうか。それとも、よく似合っているといっただろうか。

——似合ってるって、いうんだろうな……。

ネギマ、レバ、ハツ、しし唐。ビールを一本、空にしてから駅に向かった。

山手線と有楽町線を乗り継ぎ、月島駅の改札を出たのが、ちょうど十時半くらいだった。人影もまばらな清澄通りの歩道。すれ違って駅方面に向かう姿は稀で、そのほとんどは、同じ方向に向かう背中ばかりだった。

しばらくいくと、背後から、パカパカとやかましい足音が近づいてきた。さては、またどっかの女記者か。そう思って振り返ると、

「あっ、やっぱり伊崎さんだァ」

なんと、あの門倉美咲だった。すぐに「あつっ」と脇腹を押さえる。明らかに傷に障った感じの顔のしかめ方だった。そのくせ、すぐに笑みを作る。いや、作ろうとする、その過程の表情がなんとも腹立たしい。

「……ああ、どうも」

そのまま、いこうとしても、この女はどうせ無理やりにでも並んで歩こうとするのだろう。

こっちが不快な表情を浮かべても、まったく気にもせず朗らかに喋り続けるのだろう。ならば、無駄な抵抗はすまい。並ぶまで待ってやる。

「……駅で、ちょっと、そうじゃないかなって、思って、声かけたんだけど、こっち向かなかったから、違うのかなって……でもやっぱり、伊崎さんだった」

これは、自分に謝らせるための罠だ。

「ああ、すんません。全然気づきませんでした」

そのくせ、素直に謝ると「いいの、そんなんじゃないの」と、いかにも自分は寛大だといわんばかりの態度をとる。基子はこういう女臭い、回りくどい、無駄な会話が大嫌いだった。

ふいに沈黙が訪れた。ああ、このままこの女が、黙ったまま寮まで歩いてくれたらな、と思ったが、そんなに都合よくいくはずもない。

「あの、伊崎さん」

基子は溜め息のついでに返事をした。

「……はい」

「この前の、あの、葛西の現場で、私を助けてくれたのって、伊崎さんだったのよね」

門倉美咲の身長は百七十一センチ。基子より約十センチも高い。話すにしても睨むにしても、一々見上げなければならないのも腹立たしい。

「調書見ていってんすか。それとも週刊誌っすか」

「あ、あの……週刊誌の方」

まあ、どっちでもいいことだが。

「別に、門倉さんを助けたわけじゃないです。あたしは残りのマル被を捕りにいった。そのとき人質にされていたのが、たまたま門倉さんだった。それだけのことです」

「でも、岡村事件のときも……」

「ええ、あれと同じです。あたしはマル被を追ってるだけですから、お気になさらずに」

美咲はかぶりを振った。どうしてこの女は、こうも聞きわけがないのだろう。

「でも、やっぱり助けてもらったことに、代わりはないです。……ありがとう、ございました」

深々とお辞儀をする。こっちは、わざわざそのために立ち止まったりはしないので、自然と二人の間には距離ができる。

「あっ……」

そして小走り、でまた傷に障り、呻き声を上げる。心底、馬鹿だと思った。まったくもって学習能力ゼロ。だから、三月(みつき)の間に二度も人質にとられる破目になる。

「待って……」

待つものか。話があるなら追いかけてこい。歯を喰い縛って喰らいついてこい――。

「……でもあの、私……今あの、まさにあの、レンジャー隊員の取り調べを、担当、してるのね」

それはちょっと、面白い話だと思った。思わず歩をゆるめてしまう。

「へえ、そうなの。上の方も、けっこう洒落た采配するんだね」

上手いこと横に並んだ美咲は、笑みすら浮かべてみせた。そう、この女は、意外と粘り強い一面も持っているのだ。

「っていっても、私は殺人班の主任の後ろで、記録係やってるだけだけど」

「でしょうね。帳場は、本部なんでしたっけ」

「うん、そう。十七階」

警視庁本部庁舎で一番大きな会議室だ。まあ、木原が百四十人態勢だといっていたから、その点は合致している。

「でも、伊崎さん……」

急に、美咲が口調を変えてきた。何かの魂胆が見え隠れする。

「はい」

「逮捕時に、被疑者に、あそこまでの怪我を負わせる必要が、あったのかなって……ちょっと、私は思ってて……」

なんだ、そんなことか。

「思ってて、なんですか」

　美咲はヒクッと肩をすくめたが、すぐに「うん」と頷いて続けた。

「あの、今も……ああ、あのレンジャー隊員は、竹内亮一っていうんだけど、彼は、かなり体が不自由な状態なのね。他にも、崔克敏（スイケミン）って二十歳の中国人は、顎関節を骨折して、筆談で取り調べに応じてるし……なんていうか、ちょっとそういう……」

　なるほど。相手が警官だろうがマスコミだろうが、今の自分に接触してくる人間は、ひと言あの件での対処について物申したい奴ばかりということか。

　――こんなんだったら、あたしを利用しようっていう、あのフリーライターの方がなんぼかマシだよ。

　基子は立ち止まり、口の高さにある美咲のブラウスの襟をつかんだ。

「えっ……」

　美咲は眉をひそめ、肩をすくめ首をすくめ、だが目は、細めただけで閉じはしなかった。何が起こるのか。それだけは、自分の目で見届けようとでもいうのか。

「門倉さん。あたしは岡村事件のあと、あんたにいったよね。現場は戦場だよ、生きるか死ぬかなんだよって。特にこの前の相手はレンジャー隊員、しかも元第一空挺団だってじゃないか。そんなの相手にして、こっちもそっちも怪我しないようになんて手加減できっかよ。本気でいかなかったら、逆にあたしが殺されてたんだよ。実際あいつは……」

この女相手に、自分は雨宮崇史のことを、なんと表現すべきなのだろう。基子は、瞬時には決められなかった。

「……一人、殺してんだ」

手を放すと、美咲は頷きながら、その襟を直した。

「そ、そうね……ごめんなさい。お礼いったり、こんなこといったり、ほんと……勝手ね。すみませんでした」

そのあとも、美咲は基子の隣に並んで歩いた。

寮まで無言のまま、懸命に、基子の歩調に合わせていた。

翌日も、気持ちがいいくらい基子には仕事がなかった。

係の他の者はみな忙しそうだった。おそらく代議士の息子を逮捕するには、各方面に様々な根回しが必要なのだろう。もう二、三日は片づきそうにない。基子はそう見積もっていた。

十時頃になり、

「いってきます」

田中係長が頷くのだけ確認してデカ部屋を出る。一階に下り、玄関を出た辺りで木原を呼び出した。どこに住んでいるのかは知らないが、「一時間後に一番街の入り口で」というと、分かった、すぐにいくと彼は答えた。

三十分弱、山手線に揺られて新宿で降りる。ラッシュアワーを過ぎたためか、駅の構内はさほど混雑していなかった。

東口を出て、新宿通りをスタジオ・アルタ側に渡り、左手の脇道から靖国(やすくに)通りへと抜けていく。比較的せまい、飲食店が並ぶその坂道で、基子はちょっと変わった光景に出くわした。

頭髪も眉も剃り落とし、鮮やかなオレンジ色のスーツでキメた男が、牛丼屋の割引券を配っている青年の肩を抱き、何やら真剣に話し込んでいる。それとなく耳を傾けてみる。

「……サツにいわないで、ウチに連絡ちょうだい。他の組も駄目だからね。この番号、絶対ここに電話ちょうだい。分かるよね？」

思わず吹き出しそうになった。

そう。暴力団対策法施行以来、指定暴力団員は一般人に、代紋の入った名刺を渡すことさえできなくなった。それが一々、恐喝行為とみなされるようになったからだ。ちょっとした言葉遣いの荒さも、すべて同様に取り締まりの対象となる。

だから、今回のような場合は大変だろう。彼らが広く一般に情報提供を呼びかけたい場合、その暴対法がとんでもない足枷(あしかせ)になる。昔ながらのやり方で、「ぜってーに知らせろよコラッ」といって回るわけにはいかないのだ。

そんな光景をさらに二つ三つ目撃し、靖国通りの大横断歩道を渡り、基子は「歌舞伎町一番街」の看板下に立った。すると、どこに隠れていたのか木原がひょいと前に躍り出てきた。

「よう。アネさんから呼んでくれるなんて、嬉しいねェ」

昨日、別れ際に年を訊いたら三十六歳だという。ほぼひと回り違うとは思えない、まあなんというのだろう、ある種の「若さ」を持った男ではある。今日はグレーのスーツにえんじのネクタイ。地味ではないが、昨日よりはだいぶ真面目な感じに見える。

「アネさんはやめなよ。あたし、これでも地方公務員なんだよ」

「……ヤクザも怖がる公務員、てか」

「別に、ヤクザは怖がっちゃいないだろ」

まだな。

ちなみに、今日は基子もグレーのパンツスーツを着ている。二人で歩いていると、ちょっと柔らかめの営業コンビに見えなくもない、のではないだろうか。

「なあ、なんで急に俺を呼び出したりしたんだよ。なんか、いいアイデアでも浮かんだのか」

木原のあまりの上機嫌に、基子はいささか面喰らう恰好になった。正直にいうのは、ちょっと心苦しくもある。

「……別に。ちょっと、暇だったから」

　だが、そんな答えでさえも木原は悦んだ。

「嬉しいねェ。特別な用もないのに呼び出してくれる。これってつまり、パートナーってことだよな。な？」

「はしゃぐなよ。いい年して」

「照れるなよ。まだ若いんだから」

　基子は上目遣いで睨んだ。二十センチの身長差が、思ったより大きな開きに感じられた。

「……必要以上になつくなっていってんの」

「いやいや、これくらいのノリの方が目立たねえんだよ」

　木原がぴょんと跳ねてみせる。確かに、そう思って見てみると、バカみたいに手振りの大きな呼び込み、くるくると回りながら女にまとわりつくナンパ師、あるいはスカウトマン——。木原の醸し出す雰囲気は、歌舞伎町のそれとよく馴染んでいた。むしろ浮いているのは基子の方だ。いや、沈んでいるのか。

「もっと笑えよ」

「……いいよ」

　笑えといわれて、笑える性格ではない。

「笑えって。あんた、自分で思ってるより、数段美人なんだぜ」

正直、ムッとくるひと言だった。

「あたし別に、自分のことブスだなんて思ってないけど」

「でも、綺麗でしょ、ってふうにはアピールしないだろ？　勿体ないよ。笑えば可愛いのに」

「馬鹿にすんなよ」

「どうして馬鹿にされたって思うんだよ。褒めてんのに」

そんな話をしながらも、基子は周囲に目を配ることを忘れなかった。そしてそれは、木原も同じようだった。

確かに、ヤクザ者が何かを捜査しているような動きは見受けられる。と同時に、ちらほらと本部の刑事たちの姿も見え隠れしていた。中には知った顔もいた。こっちが覚えているということは、あっちも基子を覚えていると考えておいた方がいい。奴らは刑事捜査のスペシャリスト。一度見た顔は忘れない。そういう連中だ。

——なるほど。こりゃ面白そうだわ……。

基子は、ポケットからサングラスを取り出した。

第三章

1

　ヒロコを失った私は、いく当てもなく、冬の温泉町をさ迷った。ポケットにはほんの小銭と、わずかばかりのヒロポンのみ。亡骸（なきがら）は、そのまま木賃宿に残してきた。

　かつて集落でしたように、死体を細かくして、穴を掘って埋めてやることもできたが、さすがに、町中でそれをすることは許されない。そう判断する程度の感覚は、当時の私も身につけていた。かといって、どこか遠くに運んでからするほどの体力もない。結局私は、仕方なくというほどの感慨もなく、ヒロコの亡骸を放置し、宿を抜け出した。

　盗めば、食うには困らなかった。着るものにも不自由しない。ただ雨風、雪はつらかった。私は橋の下や、他人の家の軒下にうずくまりながら、小さかったけれど囲炉裏のある、あの集落の小屋に思いを馳（は）せた。

あそこに帰れば、まだヒロコがいるような気がした。壁の節穴から覗けば、ヒロコは宮路と交わっている。隣には年嵩の二人。三人並んで、鼻をぺしゃんこにして板壁に貼りつく。突如戸板がバタンと倒れ、宮路の弟分たちがその上で殴り合いを始める。また女の取り合いか。二人とも下半身は裸だ。

優勢も劣勢もない。ごろごろと転がっているうちに、一方が上手く相手の腰にまたがり、ごつ、ごつと、重たい拳を頬の辺りに打ち下ろす。最初は下から殴り返していた相手も、徐々にその勢いを失っていく。やがてぐったりとなり、ケリがつく。

殴り勝った男は小屋に戻り、ふんふんと激しい鼻息を吹きながら女と交わり始める。年嵩の一人がそっちを覗きにいく。だが戸板を直そうと出てきた男にどやされ、いきなり殴られる。

足が地面から浮き上がるほど吹っ飛ばされ、覗き込むと鼻血が出ていたり、前歯が折れていたりする。

戸板が直され、再び暗くなった雪の上に、大小二つの体が大の字になっている。ときとして、その一方は私自身であり、もう一方はすでに死んだ、あの宮路の弟分であったりする——。

路上で凍死しそうになっていた私を拾ったのは、地元のチンピラだった。名前は、一平といった。

「駄目らぁ、自分。そんつぁらがんしてたら、凍え死んでしまうらろぉ」

年恰好は、ちょうどあの年嵩の二人くらいだった。たぶん十七、八歳だったのではないだろうか。

一平は私を、自分の兄貴分のところに連れていった。兄貴分は迷惑そうな顔をしたが、玄関の辺りに寝かせるくらいならいいと承知した。

むろん、そこも大した家ではなかった。隣り合う家々の屋根は瓦なのに、そこはまだ茅葺で、戸口を入ったところの土間は、外の水気が染みてきて半ばぬかるんだようになっていた。だが、寒さをしのぐことは充分にできた。私は黙って、その恩恵に与った。

一平は私に白湯を飲ませ、濡れた衣服を脱げといった。脱いだ物は、囲炉裏で乾かせともいった。

なぜ、私にかまうのだろう。そう思っていたら、一平は勝手に喋り始めた。

「自分、俺の弟と、同い年くらいなんら……こん夏に、死んらんらろもな」

彼のいう「自分」は、関西弁でいうところの「ワレ」に近い意味なのだろうと、私は勝手に解釈した。

「……ああ、自分、あのヒロコと、一緒らったがんか」

下着姿になった私を見て、一平は、私がヒロコの連れであったことを思い出したらしかった。私は覚えていなかったが、彼は幾度かヒロコを買ったことがあるようだった。いい娘だったと、彼はヒロコを振り返った。笑った顔が可愛かったとか、肌が綺麗だったとか、乳房が柔らかだったとか、あそこの締りがよかったとか。

「……死んらんらてな」

ヒロコの亡骸は、宿屋の女将（おかみ）が警察に知らせて処分してもらったらしいと、彼はいった。身元不明の売春少女。その死体が、最終的にはどんなふうに処分されるのかなど、当時の私には想像もつかなかった。ましてや警察など、どうも自分たちとは敵対する、お揃いの服を着た連中、くらいにしか認識していなかった。

当時の私は、世の中のことなんてまるで分かっていない、たぶん、木偶（でく）のような存在だったのだと思う。

ただあの集落にも、貴重な教えはあった。労働と報酬。あるいは対価。働かざるもの食うべからず。そんな概念だけは、私の頭の隅にも漠然とあった。

一平の兄貴分も、ヒロポンの密売をしていた。ただ、混ぜ物をするのが上手くなかったせいか、目の肥えた者には買ってもらえなかったり、値切られたりすることが多いようだった。

私は黙って手を貸した。ああいう連中は、どうもそういう細かい仕事には向いていないらしい。それに比べれば、まだ私は手先が器用な方だった。ぱっと見は分からないように混ぜ物の白粉を入れてやり、それを紙に包んでやった。

私は徐々に、一平と共に、その兄貴の子分のようになっていった。

「自分、なまいはなんてゆうんら」

ほとんど喋らなかった私に、一平はしつこくそう尋ねた。

本当は、名前なんてなかったのだけれど、どうもそれを決めないと、一平も兄貴も不便なようだったから、私はとりあえず、知っている名前を口にした。

「ミヤジ……」

「ハァ？　自分、なまい〝ミヤジ〟ゆうんか」

その日から、私は「ミヤジ」と呼ばれるようになった。当時はその音感だけだった。「宮路」という漢字を知るのは、それよりもう少しあとのことだ。

兄貴には女がいた。兄貴と女、一平と私。四人の奇妙な共同生活は一年ほど続いた。その間に私は、徐々に社会の枠組みや経済の仕組み、法律や犯罪といった概念を認識するようになっていった。

宮路がやっていたことも、ここの兄貴がやっていることも、いわば一般的には認められていない違法行為なのであり、だからこそ自分たちは食っていけるのだということが、この頃初めて、はっきりと分かった。

そして人が生きていく上で、最も大切なのが金であるということも知った。あれを稼ぐには、まあ色々な方法があるわけだが、自分たちには暴力による恫喝か、ヒロポンの密売が相応しいのだということも理解した。むろん他の人たちが、米を作ったり、宿屋を経営したり、何かを運搬したりして金を稼いでいることも知ってはいたが、どちらが正しいとか、どちらがより良いだとか、そういうふうには考えなかった。

ただ、兄貴の稼ぎが悪いのだけは、不満といえば不満だった。一平も私も、兄貴のお供をすることで、初めて稼ぎのおこぼれに与ることができるのだ。兄貴には、しっかりしてもらわなければ困る。

彼は、親分の開帳する賭場で働いていた。負けて暴れ出した客を押さえつけたり、借金の取り立てをするのが彼の主な仕事だった。ヒロポンの密売は副業的なもので、彼が個人的に知り合いになった、大和川のツテから細々と仕入れている、というのが実情だった。

それと比べると、宮路の扱っていたヒロポンは大量だった。五倍、いや、多いときは十倍くらいあったように思う。それに、別途調達した混ぜ物の粉を入れると、十五倍くらいの商売をしていたものと推察できた。

私は無性に、あそこにあった大量のヒロポンが欲しくなった。あの薄汚かった集落が、実はとんでもない宝の山であることに気づいたのだ。

「なあ、一平さん……」

私は兄貴が賭場で働いているときに、一平に相談を持ちかけた。二人で、浦本のはずれにある集落を襲って、大量のヒロポンを奪わないか。それを売り捌いたら、大金持ちになれるぞ。

だが、一平は容易にはその話を信じなかった。

「だがそんつぁらがんゆうた」

誰かから聞いた話ではなく、自分はそこで育ったのだ、長いこと、そこでヒロポンの包みを作って暮らしていたのだと説明した。

「なるほろな……すたろもせ」

一平はなかなか、納得した顔をしなかった。

ようやく彼を説き伏せ、計画を実行に移したのは十日くらいあとのことだった。

兄貴には断らず、二人で町を出た。乗合自動車を利用し、夕方頃には浦本に着いた。

そこからまた少し歩いて、集落を探した。丘のふもとからあの場所を見上げる機会などあまりなかったし、そもそも曖昧な記憶だけが頼りなので不安はあったが、なんとか日が暮れる前にそれらしき影を見つけることはできた。少し待っていると明かりが灯るのも見え、間違いないと確信した。

一平は、震えていた。ヤクザの子分をしていても、人が殺されるところなどは見たことがなかったという。ましてや、自分がそれをするようになるなどとは、考えたこともなかったらしい。

私は大丈夫だといった。あそこの連中は、ヒロポンで周囲の漁村と繋がっているだけだから、もし殺されていなくなっても、誰も気にかけたりはしない。実際、弟分が一人、女が一人、子供が二人あそこで死んでいるが、誰も咎められはしなかった。そんなことが当たり前の連中なのだ。大丈夫だ。

一平は、小刻みに何度も頷いた。彼には、最終的にはこの計画に乗らざるを得ない事情があったのだ。

「俺に稼ぎがあったら、静子こと、身請けできるんらろもな」

それが、一平の口癖だった。

町一番の女郎屋で馴染みになった、年上の女、静子。

一平が弱気になりそうなとき、私は決まって静子の名を出し、彼の闘志を鼓舞した。ここでひと稼ぎすれば、どこか別の町にいって、あの静子と二人で暮らすことだってできるんだぞ。

と、そこまではよかったのだが、

「そしたら毎日、静子とタダで姦れるようになんねんぞ」

そう付け加えると、途端に一平は目くじらを立てて怒り始めた。なぜそこで怒るのか、それのために二人で暮らすのではないのか。そう思っていた私は、一平の態度が不可解でならなかったが、協力者はどうしても必要だったので、なんとかなだめ、一平が計画から降りるのを防いだ。

それとなく裏側から様子を見ると、宮路も弟分たちもすでに帰ってきていることが分かった。三つの小屋を見て回る。

一つ目には、宮路と見たことのない女がいた。二つ目には弟分と、あの頭のイカレた女がいた。三つ目にはもう一人の弟分と、また新しい女がおり、その傍らで年嵩の二人は相変わらずヒロポンを紙に包んでいた。

私が用意したのは、大振りの鉈二本だった。一平は匕首と鉈、一本ずつ。私は匕首はやめろといった。刺したくらいでは、人はすぐには死なない。宮路が死んだ弟分の腹を刺したのを何度か見たが、彼はそれでは死ななかった。

だが、一平は聞かなかった。喧嘩には匕首。そんな思いが彼にはあるようだった。だから私は、それ以上はいわなかった。ただ、反対の手には鉈を持て、役に立たないと分かったら持ち替えろ。それだけはしつこくいって聞かせた。

私は小屋を見比べ、襲撃の手順を考えた。

最初に片づけたいのは年嵩の二人だが、四人集まっている小屋を襲うのは得策ではない。私たちは少し機会を窺うことにし、じっと裏手の雑木林で息をひそめて夜が更けるのを待った。

　やがて、年嵩の一人が小屋から出てくるのが見えた。股間をもぞもぞさわりながら、宮路と新しい女のいる小屋の前にしゃがみ、片目で節穴を覗き始めた。ときおりぶるりと体を震わせ、それでも夢中で股間を弄っている。

「いこう」

　私が立ち上がり、一歩踏み出すと、一平は頷いて従った。

　足音を殺し、背後から近づく。一歩、また一歩。

　真後ろに立って、大きく振りかぶった瞬間、なぜか彼は振り返った。

「……あ」

　よく知った顔だが、誰だったか。そんなことをいいたげな目だった。

　私はその首筋に、右の一本を打ち下ろした。骨を断つ鈍い手応えがあった。呻き声も漏らさず、表情も変えず、彼はその場に横たわった。やはり、首がいいんだな。私はそんなふうに思った。

　しばらくすると、相棒がなかなか帰ってこないのを不審に思った年嵩のもう一人が、ちょっと見てくるといって出てきた。

　戸を開け、彼が半歩踏み出したところで、私は正面から首を薙ぐように鉈を振るった。首を半分ほど断ったのはよかったが、さすがに骨にまでは届かなかった。

「……う、う、う、ウオォォォーッ」

突如、狂ったような声がしたので振り返った。

一平だった。

匕首を、腰に構えて突っ込んでくる。マズいことに、狙いが滅茶苦茶だった。

私は慌てて鉈を引き抜き、脇に避けた。一平は入れ替わるようにその懐に入り、噴き出す血を顔面に浴びながら、二度、三度と、思いきり匕首を刺し込んだ。

「よせ、そいつはもういいッ」

だが一平は聞かなかった。地面に倒れ、それでもそいつの腹を刺し続けた。音もしない柔らかいへその辺りに、何度も何度も刃を突き立て続けた。

そんなこんなしているうちに、宮路の弟分が戸口に顔を出した。

「シュッ」

今度は横から。ちょうどエラの下辺りを狙ったので、上手く骨まで届いた。完全に断つことはできなかったが、一発で動きを止めることはできた。

女は、あと回しにする。

隣の小屋にいくと、もう一人の弟分は、まだ女にかぶさったままだった。

「あんだァ？」

ひとっ飛び。私は女にかぶさったそいつの腰にさらにまたがり、首の後ろに、斜めに鉈を打ち込んだ。

「ごふっ」

そのまま女の額にも見舞う。縦に落としたのだが、やや手元が狂って右に逸れた。左の眼球が飛び出る。まだ生きていたが、こいつはもともと頭もイカレている。半殺しで充分だ。

立ち上がると、背後で戸板が鳴った。振り返ると、パンツ一丁の宮路が立っていた。

「お前……」

私が誰であるのか、すぐに分かったようだった。だが、名前がないので呼びようがない。

そんな沈黙が数秒漂った。

「……なにしに」

それを聞くか聞かないかのうちに、私は大きく跳んで宮路の前に立った。土間で対峙(たいじ)すると、もう体格はほとんど変わらなくなっていた。

宮路がさっと身を引く。鉈を繰り出したが避けられた。

「……お前ェ、ヒロコをどうした」

私は黙って鉈を振り続けた。

「なんで、ハルまで殺したッ」

女房のことか。それなら殺したのはヒロコだ。

「答えんかいッ」

避けられ、私がよろけた隙に、宮路は足元にあった太い枝を拾った。次の一撃は見事、それで受け止められた。

「ヒロコはどないしたッ」

背後に女の悲鳴が聞こえたが、すぐ呻き声に変わった。横目で見ると、最初の小屋の女を一平が刺し殺しているところだった。

「ヒロコをどないしたんか訊いとんじゃッ」

太い枝と、鉈。鍔迫り合い（つばぜりあい）のような恰好で、私は押し返された。だが、昔のように吹っ飛ぶほどではない。

「……ヒロコは死んだ。上早川の宿屋で、ヒロポンやりすぎて死んだ」

「なんやとぉ……」

「死ねや、われェ」

宮路の目に、囲炉裏の炎が映って揺れていた。

「それが、育ての親に対していう言葉か」

「知るか……ええから死ねやッ」

右、左、右、左。私は絶え間なく鉈を振り続けた。

肩をかすり、腹を抉り（えぐり）、だがなかなか致命傷を与えることはできなかった。私の息も上がり、鉈を持っているのがつらくなってきた。

「し、死ねぇ……」

「……死んで、堪るかァ……」

やがて、宮路は足をもつれさせ、尻餅をついた。やめろ、そういってかざした右手を、私は左のひと振りで薙ぎ払った。

「うれやッ」

次の右を、額に見舞った。

「どえっ……」

手応えは、あった。だがすぐに血ですべり、鉈の柄は私の手からすっぽ抜けた。

宮路は、額に鉈を生やしたまま、大の字に倒れた。

私も対になるように、宮路の足元で大の字になった。


木箱か何かを引っくり返す音で意識を取り戻し、私はすぐに、人影の揺れている最初の小屋に向かった。戸口から覗くと、血みどろの一平が、辺りにあったヒロポンと金を、せっせと掻き集めて袋に入れているところだった。

「ほんと、なまらあんらなァ」

最初からそうしようと思っていたわけではないのだが、私は一平の首にも鉈を打ち込んだ。

2

基子に浴びせられた言葉は、小さな無数の棘となり、美咲の胸に突き刺さっていた。

——現場は戦場だよ。生きるか死ぬかなんだよ。

——こっちもそっちも怪我しないようになんて手加減できっかよ。

——本気でいかなかったら、逆にあたしが殺されてたんだよ。

確かに、そうだと思う。そういう覚悟があるからこそ、基子はああいう場面で犯人を逮捕できるのだろうし、雑誌で取り上げられるまでもなく、あれは賞賛されてしかるべき働きだったと、美咲も思っている。

だが、それとは別次元で、拭いがたい違和感があるのも、また事実だった。

基子が自分を疎んじていることは痛いほど感じている。特二時代から、話しかけても「はい」「いいえ」の返事だけですませようとするのが常だったし、目つきに至っては、ほとんど侮蔑といってもいい嫌悪感に充ちたものだった。

だがそれでも、美咲は基子に話しかけることをやめなかった。いや、やめられなかった。無視されてもいい、適当にあしらわれてもいい。とにかく美咲は、機会がある限り基子に関わりたいと思ってきた。

その理由は、自分でもよく分からない。

基子のことが好きなのかというと、それはちょっと違う。美咲だって、嫌われるよりは好かれる方がいい。そう思ってはいるのだけれど、気づくと、基子の背中を追いかけていたり、彼女の周りに自分の居場所を探していたりする。

——私って、Mなのかな……。

今朝も食堂で彼女の姿を探したが、見つけられなかった。早めに食べて出ていったのか、それとも非番でまだ寝ているのか。

「……美咲ちゃん、もしかして基ちゃんと、喧嘩した？」

カウンターでトレイを受け取ろうとすると、急に、賄いのおばさんが顔を覗き込んできた。

「え、なんで？」

「いやァ、基ちゃんは妙にイライラしてるし、美咲ちゃんはしょんぼりしてるしさ。ここんとこ美咲ちゃん、けっこうウキウキハッピーな顔してたじゃないさ」

二人の機嫌の良し悪しが互いに作用し合っていることなど、ごくごく稀だと思うのだが、少なくとも美咲の側は当たっているのだから、認めざるを得ない。

「うん。ちょっとこの前、帰り道で……私が、余計なこといっちゃったから、叱られちゃった」

「ほーらやっぱりィ。あたしの睨んだ通りだァ」

それにしても不思議なおばさんだ。この寮には七十人前後の女性警察官が住んでいる。彼女は、その全員の機嫌、性格や人間関係を把握し、なおかつ日々観察しているのだろうか。だとしたら、ちょっと怖い気もする。

——っていうか、ウキウキハッピー、って……。

だが、朝は押し並べて忙しいもの。美咲の後ろには列もできている。

「うん……でも、大丈夫。いただきます」

美咲は手早く空席を探し、そっちに足を向けた。


竹内亮一の取り調べはここ数日、膠着状態に陥っていた。

「……改めて訊く。ジウと初めて会ったのは、いつだったんだ」

「よく、覚えていない」

「暑かったか、寒かったか」

「どちらでもなかった」

「今年の春か、それとも去年の秋か」

「よく晴れた冬、だったかもしれない」

「ゆっくり考えて思い出せ」

「覚えていないものは思い出せない」

ジウについては、とにかく喋りたがらない。

「……笹本は、新宿歌舞伎町のSMクラブ〝J〟で声をかけられたと供述している。また車で廃墟物件を物色している期間も、最終的にはいつも新宿で降ろしていたといっている。ジウが、新宿歌舞伎町を根城にしていたのはもはや明らかなんだ。なぜお前だけ、ジウをかばいだてし続ける」

「別にかばっているのではない。思い出せないだけだ」

「新宿だったか、渋谷か池袋だったかも、覚えていないのか」

「ああ。覚えていない」

ジウと自身を引き合わせた、西尾克彦についても同様だ。

「最初にジウに会ったときは、西尾に、どこそこにいけと、指示されていったのか。それとも一緒にいったのか」

「さあ。どうだったかな」

「君はジウが、誰かを殺すのを、見たことがあるか」

「ないな。それはない」

「だが君は、西尾はもうジウに殺されているかもしれないと述べた。そう推測するに足る何かを、君は見たことがあるんじゃないのか」

「ジウが西尾という〝尻尾〟を切る……俺はそれを、ごく当然のことといったまでだ」

当然、という言葉を繰り返し、東は溜め息をついた。

「……ジウとはつまり、どういう存在なんだ」

「それは、俺にとってという意味か。それともジウという個人についてか」

「どちらでもいい」

「おそらく、無垢なる者、というのが、一番しっくりくるだろうな。誰にとっても」

確か、あの岡村も似た意味のことをいったように記憶している。

「どれくらいの付き合いだった」

「期間か。よく覚えていないといっただろう」

ずっと、こんな調子だった。そのくせ、例の「新世界秩序」についてだと饒舌に語り始める。自分から東に話題を振ることさえ珍しくはない。

「お前は自分たちが、ある特定の階層の都合で動かされていると、感じたことはないか」

そんなとき、決まって竹内は、獲物を前にした獣のように目を輝かせた。今にも、舌なめずりをし始めそうだ。

「……特定の階層、とは？」

そして東は、竹内に喋る意思がある限り、話題がなんであろうとそれを遮ろうとはしなかった。勢いで喋っているうちに、何かジウについて漏らすかもしれない。そう期待しているのだ。

「お前には、まったく心当たりはないか」

「というか、竹内。お前の質問の焦点が、よく分からない」

「分からなくていい。感じないかと訊いているだけだ」

時にはとぼけ、時には興味ありげな表情を浮かべながら、とにかく東は竹内から多くの言葉を引き出そうと努力した。たとえそれが、誇大妄想の域を出ないものであろうと――。

東は小首を傾げた。

「そういった意味では、あまり、感じないが……たとえば、どういう面でだ。政治家とか」

竹内が、露出している右眉だけをひそめて頷く。

「そう、むろんそういう連中も含まれる。平等平等というが、果たして本当に、この社会は平等を目指しているのか？　理想的な社会機構の基本理念が平等であるならば、なぜ共産主義は崩壊した」

「……そう、単純な問題ではない、ということだろう」

「では、資本主義は成功しているか？　このままこの国は、アメリカに追従していっていいのか」

「君が問題視しているのは、つまりそういう、東西冷戦時の、価値観の対立なのか」

そして、あの笑みである。堂々巡りもはなはだしい。

「……そのすべてだよ。資本主義も共産主義も、イスラム原理主義でさえ、すべてが浮ついた価値観の上に成り立っている。人間の本質を見ずに、ある一定の層に利益をもたらす社会構造を、知らずしらずのうちに容認させられている」

「それと、犯罪を容認し、人命を軽んじる君の思想は、一体どこでどう繋がる」

「……うん」

竹内が東の眼を覗き込む。こういうやりとりが、美咲は一番嫌だった。耳を傾けるだけで東が汚されていく。そんな気がして、何しろ不愉快なのだ。

「そもそも、人はなぜ人を殺してはいけないのだ」

調室の空気が、石の重みを帯びたように感じられた。

「……ずいぶん、子供じみた質問をするんだな」

「だったら、子供でも分かるように答えてみてくれ」

ゆっくり、深く、東が息を吐く。

「……君にも、家族がいるだろう。それを殺されたら、怒りを覚えるだろう。それは誰にとっても、同じだということだ」

「つまり、遺族に申し訳ないから、殺してはいけないということか」

東は、いや、と短くはさんだ。

「それは、第一義は……社会秩序を守るという……」

そう口にし、東自身がハッとなった。竹内もそれを見逃さない。

「そう、社会秩序だ。それがどうした」

「……守るために、法律は、ある」

「では、社会秩序は、誰のために守られる？」

「一般市民の、ためだろう」

「それで平等な社会が実現できたか？　悪を封じ、善で和をもたらすことができたか？……違うな。社会秩序を守るために法律がある。それはその通りだろう。だが、その社会秩序は誰のためにあるのかというと、決してこの社会の下層にいる人間のためではない、ということさ。また、最も上層にいる人間のためでもない……いや、表層、というべきかな。表舞台に立つ人間は、えてしてその寿命が短いものだ。本当にこの社会で甘い蜜を吸っている人間は、もっと目立たないところで、上手くやっているものだよ」

「具体的には、どういう層だ」

「俺がひと言でいえるくらいなら、そんな杭はとうに打たれて短くなっている。いえないからタチが悪い……もう一つ、喩え話をしようか」

東は「ああ」と頷いた。

「今お前がしているそれは、なんだ」

　竹内が東の胸元を示す。

「……ネクタイ、だが」

「誰に命じられてやっている」

「いや、別に、誰にも命じられてはいないが、刑事は、スーツ・ネクタイが、普通ってことになってる」

「一般企業の、営業マンみたいなもんか」

「ああ、それに近いな」

　彼は頷き、いったん壁の方を見てから喋り始めた。

「お前ら刑事がネクタイを締めるのは、一般男性の多くが締めているから、した方が目立たなくなるから、するだけの話だろう。じゃあ一般企業の営業マンがなぜ締めているのかというと、ネクタイをしている方が礼儀正しく見えるからだ。あるいは礼儀正しいとされているからだ。初めて訪問する相手や、これまで付き合ってきた取引相手に、失礼がないように締めているにすぎない。そう……たったそれだけの理由で、おびただしい数の人間が、なんの機能もない帯を首に巻いて一日の大半を過ごしている。……お前、自分とまったく同じ柄のネクタイを締めている人間と、今までに出会ったことがあるか」

　東は「いや」とかぶりを振った。

「そう。しかも恐ろしいのは、十年二十年と社会人をやってみても、まったく同じ柄のネクタイを締めている人間になど、まず出会わないという現実だ。……ネクタイの柄のバリエーションを数えたら、おそらくとんでもない数値になる。そこまでの労力を、あるいは国力の一部を、実質的機能をまるで持たないその布キレに傾ける理由とはなんだ？……これでも、変だとは思わないか？　その裏にどんな意思があるのか、そんなふうに考えたりはしないのか？」

再び東が「いや」とかぶりを振ると、竹内は例の、温度のない笑みを浮かべた。

「……まあ、ネクタイはあくまでも喩え話だ。俺もネクタイ着用反対運動にこの身を捧げるつもりはない。だが、我々の日常の中に、そういう疑問も持たれずに蔓延（まんえん）している無意味な観念が、実に数多く存在しているということの証左ではあるだろう。しかもそれが、何者かの意思……ある特定層の利益のために、流布された観念である可能性が高いということだ。……その一つが、殺人の禁止だよ」

ふいに飛んできた、矢のようなひと言だった。その言葉が、避け損なった美咲の心を、真っ直ぐに射抜いていく。

「簡単な話さ。社会秩序の崩壊を最も恐れているのは、この社会から最も多くを吸い上げてきた人間たちだ、ということだよ。社会は畑。お前らは作物だ。法という農薬を撒かれ、根が干渉し合わないよう、一定の間隔を空けて植えられている。より多くの収穫が得られるよう、万全の管理体制がこの日本には……いや、市場経済を導入したすべての国家には敷かれている。そのために長らく用いられてきたのが、〝愛〟という概念だ」

美咲はキーを叩くことも、竹内の方を向くこともできなくなった。

狂っているのか、この男は――。

「道徳、社会通念……それらの基本原理となっている〝愛〟とは、単に畑の作物が互いを傷つけ合わないよう嵌められた〝枷〟にすぎない。現代の市場経済とそのまま比べることはできないが、ユダヤ教やキリスト教が構築しようとしたのも、つまるところ、ある特定の層に都合のいい社会構造だったというわけさ。イスラム社会なんてのは、明らかにその典型だろう。……どうだ。少しは分かってきたか」

東が頷かずにいると、竹内はさらに目を輝かせ、身を乗り出した。

「……ジャズの話を思い出せ。クラシックの枠を取り払えば、もっと自由で新しい可能性が、いくらだって広がっていることが理解できるはずだ。……そう、そこは理解でいい。まず頭で分かれ。それから、感じたっていいんだ」

竹内は、興奮したことを恥じるように姿勢を正し、何に納得したのか、目を閉じて頷いた。

「そう……二つだ。二つだけ、お前たちに有益な情報を与えよう。一つは、ジウの犯行についてだ」

弾かれたように、東も背筋を伸ばす。美咲も緊張しながら耳を傾けた。

「新日本大学の、ウタガワミツヒロ教授を当たってみろ」

どこかで、聞いた覚えのある名前だ。

「その、ウタガワ教授が、どうかしたか。もう少し、詳しく話してくれないか」

「これ以上はいえない。あとはあんたらが調べるんだ。……そしてもう一つは、明日の朝、具体的に示そう」

それきり、竹内は二度と口を開かなくなった。

事実上、この日の取り調べはそこで終わりになった。


夜の捜査会議。

東は復帰当初、「竹内は何かの思想に傾倒している可能性がある」と報告して一躍注目を浴びたが、その後、具体的な情報を引き出すことができず、会議では苦しい立場に立たされることが多くなっていた。失踪した西尾克彦についても、ホワイトボードに顔写真は貼ってあるものの、それ以外の情報は何一つつかめていないというのが現状だった。

「……それがつまり、具体的になんで、どういう危険思想なのか、もう少し説明できねえのか」

挙手して文句をつけているのは、例の柿崎警部補だ。

「それは、私にもよく分からない。ただ、右でも左でも、イスラムでもないらしい。そこら辺をひっくるめて、竹内はまるごと敵視している節がある」

「じゃあなんだ。無差別テロか」

「……まあ漠然と、市場経済を導入した国家、すべてを敵視しているような言い方をしていたが、どうも、私にも上手く説明できない」

できなくていい、と美咲は思った。それを理路整然と説明できてしまったら、あの思想を理解し、容認しているのと同じことになってしまうと思う。

竹内がどんな思想の持ち主だろうと、雨宮巡査を殺害した事実は変わらない。『沙耶華ちゃん事件』に関与した事実も然(しか)りだ。そこだけを切り取って、さっさと起訴してしまえないものだろうか。ここ数日、美咲はそんなことばかりを考えている。

柿崎は、もういいという顔をして席に座った。

東は咳払いを一つはさみ、前に向き直った。

「ただ、竹内は今日、妙なことを口走りました。新日本大学の、宇田川光浩(うたがわみつひろ)教授を当たってみろと。……それについて、ちょっとご説明いたします」

東からマイクを手渡される。美咲は立ち上がり、あまり周りを見ないようにしながら一礼した。

「えと……宇田川、光浩教授について、ご報告します。一九五×年七月二十九日、東京都墨田区生まれ、現在は五十三歳、渋谷区在住です。八年前から新日本大学の社会学部で、文化と宗教についての講義を、主に受け持っておられるようです。特に、イスラム文化に造詣が深く、テレビ番組でコメンテーターを務めたり、本を出版されたりもしています。その他の経歴、家族構成など、詳しいことはまだ分かっておりません」

三田村管理官がボールペンでこっちを指す。

「その教授が、なんだというんだ」

再び東が立つ。

「いえ、詳しくはいえない、あとは警察で調べろと」

「その宇田川教授が、竹内の思想について解説してくれる、とでもいうのか」

「さあ……」

美咲も、一緒に首を傾げるしかなかった。何せ、さっきちょっとインターネットで調べただけだから、今いった以上のことは何も分からないのだ。

「もう一つ、竹内は何かいうつもりだったみたいですが、それは明日の朝にするといって、また黙秘に入りました。……本日、こちらからの報告は、以上です」

和田捜査一課長も、三田村管理官も苦い顔で頷いた。

ちなみに笹本秀明と、三人の密入国中国人が『沙耶華ちゃん事件』に関する供述をほぼ終えたため、捜査本部は早くも縮小される傾向にあった。鑑識なども会議には参加しなくなっており、いま出席しているのは初動時の約半数、八十人弱の捜査員のみになっている。

笹本や、三人の中国人が供述した内容から明らかになった『沙耶華ちゃん事件』の全容はこうだ。

それぞれバラバラに、歌舞伎町でジウからスカウトされた四人と竹内は、犯行三日前の九月十三日に、初めて花沢旅館ホテル跡に集合した。翌十四日は、敷地内の駐車場にて、入念に拉致のリハーサルを行ったという。

中国人にジウを加えた四人が人質の前後で壁になり、体力で勝る竹内が、さらに人質の左横に着く。笹本は例のワンボックスの運転手で、一団の右横スレスレに車を並べる。ジウがスライドドアを開け、人質を抱え上げた竹内が素早く乗り込む。周囲を確認してから、他の四人も乗り込み、逃走――。これを、最初は全員が停止した状態で、最終的には全員が動きながら、何度も何度も繰り返し、絶対に失敗しなくなるまで練習し続けたという。沙耶華の役は、ジウがどこからか拾ってきたマネキンが務めたらしい。

翌十五日は早朝から本木家の張り込み。何度か拉致を試みようとしたが、この日は上手くいかなかったため、全員一緒に、車内で一夜を明かした。ちなみにこの日、美咲たちはすでに花沢旅館ホテル跡の探索に入っている。あの夜、ジウ一派が帰ってこなかったのは、つまりこういう事情だったわけである。

さらに明けて十六日。登下校時にも拉致のチャンスはなかった。だが午後四時頃、沙耶華は学習塾にいくため、一人でマンションから出てきた。そのあとを車で尾行し、ようやく拉致に成功した。三十分後にジウは新宿で車を降り、残りの五人が沙耶華を花沢旅館ホテルに連れていった。脅迫電話を架けたのはジウ本人であると思われるが、捜査員が入ってからは架電がなかったため、音声は記録されていない。

「では次。歌舞伎町周辺を、水島から……」

いま捜査員の約半数を充(あ)てて行われているのが、歌舞伎町におけるジウの一斉捜索だ。店舗から暴力団事務所から、従業員、通行人、とにかく無差別に聞き込みを行っている。残念ながら、まだ芳しい結果は得られていない。

似たような人は、見たことがある。

どっかの店にいた子に、似てる気はする。

そんな反応が、何しろ多いようだった。だがそれも無理からぬことではある。ジウの外見は、それこそ世田谷代田辺りでは目立つ方だったろうが、場所が歌舞伎町となると、途端にどうってことない部類に入ってしまうのだ。

歌舞伎町には、ゲイもオカマも掃いて捨てるほどいる。似顔絵があるとはいえ、「金髪にしているちょっと綺麗な顔の男の子」という情報だけでは、新宿にいるホスト全員を捜査対象にしなければならなくなる。

「ホストクラブ〝雨永武(うえいぶ)〟のユキオというのが似ているという情報を得て、確認にいきましたが、まったくの別人でした。本名、武田幸生、二十一歳、茨城県出身。犯行当日も店に出ていたことが、従業員、客、出入り業者の証言で確認できました」

「ソープランド〝泡っ娘クラブ〟の常連客に、似た男がいるという情報があり、確認しましたが、別人であると分かりました。目黒区在住のサラリーマン、下村高治、二十六歳。今月十五日は聞き込みを行った、その〝泡っ娘クラブ〟に来店、翌十六日は上司と六本木で、得意先の接待をしていたことが判明しました。六本木の店舗でも、当日来店しているとの証言が得られています」

報告はまだまだ続いたが、どれも別人であるという内容に終始した。

3

歌舞伎町の、劇場通りを見通せる位置にあるファーストフード店。

こうして二階から見ていると、どんな人種がジウを探し出そうとしているのか、手に取るようによく分かる。

ヤクザと刑事。だが今現在、その投入人数は明らかにヤクザの方が多くなっている。

ここ数日、基子と木原は、具体的にどこの組がどれくらいの人数を「ジウ捜索」に投入しているのかを調べていた。

「大和会系、白楼会（はくろう）の、オダシマと……」

木原がぼんやり呟くのを、基子は隣でせっせと書きとる。

「あれは、白楼会の……誰だっけな」

「しっかりしなよ」

「まあでも、とりあえず二人だ」

この捜査を始めてから少し、基子は木原を見直すようになっていた。それとなく辺りの様子を探る技術は大したものだし、何しろ組関係の事情にやたらと詳しいのだ。

「あれは、確か池田組の、ミハラ、だったかな……プラス子分が一人と」

そして今日、急に投入人数を増やしてきた組があった。大和会系の三次団体、池田組だ。

「また池田組だ。キノシタに、ええとあれは……ヨシハラか」

そういったそばから、

「あ、あっちから歩いてくるのも……やっぱりそうだ、オオクボだ。み－んな池田組じゃねえか」

反対を指差す。

「……いま合流したあれ、あれは池田組じゃねえけど、若頭のシノとは兄弟杯を交わしてる、関根組のイシマルだ」

もう、基子の頭の中はごちゃごちゃごちゃだった。

「ねえ、これ全部、大和会傘下の組なの？」

一応、説明されたことはすべてメモしている。それからするとどうも、そういうことになるのだ。

「いや、いまいった関根組は、白川会系な」

「でも、その他は全部、大和会で合ってるの？」

「ああ」

「多すぎない？　なんか間違ってない？」

「合ってるよ。だって、全国のヤクザの七割が大和会系なんだぜ。その、日本の縮図である歌舞伎町が、同じ割合で大和会に占められてるってのは、ごく自然な結果だろう。……ま、それよりも外国人の方が多いってのが実情だけど」

よくニュースなどで「日本最大の指定暴力団、大和会」という文句を聞くが、なるほど、七割も占めていたのか。どうりで目にも耳にもつくはずだ。

「なに、なんでそれより外国人の方が多いの」

木原は眉をひそめ、馬鹿にするような目つきで基子を見た。

「いま歌舞伎町の物件を、割合として最も多く所有してるのは中国人だし、クスリを扱ってるのは朝鮮人だ。おたく、刑事のくせにそんなことも知らないの」

正直ムッときたが、知らないものは知らない。

「あんただって、得手不得手はあるでしょ。芸能情報とかは疎かったりするんじゃないの」

「いや、女性アイドルは詳しいよ。男子はさっぱりだけど」

「どっちだっていいよ。要は、誰にだって苦手分野はあるだろってこと。あたしはこれまで、現場作業の部署にばっかりいたから、どこの誰が何と繋がってるとか、そういう情報重視の仕事はしたことなかったの」

「あっそ……はいもう一人、池田組のサイキ」

木原と話をしていると、自分が何をいいたかったのかを見失うことがよくある。今も危うく、大事なことを訊きそびれるところだった。

「だからさ、なんで組関係より外国人が多いんだって訊いてるの」

ああ、と木原は、タバコを銜えて頷いた。

「まず覚えといてもらいたいのが、歌舞伎町ってのは、他の繁華街と違って、厳密な縄張り制度にはなってないってことな。一つの雑居ビルの二階が池田組、三階が白楼会、四階がまた別の組、なんてのはごく当たり前で、同じフロアでも、向かいの店とはケツ持ちが違うなんてのもザラなんだ。つまり、店舗単位で縄張りが設定されてるって考えればいい。……まあ、なんたってこの歌舞伎町は、面積こそせまいがマーケットとしてはバカデカいからな。どっかが占有しようとしたら、それだけで戦争になっちまう。そんな無駄なことはやめて、みんなで仲良く儲けようじゃないか……ってことで、こんな仕組みが自然とできあがったわけさ。

ただそうなると、逆に他者の参入に対しては防御が甘くなる。その、後発参入組の代表格が、中国人ってわけさ。昔から華僑ってのがいるだろう。あいつら、金だけはたっぷり持ってるからな。ああいうのと密航中国人が結びつき、台湾や韓国、パキスタンなんかも絡んで、あっちこっちで火花が散って……まあ、今みたいに、外国人が歌舞伎町に居座るようになったってわけよ」

ひょいと木原が、基子の手元を覗き込む。

「……あんた案外、可愛い字を書くんだね」

「う、うっさいな」

慌ててノートを閉じてはみたが、これはそもそも木原のものだ。隠したところでどうにもなりはしない。

「まあ、見せろって……うん、やっぱ今日は、池田組がダントツだな。こりゃいっちょ、偵察の必要アリか」

「偵察？　どこを」

「池田組の、ここから一番近い事務所だよ」

ファーストフード店を出て木原が向かったのは、歌舞伎町二丁目、大久保病院の二つ向こうのブロックだった。

古ぼけた、やたらと天井の低そうな七階建てのビル。その二階が、池田組の歌舞伎町事務所なのだという。

「……なんだありゃ」

ビルの前には、白い軽トラックが停まっている。荷台には木製の、急な傾斜の、屋根の骨格のようなものが載っている。助手席のドアには――、

「中田建具店……」

先に読まれた。

「サッシ屋だな」

それくらいは基子にだって分かる。見上げれば、今まさに二階の窓ガラスが交換されようとしているのだから。あの軽トラックに載っている屋根の骨格のようなものは、ガラス窓を運搬する際に使う台なのだろう。

「ちょっと、いってみるか」

「どこに」

「中にさ」

「……マジで」

刑事なら、いきなり観察対象の建物に乗り込むことはしない。もし相手側と接触してこ

っちの面が割れたら、のちの捜査がしづらくなる可能性が出てくるからだ。だが、ライターのセオリーは、ちょっと違うようだった。

　木原は、勝手知ったるふうにビルの入り口を入っていく。一応、エレベーターはある。だがわざわざ、人とすれ違うのも難しいようなせまい階段を上っていく。中二階の踊り場には、瓦礫（がれき）のようなゴミを詰め込んだ麻袋が二つ置かれていた。それもまたいで、木原は二階へと上っていく。

「……おい、エレベーター使えよ」

　そこには、派手なジャージを着たスキンヘッドの男が、腕組みをして立っていた。二階を通ろうとした木原を睨みつけている。

「あ、すんません。三階なんで、ちょっと通してください」

「まったくよぉ……下りっときゃ、エレベーター使えよ」

　基子も肩をすくめ、木原に続いた。怯えたように振舞いながら、横目で二階の様子を観察する。

　まさに、工事中だった。

　事務所内の机やソファには、透明なビニールがかけられている。正面の窓ガラスは交換中。腕組み男が立っている入り口付近では、左官屋だろうか、若い職人が壁にセメントを塗りつけている。

「じろじろ見んなコラ」

やるかコノヤロウ、と一瞬思ったが、基子は「すみません」と頭を下げて通り過ぎた。

三階で木原と合流し、すぐさまエレベーターで地上に下りる。ビルを出て、少し歩いてから木原が切り出した。

「……見たか」

「うん」

木原はそのまま、西武新宿駅方面に進んでいく。

「……左官屋が、ドア枠の周りをセメントで埋めてたろう。特に蝶番(ちょうつがい)の辺りを大きく、入念に……あれは誰かが、枠まで駄目になるほどぶっ壊したからだと思っていい。つまり、誰かがドアを破壊して昨夜、あの事務所に侵入したと、そう考えられるわけさ。窓ガラスは……なんだろうな。宿直の若いのと乱闘にでもなったのか、そこら辺は知らんけど」

「あれが、ジウの仕業(しわざ)だっていうの？」

木原は自信ありげに頷いた。

ジウの似顔絵を思い起こす。脱色した髪。一見すると少女のような、線の細い印象の顔立ち――。

「……ジウが、一人で？」

それにはかぶりを振った。

「むろん、仲間はいるだろう。密航中国人を、それこそ誘拐で稼いだ金で雇って使ってるんだろうさ」

「でも、ジウがチャカを奪ってるかどうか、あれだけじゃ分かんないじゃない」

　木原がタバコを銜える。最後の一本だったのか、箱はひねって道端に捨てた。

「……じゃあ逆に訊くが、組事務所をいくつも無差別に襲う理由が、他に何かあるか？　組が一つなら分かる。あるいは系統だっていれば、理解できる。縄張り争いだとか、動機はいくらだって成立する。でもそうじゃない。傘下も系列も関係ない、ただ歌舞伎町に事務所を置いてるって以外に、とりたてて共通点は見出せない……そうなったら、もうチャカしかないだろう」

　ひと口大きく、だが不味そうに吐き出す。

「特に歌舞伎町の組関係は……こういうと、変に聞こえるかも知れないが、暴力沙汰を好まない。多くの一般人が出入りして、初めて歌舞伎町はその経済効果を発揮する。だから、危険なイメージがつくような真似はできる限りしない……それがこの街の、暗黙のルールになっている」

　要するに、一様に経済ヤクザ化しているというわけか。

「よって、チャカなんかも一応は用意してあるが、まず出番はない。そこに、ジウは目をつけたんだろう。どこの事務所にもチャカは眠っている。だがそれを強奪しても、警察が捜査に乗り出してくることはない。当然だな。そもそも持ってること自体が違法なんだから。やられ損か、泣き寝入りか……そんなところに、警視庁がのこのこ現われたってわけさ。……そりゃ、血眼にもなるってもんだ。事務所を荒らした張本人が、同じ歌舞伎町にひそんでるとあっちゃな、黙ってらんねえだろう。代紋が鼻水垂らして大泣きするぜ」

いつのまにか、一番街入り口まで戻ってきていた。

「……それでも、今のって全部、仮説にすぎないんじゃないの？」

木原は当然という顔で頷いた。

「ああ、ごく精度の高い空想だ」

「じゃ、なんにもならないじゃない」

呆れたように、ハァと煙混じりの溜め息をつく。

「何がなんにもならないんだよ。こっちは裁判をしようってんじゃない。ジウを捕捉するのだけが目的なんだから、証拠だのつじつまだのはあと回しでいいんだ。……もう少し、被害者団体の様子を探ってみよう。そうしたら、動いてる組と動いてない組の見当が、おおよそはつくはずだ」

落とした吸殻を踏み潰す。

「……その見当が、ついたら？」

木原は、薄ら笑いを浮かべるだけで、なかなか答えようとはしなかった。だがそれでも、交通捜査よりは面白いに違いないと、基子には思えた。

4

警視庁本部庁舎、十七階の大会議室。

『利憲くん事件』と『沙耶華ちゃん事件』の帳場は、その正式名称を『柿の木坂・男児、赤坂・女児、連続営利誘拐事件特別合同捜査本部』としている。だが大体は『利憲くん、沙耶華ちゃん事件』あるいは単に『沙耶華ちゃん事件』と呼ばれることが多く、面倒な場合は「例の誘拐事件」「連続誘拐」などと略されたりしている。

「おはようございます」

美咲が大会議室に入ったときには、もう総務課の女性職員数名がお茶を配り始めていた。まだ七時五十七分。昨日より八分も早い。

いつもの机にバッグを置き、電気ポットなどを並べた壁際のドリンクコーナーへと急ぐ。

「……おはようございます、手伝います」

だが、顔見知りの若い女性職員は笑顔でかぶりを振った。

「いいですよ。美咲さんは捜査員なんだから、座っててください」

「違うの。私、こういうの好きなの。だから、ね？　やらせて」

毎朝当番になる誰かしらと、美咲はこんなやりとりを繰り返している。本当は「好き」というのとは、ちょっと違うのだけれど、誰かがお茶を配るのを黙って見ていて、それが自分のところにも回ってくるのを待つというのは、なんとなく嫌なのだ。だったら、一緒になって配った方が気持ちがいい。

ざっと見回し、まだあと回しになりそうな、特捜二係の石田の辺りに持っていく。こういう大規模な捜査会議室の場合は、あまり階級だの役職だのの順番にこだわらなくていいので楽だった。

「はい、熱いですよぉ」

「ああ、すみません」

あとは、入ってきた順番に配っていく。

八時を五分くらい過ぎた頃、東も姿を現わした。

「主任、おはようございます。はい、お茶どうぞ」

「ああ、おはよう。ありがとう」

東が置いたカバンと新聞、コンビニ袋。その横に、美咲は紙コップの緑茶を置いた。それだけで立ち去ろうとしたのだが、なぜか東は「なあ、門倉」と呼び止めた。

「はい？」

「……今日、ちょっと取り調べの開始時間、遅めにしていいかな」

東が自分の脇腹を指差す。

「あ、抜糸ですか」

「診てもらって、それ次第だがな。でもまあ、そろそろいいと思うんだ」

ちなみに美咲は昨日、ここの医務室で抜いてもらった。裸になると、胸、脇腹、耳にそれぞれギザギザの傷があるのは、なかなかショッキングな眺めだ。否が応でも「嫁入り前」という言葉が脳裏をよぎる。

――でも普通、嫁入りあとでも、こんな傷はできないよな……。

そんなことを、自嘲気味に呟いては溜め息をついている。

「君はどうだ」

東が右耳を覗き込む。

「ダメです。見ないでください」

そのとき、上座にいた三田村管理官が、受話器に向かって「なんだとォ」と怒声を上げた。東と目を見合わせ、美咲はその場にお盆を置いて上座に向かった。

「……分かってるとは思うが、それ以上、誰もそこには入らせるなよ。鑑識は呼んだか……そうか。医者は……ああ、監察医でいいが、検視くらい誰かにやらせろよ。それで……そう、すぐに報告しろ」

受話器を置き、三田村は辺りを見回した。石田や、その他にも十数人が集まってきている。

「……東、マズいことになったぞ。竹内が、自殺した」

　本部庁舎三階の留置場に、直接出向くことはできなかった。竹内が入っていた七号居室は今、鑑識や監察医が出入りするだけで一杯一杯の状況なのだという。

　先ほど、三田村管理官は「自殺」といったが、実のところそれは、発見した留置管理課員がそういっただけのことであって、実際はまだ、自殺と断定されたわけではないらしかった。

　いつも美咲が座っている席には今、何度か竹内を連れてきたことのある留管員がいる。彼が第一発見者だという。その周りを何重にも取り囲んでいるのは、この捜査本部の刑事たちだ。それは事情聴取というより、さながら原始的な裁判のような眺めだった。

　向かいに座って質問をするのは、もちろん東だ。

「……よく分からないな。描いてみてくれ」

　ノートを広げ、ボールペンを渡す。新里巡査長と名乗った彼は、忙しなく目を瞬きながら、まず大きく四角を描いた。

　やや縦長の長方形。その一角を正方形で囲う。ボックス型に衝立をしたトイレだろう。その中に洋式便器と思しき楕円形が足され、そこから体が生えたように、人形が描かれる。

「……竹内は、便器に、頭を突っ込んで……こう、体だけを外に出して、仰向けになる感じで、倒れていました」

「物音は」

「ドターンと、大きな音が」

「それで、見にいったのか」

「はい……そうしたら、トイレの壁から、両足が、覗いておりまして、で、慌ててもう一人、鈴木巡査長を呼びまして、二人で開錠し、中に入ったところ……竹内は、激しく痙攣（けいれん）をしており、ですがすぐに、動かなくなりました」

東が難しい顔でノートを凝視する。

「……頭部だけ、便器の中に、か」

「はい……あの、こんなことをいっては、アレなのですが……こう、顎が上手いこと、便器の縁に固定されておりまして、首が、なんというか、ろくろっ首のように、ぐにょんと、伸びておりました。……ああ、これはもう、助からないなと、ひと目見て思いました」

一つ机をはさんで向かいに座る三田村が、咳払いで割り込む。

「……簡潔にいって、自殺と断言した根拠はなんだ」

新里は、はっとしたように彼を見上げた。

「それは、その……規定通り、八時に朝食を運び入れ、そのときは、特に異状も見受けられず、むろんそのとき、七号居室に竹内以外の者はおりませんでしたので……私には、自殺としか……」

総務部は、居室前通路の様子を撮影した映像を確認したところ、死亡時刻の前後、新里巡査長と鈴木巡査長以外の誰かが七号居室に出入りした事実は認められない、と報告してきた。

また鑑識課は、竹内はほんの少しだけ、食事の卵焼きを口にしていると伝えてきた。これは死亡時刻が、食事を運び入れた以後であるという決定的な証拠である。

厳密にいうと、八時三分に食事を渡し、同時五分には新里巡査長が七号居室を覗き、すぐさま鈴木巡査長を呼び、六分に同室を開錠して入っていることが記録映像から判明している。つまり他殺であるとすれば、犯行時刻はこの八時三分から五分の間ということになるが、その時間に居室に出入りした人物はいない。

八時六分の入室直後に、新里巡査長と鈴木巡査長が共謀して竹内を殺害した可能性もゼロではないが、一分後に鈴木は退室し、他の課員に事態を知らせに走っている。いくら新里と鈴木が若い警察官であるとはいえ、手錠もされていない元レンジャー隊員の竹内を、たった一分の間に逆さ吊りにし、便器に頭を突っ込んで体を倒し、首の骨を折って殺害するのは不可能だろう。それだったらもっと効率的な殺害方法もある。やはり、他殺の線は考えづらい。

だが三田村は、あくまでもそっちの線を捨てたがらなかった。

「……東。確か竹内は昨日、新日本大学の教授が云々の他に、何か重要なことを喋ると、予告していたんではなかったか」

ええ、と東は頷いた。

「明日の朝、もう一つ重要な情報を与えると、確かに竹内は、昨日いいました」

「つまりこれは、その口封じではないのか」

周りの捜査員たちが、揃って息を呑む。

「管理官、それはどういう意味ですか」

三田村は無遠慮に周囲を睨め回した。

「竹内が何か重要なことについて喋ると、そう予告したことは、昨日の会議に出席した者なら誰もが知っていたわけだ。その中に犯人がいるとはいわんが、誰かに漏らして、その誰かが犯行に及んだ可能性は充分に考えられる。……そうなると、ここ本部に出入りしている人間、すべてが疑わしいことになる」

東は困ったように顔をしかめた。

「それは、他殺であると断定されればの話でしょう」

「いや、自殺と断定できなければ、そうならざるを得ない」

「それ以前に、物理的に不可能でしょう」

「食事に幻覚剤が混入されていれば、自殺は起こり得ることだ」

「それじゃ自殺するとは限らない」

「そう。自殺は犯人にとって、この上もない幸運な結果にすぎないのかもしれんな」

そこまで無茶な説を挙げて、部下に嫌疑をかける三田村が一番怪しい、と美咲は思った。

むろん、面と向かっていえはしないが。


結果からいえば、三田村の他殺説は単なる杞憂にすぎなかった。

竹内の死は、便器の縁を利用し、自らの首の骨を折っての自殺である。それが、監察医の出した結論だったからだ。

その結果を受け、刑事部と総務部は緊急幹部会議を招集した。お陰で竹内関連の捜査員は、ぽっかりと小一時間、暇になってしまった。

東は抜糸をしてもらう気分ではなくなったらしく、珍しく「コーヒーでもどうだ」と美咲を喫茶店に誘った。大会議室と同じフロアにある店ですませる辺りは、いかにも東らしいといわざるを得ないが。

「……びっくりしたよ」

周りに客はいない。そのせいか、東の口調はことのほか砕けたものになっている。まだ碑文谷に帳場があった頃は、二人でよく食事に出かけた。あの頃の感じと、よく似ている。

「ですね……」

「しかし、とことん変わった奴だったな。自殺の方法まで、前代未聞だよ。便器に頭を突っ込んで、自ら首の骨を折るなんて……」

先ほど美咲も、あがってきた現場写真を見せてもらった。確かに、異様な角度で首が曲がり、かつ伸びていた。これがあの竹内かと、目を疑いたくなる図だった。

「でも、三田村管理官も、なんか変でしたね。警視庁内部の犯行だなんて、普通、考えたがらないじゃないですか。それを……」

「ああ」

東はひと口、小さくすすってから続けた。

「もともと何を考えてるのか分からん人だったが……案外、あの人の犯行かもしれんぞ」

「えっ」

ぞっとするひと言だったが、見ると東は眉をひそめ、悪戯っぽく笑みを浮かべている。美咲がそう考えたことを、見透かしての冗談だったのか。

「……もォ、問題発言ですよ、それ」

美咲が睨んでみせると、眉を吊り上げてまた微笑む。東のジョーク、それそのものはちっとも面白くないのだが、そんな一面を、自分にだけは見せてくれる。それだけで美咲は、とても得をした気分になれる――。

だが、そんな雰囲気も長続きはしなかった。

「なあ、門倉……」

やけに暗い声でいい、美咲の目を覗き込む。

「はい、なんでしょう」

「……竹内が今朝、いおうとしていたことって、なんだと思う」

いや、東は、美咲を見ているのではなかった。この頭の後ろの、もっとずっと遠い、おそらく現実ではないところに、その焦点は結ばれている。

――主任……？

美咲の背中に、冷たい隙間風のようなものが忍び込む。

すぐに、東は視線をはずした。

「……俺はな、門倉。自殺こそ、奴のメッセージだったんじゃないかって、思ってるんだ」

「は？」

突然すぎて、意味がよく分からない。

「奴は、宇田川教授という、点を示した。それが何を意味するのかはまだ分からないが、たぶんそれは、奴やジウの思想に関わることなんだろう」

ゆっくりと、ひと呼吸置く。

「……君は奴が、愛とは、人間同士が殺し合わないように嵌められた〝枷〟にすぎないと、そういったのを、覚えているか」

　さらに悪寒が走る。美咲の大嫌いな話になっていく予感がする。

「ええ……」

「つまり愛とは、自然と人間の心から湧き出してくる感情ではなく、あとから、まるで法律と同じように、社会が植えつけた価値観にすぎないと……そういう意味なんだよな」

　もう、頷くのも嫌だった。

「奴は、それを証明しようとしたんじゃないだろうか……。他者に対する愛が、決定的に欠如した結果起こるのは、なんだ？　殺人だろう。だがその殺人犯でさえ、まあ一般的には、自分からは死にたがらない。そしてそれを、自己保存の本能と定義するのは間違っている。なぜならば、自殺そのものが、極めて人間的な行為だからだ。……そう。自己に対する愛、死にたくないという、最低限の自己愛すら、社会が嵌めた枷だとするならば、そうと気づいた瞬間、その枷をはずすこともできるようになる……竹内は、何かそういうことを、表現しようとしたんじゃないだろうか」

　ついていけない。美咲は思わずかぶりを振った。

「そんなことを証明して、なんになるんですか。そんな、そんな馬鹿な話、あるはずないじゃないですか」

それでも東は、真顔で続けた。

「……逮捕された以上、奴にできることはごく限られてしまった。自殺は、おそらく奴にとって、最大にして唯一の、自己実現だったんじゃないだろうか……」

美咲は、初めて東の手を握った。剣道が得意だという彼の手は、厚みがあって、とても逞しく、あたたかだった。

「主任。もう、やめてください……」

ふいに目の焦点が、美咲に合ったように感じられた。

こっちに、戻ってきた。そんな感覚を、美咲は確実に捕まえたくて、さらに力を込め、東の手を握り締めた。

「い、痛いよ、門倉」

「いいんです、痛くていいんです……」

なぜだろう。涙が止まらない。

十月七日、金曜日。

勾留期限を一日残して、笹本を始めとする『沙耶華ちゃん事件』の被疑者四人は、誘拐、傷害による刑法、及び銃刀法違反で起訴された。これにより捜査本部は再編成され、公判用の追捜査と、さらにジウを捕捉するための班に分けられることになった。

ジウ捕捉班は、捜査一課殺人班三係と特捜二係、碑文谷署と赤坂署の強行犯捜査係を中心とする所轄捜査員で編成された。総勢四十四名。一時期よりはずいぶん減ったが、これくらいの方が却って動きやすいと東はいった。

「……久しぶりだな、東」

この段階から殺人班三係の片割れ、荒木（あらき）班が捜査に加わることも決まった。主任の荒木雅治（まさはる）警部補は、顔も体も岩石から切り出してきたような、「武骨」という言葉以外ではどう表現していいのか分からないほど、硬くて強い印象の男だ。

「また、よろしく頼む」

固く手を握り合う。それは共闘の確認というより、フェアプレイを誓い合う、競技者同士がする握手に似ていた。ちなみに二人は年も同じらしい。

「これで私も、少し落ち着いて仕事ができるな」

だが、言葉ほど綿貫係長警部はいい顔をしていなかった。ゆるい溜め息には「やれやれ」という言葉が見え隠れしている。

——でもまあ……よし。私も心機一転、頑張ろう。

初回の捜査会議で、今後は歌舞伎町におけるジウ捜索に重点を置き、また竹内の自殺騒ぎでうやむやになっていた、宇田川教授関係の捜査も並行して進めていく方針が確認された。

5

十月十日、月曜日。

麻井憲介(けんすけ)は、久しぶりの非番を三鷹(みたか)市の自宅で過ごしていた。

日中の通常待機は特殊班一係、当直には特殊班二係の川俣(かわまた)班が当たる予定だが、このところ休みがとれていなかった麻井に、主任である川俣は「休んでください」といってくれた。だから今日と、明日の当直までのほとんど丸二日が休みということになる。

「……ほら、あなた。寝るならちゃんと寝室にいってくださいよ」

妻の小百合(さゆり)は、リビングのソファで転(うた)た寝されるのをとにかく嫌う。

「いや、起きるよ……お茶を、淹れてもらえるか」

午後三時。妻と二人暮らしになってからのこんな時間帯は、とにかく静かでのんびりしている。二十歳になった一人娘の真美子(まみこ)は、去年の秋からイギリスに留学している。

海外でインテリアの勉強をしたいと初めていわれたときは、心底驚いた。中学、高校時代はバレーボールひと筋だった。だが、とても世界を目指せるレベルではなかったので、大学卒業後は普通にＯＬにでもなるのだろうと思っていた。それが、いきなりインテリアの海外修業である。四年制の私立大学の、哲学科に通っていて、なぜイギリスで、インテリアなのだ――。

　だが、自分の若い頃を鑑みれば、別におかしなことでもないのかと納得できる。中学、高校は野球ひと筋。特に高校二年の夏は、本気で甲子園に出られると思っていた。実際、エースだった藤谷先輩が、掃除のモップにつまずいて階段から転げ落ちたりしなければ、ちゃんと三重県大会では優勝できていただろうと思う。だからといって、大事な試合を控えているから掃除はしなくていい、などという理屈があるはずもない。あれはああいう運命だった。そう思って諦めたのがよくなかったか、自分が三年になった年には県大会二回戦止まりだった。ちなみにポジションはライトだった。

　高校卒業後は一浪ののちに上京し、三流私大の経済学部に通った。だが四年生の夏に渋谷で泥棒を取り押さえ、渋谷警察署から感謝状をもらい、それがきっかけで警察官になろうと決心した。少年時代に打ち込んだものと、大学で専攻したものと、就く職業が違うのは親譲りなのかもしれない。まあ真美子の場合、まだインテリアデザイナーになれると決まったわけではないが。

「ほらあなた、そこで寝ないでください」

　湯飲みをテーブルに置いた妻に、ついでのように尻を叩かれる。

「……いや、寝てないよ。目をつぶってただけだ」

「じゃあ、目をつぶるのも、寝室でしてください」

「そんな、無茶をいうなよ」

三十代で手に入れたマイホーム。まだ二十代だった妻は絶対に庭付きがいいといって聞かなかった。いうだけのことはあり、彼女は入居後の十数年、花壇に色とりどりの花を欠かさなかった。ただそれも、ここ一年は緑一色になっている。一緒に土いじりをしてくれる娘がいなくなり、実用的な家庭菜園にシフトした結果の様変わりだった。

濃い目の緑茶をひと口すすり、読みかけの文庫本を再び開く。もう何十回読んだか分からない、川端康成の『雪国』だ。もうそれは読書というよりは、瞑想に近いものになっている。目で字面を追っているうちに、頭の中に出来上がった作品世界に迷い込む。そんな疑似体験が、ことのほか心地好い。

そんな趣味を知っている妻は、麻井が家にいる間、自分からはほとんどテレビをつけない。土いじりか、家事か、気が向けば自分も読書を始める。彼女はもっぱら、トラベルミステリー専門の読み手だが。

ふいに携帯が鳴った。若い頃は集合官舎の黒電話、役につくようになってからはポケベル、最近ではこの携帯電話の着信音が、休日に最も聞きたくない音になっている。

番号は非通知となっているが、おそらく警視庁からだ。

「はい、麻井です」

『ああ、お休みのところ申し訳ない。羽野です』

羽野は特殊班一係の係長警部だ。彼が架けてきたということは、これはもうほとんど、事件が起こったと考えて間違いない。

「……何かありましたか」

『ええ。西大井駅前の城西信用金庫に強盗が入りまして、逃げ損ねたのか、ホシは職員と客数人を人質にとって立てこもりました。早速うちは出ますんで』

「分かりました。すぐに向かいます。マスコミは」

『まだですが、あと十分もすれば、速報で流れ始めると思います』

それを待っている暇は、さすがにない。

ＪＲと地下鉄を乗り継いで、麻井が警視庁本部庁舎に着いたのは、午後四時二十分過ぎだった。

六階の特殊班執務室に入ると、二係川俣班のメンバーと、佐藤班の何人かがすでに出てきていた。

「係長、ご苦労さまです」

「様子はどうだ」

「まだ、動きはありませんね」

すでにテレビ中継も始まっており、デカ部屋の端に置かれたそれには、大きく「強盗、信金職員と客を人質に籠城(ろうじょう)」と出ている。カメラは、内部にシャッターの下りた城西信金西大井支店の入り口と、女性レポーターを映し出している。

茂木巡査長が係長デスクの椅子を持ってきてくれたので、麻井は主任の川俣と並んで、テレビの前の一番いいところに陣取った。

「……ホシは一人、道具はチャカです。閉店間際に滑り込んで発砲。何発撃ったかはまだ分かりません。客のほとんどは事件発生と同時に逃げ出したのですが、やはり数人は残ってしまったようです。外回りに出ていた職員の話では、中にいたのは十名弱。それと客を合わせて人質は十名超と、いうのが現状把握されているところです」

「怪我人は」

「確認はできていませんが、特にいないのではないかと、見られています」

「中との連絡は」

「まだですね。あ、ここ……」

川俣はテレビ画面の下の方、信金前の車道を指差した。

「さっきから羽野警部が説得に当たっていますが、進展は見られておりません。電話も架けてるんでしょうが、反応ナシなんじゃないですかね」

人質立てこもり事件が発生した場合、警察側がいかに犯人との交渉ホットラインを設けるかが、事件解決の鍵となる。先の『岡村事件』や今回のように、普段使われている施設内ならば、たいがいは有線電話があるのでそれに架け、交渉の窓口にする。だがそれも、相手が受話器をとって、話に乗ってこなければ始まらない。

――どうする、羽野さん……。

知らぬまに、握った拳に力がこもっている。

麻井はいつも思う。何かマスコミが中継するレベルの事件が起こり、それを警察官である自分がテレビ越しに見るというのは、なんと薄情で、情けない行為なのだろうと。自分も現場にいって、なんでもいいからやりたい。ただ立って見ているだけでもいい。とにかく一緒に、現場に立ちたい。ほんの少しでもいいから力になりたい。いつもそう思う。

だがそれは、許されない。

本部で留守を守るのも立派な仕事だ。それくらい分かっている。だがそれでも、薄情だな、情けないな、と思ってしまう。まるで自分が、そこで殺しが起きようがどうしようが、指一本動かす気のない傍観者になったように思えてくる。

「……はい、どうぞ」

中島香穂(なかじまかほ)巡査が、お茶を淹れて持ってきてくれた。

「ああ、ありがとう」

彼女はつい先日、寺西典子のあとから補充された捜査員だ。年は二十五歳。あの伊崎基子と同い年だが、タイプ的にはむしろ門倉美咲に近いだろうか。その穏やかな性格は近い将来、特二の掛け替えのない財産になるに違いないと、麻井は密かに期待している。

ちなみに『沙耶華ちゃん事件』以降、特二が先頭に立って解決するようなヤマは一つもなかった。唯一あったのは、捜査三課の窃盗団一斉検挙に駆り出されたことくらいだ。

特殊班は、家宅捜索や一斉検挙が行われる際、課の壁を越えて協力することがよくある。それは犯人がその場で居直ったり、逃げ出した先で人質をとって立てこもったりするケースが多いからだ。

だが、この前の一件はそんな悶着もなく簡単に片づいたため、これといって特二の出番はなかった。犯人グループがアジトにしていたアパートを七十人の刑事が包囲し、「せーの」で飛び込んだのだが、一人がするっと抜け出して数十メートル逃げたくらいで、あとは問題なく、全員が大人しく逮捕された。

しかし、あの捜査員の間を縫って逃げ出した男。あの場にもし伊崎基子がいたら、あの男はもっと早く捕まっていただろう、などと、麻井はつい考えてしまう。

確かにあの男は、捜査三課の刑事たちの間にできた隙間を上手いことすり抜けた。しかしそのすぐ近くには、新人の中島香穂がいた。もし中島が伊崎だったら、あのタイミングと距離だ、タックル一発で簡単に確保していただろう。だが、中島は動かなかった。いや、動けなかった。結局は三課の刑事が追いかけて確保した。まあ、あれはあれでよかったのだと、麻井は思っている。中島にとっても、いい経験になったのではないだろうか。

——それにしても、どうしてるのかな……今頃、伊崎は。

彼女が警備部ＳＡＴを除隊し、所轄に出たという噂は聞いている。だが、どこに出たかまではちゃんとは知らない。調べれば分かるのだろうが、どうもそこまでする気にはなれない。

そんなことを考えていたものだから、ドアがノックされ、そこに、

「あ、美咲ちゃん」

「カンヌッ」

あの門倉美咲が顔を覗かせたのには驚いた。

「……今って、部外者立ち入り禁止ですか」

すまなそうにいいながら中を覗き込む。

「そんなはず、あるわけねーじゃねえのよぉ、かんぬぅ」

さりげなく肩を抱こうとする藤田の手を、門倉はやんわりとかわした。なんだか、急に『岡村事件』以前に戻ってしまったような錯覚に陥る。

「なに美咲ちゃん、こんな時間に。おたくの帳場はどうしたの」

彼女が特二にいた頃、一番仲のよかった前島巡査部長が壁時計を見上げる。

「ああ。あの、今日はたまたま、そこの会議室で調べものをしてまして、それで東主任が、

ちょっと様子を見てこいと仰るんで」

「えぇーッ」

茂木が素っ頓狂な声をあげる。

「み、美咲ちゃん、東主任と組んでんのォ?」

「はい、そう……なんです」

「マージで。ちょーラッキーじゃん」

そんな話に寺西と中島が加わり、互いに自己紹介を始めた。伊崎と門倉の武勇伝は、新人たちも嫌というほど聞かされている。特に中島は、周りに「カンヌ系」といわれて意識していたのだろうか、彼女との対面にいたく感動しているようだった。

「どうですか、係長」

門倉がテレビを覗きにきたので、麻井は川俣に聞いた説明を、さらに簡略化して彼女に聞かせた。

「……まだ動かないな。ちなみに君は、碑文谷での指定捜査員登録はしたのか」

指定捜査員とは、特殊犯事件発生時に、所轄署から現地捜査本部に派遣される女性警察官のことである。

「はい、一応」

川俣が彼女を見上げる。

「じゃあ逆に、お呼びが掛かるかもしれんな」

「この現場に、ですか」

そうさ、と川俣が大袈裟に頷く。

「さっきまた西脇部長が、張りきって出ていったんだ。例の『沙耶華ちゃん事件』の解決で、さすがにあの人の頭にも、門倉美咲の名前は刷り込まれてるだろう。だから、現場が手詰まりになって、なんか打開策をって話になったら、じゃあああの門倉君を……なんて、いわんとも限らんのじゃないか？」

主任の佐藤は「それはないでしょう」と笑った。

「そうですよ、そんな……『沙耶華ちゃん事件』の解決っていったって、私は、半分被害者みたいなものなんですから」

どっと笑いが起こり、だが門倉一人が、急に真顔になった。自分の腰の辺りを見下ろし、ぶら下げたホルダーから携帯を抜き出す。

「あ……」

表示を確認した途端、その表情が微かにほころぶ。東さん？　と茂木が訊くと、彼女は照れたように頷いた。

携帯を髪にくぐらせる仕草まで、麻井にはどこか華やいで見えた。

「もしもし」

だが、すぐにその頬は強張り、目つきは厳しくなった。

「……そんな……はい、分かりました……ちなみにこれは、お伝えしても？……はい……

はい、すぐ戻ります」

彼女の異変を、動揺を、周囲の誰もが感じとっていた。

「どうか、したのか」

こっちに頷き、門倉は目でテレビを示した。

「その、信金立てこもり犯の、身元が割れたみたいです。うちの捜査線上に上がっていた、

西尾克彦という、元自衛官のようです」

部屋の空気も一気に凍りつく。

「……それは、この前自殺した、あの葛西の自衛隊員と、関係があるのか」

怖いくらい真剣な目で、門倉は頷いた。

「仲間でした。詳しく分かりましたら、またご報告します」

短く一礼し、彼女はデカ部屋を出ていった。

麻井はテレビに目を戻した。嫌な汗が、脇の下に染み出していた。

第四章

1

集落を襲撃したことによって、私は大量の現金と、ヒロポンを手にすることになった。だが、私にとって難しいのは、むしろそこから先だった。

現金はいい。ただ使うしかないのだから。だがヒロポンはそうはいかない。私は、人間がこれに溺れ、壊れ、溶けるように腐って死んでいく様を見て知っている。だから、自分で使うことは考えなかった。これはあくまでも、他人を狂わせ、死ぬまで金を毟り取るための道具にすぎないと割り切っていた。

さて、どうしたらよいものか。

当時の私の知り合いで、生きていて、なおヒロポンの販売網を持っている人間は、もう一平の兄貴、一人しかいなかった。

私は現金とヒロポンの半分をとある場所に隠し、残りのヒロポンを持って一平の兄貴のもとに戻った。

「一平はどうしたんら」

戻った当初はずいぶんと問い詰められた。だが知らぬ存ぜぬで通した。そんなはずはない。一緒にいなくなったのだから知っているはずだ。そういわれ、殴られ蹴られしたが、私はついぞ、本当のことは喋らなかった。私は何がなんでも、彼の販売網が欲しかったのだ。

根負けした彼はやがて、黙って以前のように、私を弟分として扱うようになった。いなくなった一平の安否を確かめるより、私と一緒にヒロポンを売り捌き、売り上げを山分けすることを選んだのだ。

彼が売り上げの多くをとることを、私は許さなかった。私にはまだ在庫がある。売り上げが公平に分配されなければ次はない。暗にそう匂わせていたから、彼も渋々、半々で承知した。もともと仕入れがタダなのだから、彼には半分でも多いくらいなのだ。

初期投資が必要ないことほど、事業を始める際に有利な条件はない。私たちの場合が、まさにそれだった。兄貴と私はヒロポンの販売網を順調に広げていった。上早川、下早川から、宮路たちの牛耳っていた浦本に、さらにはその向こうの大和川にまで。

そんな頃、私はある男に声をかけられた。すでに、ヒロポンの販売で知られた存在になっていた私にとって、それは特に珍しいことではなかった。男は、初めて見る顔だった。

「われが、ミヤジいうガキか」

二十歳前後になっていたとはいえ、五十近いその男からすれば、確かに私はガキだったろう。

「俺がミヤジら。だったらなんら」

聞けば彼は、以前はあの宮路と仕事をしていたのだという。つまり、宮路にヒロポンを卸していたのが彼だったのだ。だが、あるときからぱったりと連絡がとれなくなった。それはそうだろう。私が殺して、バラバラにして埋めたのだから。

「あれは、俺のオジキら。今どこにいったかは知らん」

「ほうか……そやったらわれ、ワシのブツも捌いてみたらどや。上物(じょうもの)やで。倍にシャブシャブしても、飛ぶように売れるで」

シャブシャブというのは、覚醒剤の水増しを意味する隠語だ。これがのちに、覚醒剤そのものを指す「シャブ」に変化していく。

「確かに、上もんらな……」

私は彼とも組み、さらに商売の手を広げていくことにした。

当時、すでに私と兄貴の稼ぎは、兄貴の親分のそれを大きく凌(しの)ぐようになっていた。

まもなく兄貴は、分家して一家を構えた。私は若頭のような待遇で迎えられたが、賭場の仕事などには一切手を出さず、ひたすらヒロポンひと筋で通した。

そう。私は「極道」にはなりきれなかった。正直いって、親分子分だの、兄弟分だのという概念が気に喰わなかった。私が欲したのは、巨大なヒロポンの販売網、ただそれだけだった。大量の白い粉と、それに群がる中毒者たち。それさえあれば、この世界が閉じてしまってもかまわないとすら思った。

いつしか私は、黙っていても入ってくる多額の現金を持て余すようになっていた。もう、糸魚川市内に立派な家も建てて持っていた。気に入った女は買い、飽きたら捨て、ごねたら殺した。

買おうと思えば戸籍も買えたが、それはしなかった。戸籍を持つというのはつまり、表の社会に認めてもらう行為だ。その必要は、少なくとも当時の私にはなかった。欲しいものならなんでも買えたし、身元を証明しなければいけない場合は、身代わりを立てるなりなんなりして話を進めた。

ただ、名前は一つ、決まったものを持つようにした。

宮路忠雄(ただお)。「宮路」という漢字は、むかし宮路と組んでいたあの男に教わった。「忠雄」という名前は、テレビに出ていたタレントの「忠夫」をもじってつけた。あまり深い意味はない。

私には、この名前だけあれば充分だった。表の世界でも裏の世界でも、私はこの名前で通した。

いや。そもそも、表だの裏だのいうこと自体がピンとこない。戸籍を持ち、住み、学び、働き、それで初めて、一般人は賃金を得る。だが、金を作り出すという結論にだけ焦点を絞り込めば、私は漁師よりも役人よりも、ヤクザよりも優れた手腕を持っていた。安定したヒロポンの仕入れと、確実な販売。邪魔者は消す。それ以上も以下もなかった。それだけで私の世界は上手く回っていた。他には何も要らなかった。


私は、稼いだ金のほとんどを土地や建物の購入に注ぎ込んだ。三十代に差しかかっていたであろう七〇年代の初頭、私は、新潟市内ではちょっとした「不動産王」のような存在になっていた。それでもまだ飽き足らず、やがて私は東京にまで出向いて不動産を買い漁(あさ)るようになった。

なぜ不動産だったのか。第一義はむろん、パッと簡単に金が減るからだったのだが、実際にやってみると、どんどん買って征服していく感覚が、あの、ヒロポンの販売網を拡大するそれとよく似ており、心地好かったのだ。

金も、シャブも、絶対的な価値を有するという意味ではまったく同じものだった。人間は、金かシャブか、必ずそのどちらかで屈服する生き物だった。征服と、その範囲の拡大。どうも私という人間は、その二つに異常な興味を覚えるらしい。

その時代時代で名称は違ったが、公的機関は常に私をマークし続け、財務調査で化けの皮を剝ごうと躍起になった。だがそれは無理というものだ。公的には存在するはずのない私という人間を、公的に裁くことなどできるはずがないのだ。

殺しの現場を押さえられて逮捕される、などということならばあるかもしれない。だがそれ以外で、私を罰することは、基本的にはできない。事実関係を確認、証明することに重きを置くこの手の話で、中心となる「私」という人物が「事実無根」では話にならない。結局、捜査も調査もうやむやになるのが常だった。

折りしも、日本は未曽有(みぞう)の高度経済成長期。私の商売も、さらに右肩上がりになっていった。

確かに一九五一年の覚せい剤取締法施行以来、表立ったヒロポンの取引は完全にできなくなった。さらに五四年の改正で使用者も激減したと、公的な記録には記されている。

だが、現実は違う。ヒロポンは地下にもぐり、シャブと呼ばれるようになって活き続けた。使用者の数も、私の目には到底減っているようには見えなかった。単に、隠れ方が上手くなっただけのように思った。そういった面でいえば、数年で「逮捕者」が激減したのだけは事実だったのだろうが。

むしろ私は、覚醒剤こそが、日本の高度経済成長を支えた陰の功労者なのだと、声を大にしていいたい。これは、一億数千万人の大半が「シャブ食い」だったという意味ではない。ただ、覚醒剤で普段以上の力を得たカリスマが、民衆を突き動かした例はいくらだってあるし、要職にある人間がその重圧に押し潰されないよう覚醒剤の力を借り、難局を乗りきった例は枚挙に暇がないということだ。

そもそも覚醒剤は、日本で開発され、日本で製造されていた、純日本的な薬物だ。五四年以降は国内での製造が難しくなり、以後は韓国に、台湾に、現在では北朝鮮にその拠点が移され、日本国内への供給は密輸で賄っている。

そう。そこまでしてでも、日本人は覚醒剤が欲しいのだ。大好きなのだ。疲労を取り除き、強烈な集中力を与えてくれる。そんなクスリを、戦後の日本人はこよなく愛してきた。それも、表社会の住人たちがだ。

だからこそ私はいうのだ。表も裏もあるものかと。シャブまみれの日本社会は、それそのもの、丸ごとが裏社会なのだ。

たとえば、こんな例だってある。ほんの十数年前の話だ。

新潟市内のとある警察署の署長に、俗に「キャリア」と呼ばれるエリート警察官が赴任してきた。まだ二十代だった彼は、ここぞとばかりに遊びまくった。

生まれ落ちた瞬間から、一秒の時間も無駄にすることなく東大法学部を目指して勉学に励み、見事合格してもなおその手を緩めず精進して国家試験をパス、優秀な成績で大学を卒業して警察庁に入庁。そんなふうに送ってきた人生で、初めて親元を離れ、遊ぶ「自由」を手に入れたのだ。羽目をはずすなという方が無理というものだろう。

また、周りの人間たちも彼に勘違いをさせるような行為を積極的に行った。彼から見れば副署長以下、課長も係長も、部下はみな親父のような年配者ばかり。そんな連中が、年の差など関係なく彼の前にひれ伏すのだ。

加えて婦警、地元採用の女性職員たちは、滅多にない玉の輿のチャンスに攻めの一手。相談があるといっては署長室に入り込み、頼みもしないのにスカートを捲って彼を誘ったという。しかも日替わり。毎日違う女が股を開いたというのだから恐れ入る。

街に出ても好待遇の嵐は続く。署の幹部連中に連れられて、視察の名のもとに歓楽街を徹底訪問。いつまで続くとも知れぬ酒池肉林の日々。また一度筋道ができてしまうと、付け届けなどは直接彼のもとに届くようになる。むろん、その中にはよからぬ者からの贈り物も混じっている。そう、私のような、闇の住人からの誘いも少なからずあったはずだ。

私は「不動産王」の顔で彼に相対した。立派な戸建ての官舎を与えられているにも拘わらず、彼はもう一軒別に借りたいと私にいってきた。しかも、署の人間には知られぬように。

「お任せください。打ってつけの物件がございます」

私は新潟市内の、高級マンションの一室を彼に無償で提供することにした。むろん、家賃より高いものを彼には支払ってもらうつもりだった。

その部屋で起こることの一部始終は、逐一私の目に、耳に入ってきた。彼がごく普通のセックスに満足できなくなっているのは明らかだった。面白い——。私は片手間でなく、少し腰を入れてこいつを征服してみようと考えるようになった。

私は、彼好みの女を差し向けることにした。彼の母親に少し似た感じで、清楚で、だが大胆なセックスをする女だ。特に肉の薄い背中が美しく、くびれた腰は瑞々しい果実のようだった。彼は副署長に連れられてその女のいる店にいったことがあったので、彼女が直接マンションを訪ねても、決して不自然ではなかった。

また彼も、もはや自分がどの女にいい寄り、いい寄られ、関係を持ったんだか持たなかったんだか、よく分からなくなっているようだった。だから彼が別宅に入る、その瞬間を待って訪ねていっても、彼は特にその女を疑いはしなかった。いや、疑うどころか、彼は約束していた女に電話を入れ、今日は駄目になったからくるなとまでいい放った。

彼は、その女を気に入ってくれたようだった。

私は次の段階に進むべきときだと判断した。

女に、覚醒剤を使わせた。最初は「疲れてるみたいだから、これで元気になって」と、陰茎に塗布させた。これで性感が格段に高まる。彼はたちまち、塗ってするセックスの虜になった。

次は栄養ドリンクに混ぜて飲ませた。驚いたことに、彼はそれが覚醒剤であることをちゃんと承知していた。私は嬉しくなった。彼は、容易にこっち側に転げてくる男だと確信した。こっち側とはつまり、法律の力の及ばない世界という意味だ。

そこで私は、最終的な決壊を早めるため、少し外堀に切り込みを入れてみた。

「おたくの署長さん、悪い女にはまってますな。しかも、シャブまで……」

幹部連中は慌てた。こんな噂が広まったら大変なことになる。私への口止めはもちろんのこと、連中はなんとか若署長の濫行を諫めようと必死になった。

警察関係者にバレたと知った彼は、もっと慌てふためいた。

たった一つの小さな瑕が、警察官僚人生のすべてを台無しにした例は少なくない。どうする。どうしたらいい。

「私が、お力になりましょう」

地獄に仏。彼は私に、べったりになった。

「宮路さん、どうしたら、どうしたら亜矢子を切れる」

「それはもう、お金しかないでしょう。できれば、一千万単位の額が好ましい」

「そんな金は……」

彼の頭に浮かんだのは、署の隠し金庫に眠っている裏金だったろう。彼自身の預金はまだその額には達していなかったし、もしあったとしても、警察官の懐というのは常に上層部の監視下にあるものだ。多額の出し入れは、明確にして正当な理由がなければ出世の妨げになる。

自分の金は使えない。どこからか持ってこなければならない。

だが、女で揉めそうな若署長に対し、幹部連中はすでに警戒態勢を強めていた。署のプール金などは特に危ない。なくなっても文句のいいようがないからだ。見す見す余所者(よそもの)に盗られてたまるか。幹部連中は早々と分配してそれらを隠してしまった。

まもなく彼は女に別れ話を切り出し、まんまと「金をよこせ、さもないとクスリのことをバラす」と逆に脅され、しょげ返った。当たり前だ。そういえと私が指示したのだから。

「宮路さん……三千万、用立ててくれないか」

私は驚いた振りをした。

「その額は、ちょっと私にも、右から左というわけには……」

「そんなこというなよ、頼むよ。一生恩に着る。俺はこれから、国家警察の中枢にまで上っていかなきゃならない人間なんだ。こんなところでつまずくわけにはいかないんだよ」

女には早くしろと矢の催促をするよう指示し、私は逆に金を出し渋った。いや、出す約束だけしておいて、ちょっと待ってくれと焦(じ)らし続けた。

ここで少し、また別の種を撒く。

二人の、男女の関係はすでに泥沼状態だったが、私はクスリのやりとりだけは円滑に行うよう女に命じていた。留守中に部屋に入り、冷蔵庫に入れておくだけでいい。彼は帰宅してその切手大のビニールパックを見ると、えもいわれぬ安堵を覚えるようだった。

だが、それこそが罠なのだ。私はその覚醒剤の濃度を、一定周期で大幅に上げ下げさせていた。その波に呼応するように、彼は異常な上機嫌と病的なまでの不機嫌を交互に表すようになった。私はその周期を見極め、上機嫌が下降線をたどり始めるタイミングを見計らって女を訪問させ、手切れ金の催促をさせた。

半月ほどすると、彼はまんまと女を殺した。

まず、大きく重いガラスの灰皿で女の後頭部を殴った。倒れた女を踏みつけ、固定してからまた打ち下ろした。馬乗りになり、さらに何度も叩きつける。自らも血だるまになりながら、彼は懸命に、力の続く限り、女の頭部を殴打し続けた。

私は隠しカメラを通し、その様子をじっと見ていた。少し、冷静さが足りないのは残念だったが、状況さえ揃えば自ら手を汚すことを厭(いと)わない辺りは、なかなか見所があるなと思った。

五分待って電話してこなければこっちから架けようと思っていたが、ものの三分で彼は連絡してきた。

「……宮路さん。俺、亜矢子を、殺しちゃったよ……」

私は慌てたふうを装いながらも、今どういう状況なのかを説明させ、相談に乗ってやった。

「分かりました。私に、任せてください。その木村亜矢子という女は、この世にはいなかったことにします。それから死体も、完全に地上から消し去ります」

「そんなことが、本当に……できるんですか」

「なに、心配することはありません。すべて私に任せておいてくれたらいいんです。あなたには、これからもっともっと、偉くなってもらわなければいけませんからね……」

その頃、私はすでに自前の死体解体業者を抱えていたので、ホステス一人をミンチにして便所に流すくらいはわけもないことだった。

私は彼に再教育を施した。次の異動は十ヶ月後。それまでに「ただのシャブ中」ではない、自立した「シャブを使いこなす大人」になってもらう必要があった。そのためには、体調を崩さない程度の適量を守ること、質の良いクスリを選ぶこと、ちゃんと食事を摂ること、以上の三点を徹底して守らせた。

「誰がこんな粗悪品を……」

彼が持っていたクスリはすべて処分した。私が新たに与えたのは、極めて純度の高い上物だった。

私は彼に、少しずつ「本当の社会」というものも見せ、目覚めさせていった。人を殺す現場。死体処理の様子。のた打ち回るシャブ中患者。奴隷になり下がる女。老人と幼女のセックス。美女と豚のセックス。私と腐乱死体のセックス――。

「あなたは東京という、木も生えない平地に生まれ、育ち、生きてきた。ですがどうです。本当は、拓かれた平地なんてのはごく一部で、その周りは、鬼が出るか蛇(じゃ)が出るか分からない山ばかり……その方が、実は圧倒的に大きな現実なのですよ。ちょっと高いところから見てみれば、今まで自分がいた世界が、どんなにちっぽけなものだったか……よく、お分かりになるのではありませんか」

　彼はゆっくりと頷いた。元来、勉強と習得は得意とするところである。彼は実に短期間のうちに、私の提示する世界観を理解し、共鳴するようになってくれた。

「宮路さん。お陰でなんか、目が覚めたような気がするよ……考えてみれば、そうだよな。人が人を殺さないのは、一極集中権力が社会機構の崩壊を恐れているから……即ち社会秩序の乱れが、収穫、収益の多寡を大きく左右するからにすぎないんだよな」

　彼は小高い丘から市内の繁華街を見下ろし、深呼吸をした。

「……なんか、空気がうまいよ。自分が、心底自由なんだって実感できる。……うん。意識で、世界の隅々まで見渡せるようになった気分だ。……ほんと、いい気分だよ」

　私も、彼の目覚めを心から悦んだ。

「いいですか。あなたは、ただ目覚めただけではいけないのですよ。その大きな意識を持った上で、もとの世界に戻るのです。俯瞰して、世界の全体像を捉えることができるようになったあなたなら、あのちっぽけな世界を統べることなど、わけもないはずです。……私は、いつでも、どこにいても、あなたのすぐ後ろにいます。どんな助力も惜しみません。あなたが頂点に立つ、その日まで……」

彼は「分かっている」と頷いた。

こんなふうに、社会を牛耳る人間は生まれるものなのだ。

私が目覚めさせ、表社会に送り出した若者は決して彼だけではなかった。法曹界、経済界、中央省庁、マスメディア。私はただひたすら彼らに奉仕し、共に成功を悦び、さらなる高みを目指すよう導いた。彼らは私の与えたクスリと、金と、思想をもって、日本社会の中心部へと、着実に歩を進めていった。

決して新潟を引き払ったわけではなかったが、私は自然と多くのときを東京で過ごすようになっていった。特に、歌舞伎町が気に入った。電飾こそ煌き、人々は着飾っているが、彼らの吐き出す息は、あの集落で私が暮らしを共にした鬼畜どものそれとまったく同じ臭いがした。

ここが、蛇の目の中心なのだと私は悟った。

広く黒い世界の中に、白い社会があり、その真ん中に、また黒い歌舞伎町がある。私の感覚からいえば、外と歌舞伎町が白くて、その間に黒がはさまっているという図式になるのだが、まあいい。私がいるのは闇の世界。黒社会、裏社会、暗黒街。

そう。なんとでも、呼ぶがいい。

2

その日、美咲は東と共に、宇田川光浩について調べていた。

渋谷区在住。新日本大学の社会学部教授。文化と宗教の講義を受け持ち、特にイスラム文化に造詣が深く、テレビ番組のコメンテーター、書籍の出版など、多方面で活躍している五十三歳。

「東主任、渋谷署からファックスです」

捜査本部デスク担当の巡査部長が、A4判のコピー紙二枚を持ってこっちにくる。ちなみに『利憲くん、沙耶華ちゃん事件』の捜査本部は、すでに警視庁本部庁舎六階の、そこそこの広さの会議室に場所を移している。

「はい、ありがとうございます」

美咲が受け取り、東に見せる。それは、東が和田捜査一課長の名義で、渋谷署に問い合わせた件の回答だった。

　地域課警官、俗に「お巡りさん」と呼ばれる交番勤務の制服警官は、警邏(けいら)の一環で「巡回連絡カード」というものを地域住民に書かせ、回収する活動を行っている。書式は住所、本籍、家族・同居者氏名、各々の生年月日、職業・学校、非常の場合の連絡先、要望や連絡事項などが書き込めるようになっている。その管轄の地域課警官が真面目なら、このカードから極めて現況に近い情報が得られるわけだが、そうでないと、当然古いままということになる。

「あ、これ勤め先が、明和大学になってますよ……」

　東が日付を指で追う。

「フザケやがって。これ、もう十二年も前の記録じゃないか。なにやってんだ渋谷は」

　そこまでいうくらいだ。東が交番勤務だった頃は、さぞかしマメにカードに記入させて回っていたのだろう。

「問い合わせがあってからでも遅くはないんだから、パパッといって、書いてもらったっていいわけですもんね」

　美咲は一応、同意を示したつもりだったのだが、東は「いや」とかぶりを振った。

「逆に、それはしないんだ。向こうにしてみれば、こっちの問い合わせ目的が分からないわけだから、そんな状態で制服警官が巡回カードを持っていったら、マル対（対象者）に余計な警戒心を持たせることにもなりかねないだろう」

「はぁ、なるほど……」

なかなか、地域課警官も難しそうだ。

「だから、そこまではしてくれなくていいんだが、しかし、十二年前ってのはなぁ……」

溜め息を漏らす東と、共にファックスに目を通す。

宇田川は両親と同居をしているようだった。

父、宇田川法助と、母、君江。宇田川光浩本人と、妻、律子。四人家族。なんと驚いたことに、光浩と律子の年は、十五歳も離れている。

――いや、でも待てよ……。

よく考えたら、自分と東は十八歳離れている。そう考えたら、ちっともおかしくないように思えてくるのだから不思議だ。

「またずいぶんと、若い嫁さんをもらったもんだな……」

主任にもチャンスありですけど、といったら驚くだろうか。

「そうですよねぇ……」

「教え子とかだったのかな」

「ああ、そういうのも、アリですよねぇ……」

そんなときだ。

『通信指令本部より各局』

天井のスピーカーがけたたましく事件の発生を告げた。

『大井署管内、品川区西大井一の□の△、城西信金西大井支店にて、強盗による籠城事案が発生した模様。マル被は一名。拳銃を所持。発砲したとの目撃情報あり。人質は信金職員と客、総人数は不明。怪我人の有無も不明。繰り返す……』

途端、六階の刑事部フロアはてんやわんやの大騒ぎになった。

廊下を中層エレベーターに向かって走っていく特一の捜査員たち。西脇部長の姿が見当たらない、探せと理事官に命ずる和田一課長。その一課長に拳銃の携帯命令について大声で訊く管理官。どこで油を売っていたのか、続々と大部屋に集まってくる殺人班の刑事たち――。

思えば美咲は、特殊犯事案の発生を傍から見るのはこれが初めてだった。一歩引いて見ると、やはりすごい騒ぎなのだと、改めて実感させられる。

「足りてるのかな……」

東は何度も、心配そうに殺人班の大部屋を覗きにいっていた。幸い『沙耶華ちゃん事件』捜査本部の分割、縮小直後というのもあり、待機していた殺人班の数には余裕があるようだった。この分なら、既存の捜査本部を切り崩さなければ事案に対処できない、などということもなさそうだ。

「……柿崎さんとこ、いの一番に出てったよ」

会議室に戻ってきた東は、そういいながらもまだ、慌しさの残る大部屋の方に目をやっていた。

ちょっと、悪戯心が芽生えた。

「主任もいきたいんですか」

東は怒ったような笑ったような、変な顔をした。

「なにをいってるんだ……そういうことじゃ、ないだろう」

「でも、どう見てもソワソワしてますけど」

「ば……馬鹿をいうな」

怒った。なんと真っ直ぐな人なのだろう。

「君も、古巣の様子くらい、見てきたらどうだ。……いま麻井さんが、執務室に飛び込んでいったぞ」

それもそうだなと思い、美咲は会議室を出て、特殊班執務室を訪ねた。

だが、まもなく携帯で呼び戻された。帰ってみると、三田村管理官を始めとする幹部たちが、捜査本部の脳髄ともいえる情報デスクの前に集まっている。覗き込むと、デスク担当の巡査部長がテレビのアンテナ線を長いものに繋ぎ換えている。

「……立てこもり犯が西尾克彦って、どういうことですか」

腕を組み、眉をひそめた東が振り返る。

「ああ……五反田にある城西信金本部には、各支店の店舗内映像が見られるシステムがあるらしい。たまたまそっちにいった柿崎さんが、まさかとは思うがって、こっちに連絡を入れてきた。どうにもホシが、西尾克彦に見えて仕方がないって……それで至急、西尾のデータをありったけ信金本部にメールで送ったところ、今し方、間違いないとの返答を得た……」

あの竹内とジウを引き合わせた張本人、自衛隊内で覚醒剤の販売をし、『沙耶華ちゃん事件』の翌日から失踪していた西尾克彦が、なぜ西大井の信金に、籠城なんか――。

「生きてたんだな……」

ぼそりと東が呟く。そう、竹内は、西尾がすでにジウに殺害されている可能性も示唆していた。

「ですね……」

三田村は「お、映った映った」と手を叩き、テレビの前の特等席に腰を落ち着けた。

人質籠城事件が発生したからといって、他の仕事をストップしていいわけがない。少し時間は遅くなってしまったが、美咲たちは予定通り、宇田川光浩教授に会いに出かけた。

彼のいる新日本大学社会学部は、水道橋駅から皇居方面に向かって少し歩いた辺りにあった。八階建ての独立した建物で、水道橋西通りに直接面して建っているせいか、大学キャンパスという雰囲気はあまりない。どちらかというと予備校のような感じ、といったら関係者は怒るだろうか。

十月十日月曜日、夕方六時。日は暮れていたが、気温はまだ二十度弱はあるだろうか。玄関を出入りする学生たちも、シャツ一枚という恰好がほとんどだった。

まず事務局にいき、学部長に会いたいと頼んでみる。何しろこっちは警察だから、ある程度の職にある人間はまず断らない。

案の定、アポイントもなかったが快く通してもらえた。

エレベーターで八階までいき、女性事務員に教えられた通り廊下を進むと、すぐに学部長室の場所は分かった。

「失礼いたします」

社会学部長、高木清彦教授は、なかなか腰の低い温厚な男性だった。

「ほう、警視庁捜査一課の……」

まあどうぞ、といわれ、二人でソファに腰を下ろした。東が早速、宇田川教授について少々お伺いしたいと切り出すと、高木は怪訝な顔をした。

「宇田川くんが、何か」

「いえ、宇田川教授は文化や宗教、特にイスラム圏の事情にお詳しいと伺っております。

実は捜査に関することで、ちょっと社会思想について、知識を仕入れたく思いまして……ただなにぶん、有名な方というだけで、宇田川教授にお尋ねしていいものかどうか……まあ、氏の人となりなども含めて、まず学部長にお伺いしてから、と思いまして」

高木は、安堵したように息を吐いた。

「さようですか……いや、別に、テレビに出ているといっても、普通ですよ。いや、むしろテレビで見る通りというか。大変真面目な男で、だからこそ、たまにはさむ冗談が面白く聞こえる、そんな感じですよ。……ええ、別に普通に、お話しされたらよろしいかと」

「そうですか。……ではそれと、宇田川教授自身が、何か固有の思想を支持していらっしゃる、というようなことは、ございませんでしょうか」

東らしい訊き方だな、と思いつつ、美咲は隣で黙っていた。

「固有の思想？　つまり、イスラム原理主義であるとか、そういうことですか」

「もしそうならば、そういうことでも」

「いえ」

高木は短くかぶりを振った。

「彼は、研究対象としてイスラム教を扱っているにすぎませんよ。彼自身は普通に、仏教の家柄の人ですからね」

普通に仏教徒？

それについては、東も少し疑問に思ったようだった。

「はあ……それは、本人がそのように、仰ったのですか」

「いえいえ。つい二、三年前、ご母堂がお亡くなりになりましたので、その葬儀のときに、ああ、普通に仏式なんだなと、思った記憶がありますので」

なるほど、と東は頷いた。

「他に何か、社会的な思想については」

段々面倒になってきたのか、高木の表情が曇り始める。

「共産主義、とかですか」

「そう、ですね……はい」

「別に、特別な何かというのは、ないと思いますよ。社会学者なら、何か一つの思想が完璧な形を持ち得るとは、逆に考えないものです。……いや、そういうことならば、直接本人にお尋ねいただいた方が、よろしいかと存じますが」

これ以上、高木に根掘り葉掘り訊くのも得策ではない。東も「そうですね」と彼にいい、宇田川教授に直接会いにいくことにした。宇田川は一つ下のフロアの自室にいるらしい。

直に見る宇田川光浩は、思っていたよりも小柄な男だった。ヘアスタイルはテレビで見る通り、いかにも学者といったふうの七三に整えられている。

「初めまして。警視庁捜査一課の、東と申します」

型通りの名刺交換。宇田川はやや緊張しているように見えたが、それが警戒の類なのかどうかは、まだ分からない。

「……私に、どういった？」

「ええ。実は捜査をする上で、ちょっと珍しい社会思想について、知識を得る必要が出てきまして。だったらこの分野の権威でいらっしゃる教授にお伺いしようと、そう思ってお訪ねした次第です」

学部長からは特に話の内容を聞いていなかったのだろう。社会思想について、と聞いた瞬間、宇田川は安堵したように肩から力を抜いた。

「ああ、そうですか……」

逆に東は眉をひそめ、やや厳しい表情を作った。

「ええ……で、早速なのですが、宇田川教授。世界的に見て、殺人を容認する社会思想というものは、存在するのでしょうか」

途端、宇田川も険しい顔をした。

「殺人を、容認？」

「ええ。そういった思想というのは、ありますか。あるいは、昨今どこかで、そういう風潮が現われてきているとか、そんなことでもけっこうなんですが」

宇田川は、納得したように頷いた。

「そういった意味でいえば、この日本だって、条件付きでは容認していますよね。死刑という制度で」

「いや」

東は小さく手を振った。

「そういうことではなく……そういう、法的なことは除外して」

「もしかして、イスラム原理主義の〝ジハード〟とか、そういうことをお聞きになりたいのですか」

ここで、東が曖昧に頷いたのがよくなかった。

宇田川が、傍らに置いておいた名刺をちらりと見る。

「あの……東さん。いえ、東さんに限らず、多くの日本人の方が勘違いをされているようなので、私は機会があるたびにお話しするのですが、いわゆるジハード、つまり〝聖戦〟というものはですね、いきなり理由もなく、旅客機を高層ビルに激突させることをいうのではないのですよ。あれにはまず、イスラム教、あるいはイスラム社会に対する弾圧や圧力、領土の侵略があり、それに対する報復行動が、聖戦と訳される〝ジハード〟になるのです。あの同時多発テロの前には、それに繋がる長い長い伏線があるのですよ。

……むろん、私はあの同時多発テロのような行為を容認しているわけではないです。私自身はテロを憎んでいるし、一部のイスラム原理主義過激派に対しては、非公式にではありますが、抗議行動も行っております。だがそれをもってして、イスラム原理主義そのものが、テロを生んでいるような解釈をするのは、まったくの誤りです。ましてや、イスラム社会が殺人を容認しているだなんて、そんなことは、根も葉もない中傷にほかなりませんよ」

珍しい。東が、たじたじとなって両手をかざす。

「いやいや……イスラム社会についての認識不足は、まったくご指摘の通りです。弁解の余地もございません。……が、私どもは、何もイスラム社会がそうであると、申し上げているのではありません。何かそういう思想が、世界のどこかにないものかと、お尋ねしているにすぎないのです」

宇田川は、まだ鼻に荒い息を残しながらも、「そうですか」と東に頷いてみせた。

「……殺人を、容認する社会思想というのは、世界的に見ても、ないと思いますが」

「それは、宇田川教授の知り得た中にはない、という意味ですか」

数秒、また考え込む。

「……むろん、私の知り得た中にない、というのもそうですが、それ以前に、殺人を容認したら、社会そのものが成り立たなくなってしまうでしょう」

「と、申しますと」

「そんな……だって、そんなことは、いうまでもないことでしょう。人が人を殺すというのは、もうそれは、根源的な悪ですよ。そんなことは、仏教だって神道だって、ユダヤ教だってヒンズー教だって、みんな禁じていますよ。むろん罰則という側面を除けば、ですよ。……そんなものは、主義主張の問題じゃないでしょう。殺人を容認した時点で、それはすでに社会じゃないです。もう〝殺人を容認する社会〟という、その言葉自体が破綻している。まるで〝黒い白〟〝白い黒〟というのと同じことですよ」

宇田川は興奮してまくしたてたが、美咲はむしろ、それによって大きな安堵を得ていた。

——そう、そうなのよ。普通、そう思うわよ……。

ちょっと「殺人を容認する社会があるか」と訊いただけで、こんなに真面目に怒り出す宇田川が、あの竹内と同じ思想の持ち主であるはずがない。むろん、芝居という可能性もなくはないのだが、それが嘘かどうかを見抜く目くらい、美咲だって持っているつもりだ。

宇田川はシロ。

その思いは東も同じようだった。

「そう、ですよね。仰る通りだと思います……」

少し間が空いたので、美咲が割って入った。

「あの、さきほど高木教授から、お母さまがお亡くなりになったとお伺いしましたが」

ふいに、宇田川はその表情を曇らせた。なぜだろう。最初の、名刺交換時のような緊張が、再び彼の態度を硬化させていく。

「……ええ。二年前に、脳卒中で」

「では、今現在は」

「は？」

「ご家族は」
一、二秒、間が空く。
「……ああ、父はまだ、存命です……」

何かおかしい。東も黙って聞いている。続けろという意味か。

「ということは現在、教授と、お父さまと」

「あ、ええ……妻と」

妻、と？

「……娘の、四人家族です」

突如、美咲の頭に鈍い衝撃が走った。

──この十二年の間に、娘さんが……。

美咲は、唾を飲み込んでから訊いた。

「あの、お嬢さまは……何歳、ですか」

同じくらい、宇田川も緊張している。

「十一歳……来年の一月で、十二歳に、なります」

「失礼ですが、お名前は」

「……マイ、といいます。……舞踊の〝舞〟です」

宇田川舞ちゃん、十一歳。

竹内が当たれといったのは、ひょっとして、このことだったのか――?

3

歌舞伎町というのはつまり、一キロメートル四方のせまい土地に、飲食店と風俗店とヤクザの事務所を、これでもかと詰め込んだ街なのである。

そんな場所でこれから基子たちが何をするのかというと、木原が秋葉原で買い集めてきたコンクリートマイクを、組事務所の壁に仕掛けて回るのである。場所としては、まだジウ捜索に乗り出してきていない、つまり襲撃を受けていないであろう組事務所を狙う。

「……でもよ、店のオヤジがいってたぜ。最近は壁に断熱材が入ってる場合が多いから、あんまこの手のじゃ聞こえないよって」

「心配すんなって」

その点は、基子の方が専門家だ。特殊班での経験が活きてくる。

「断熱材ってのはね、鉄筋コンクリートの建物だろうが木造だろうが、柱と柱の間に入ってるもんなんだよ。分かるかい？　壁ってのは、決して一律の構造になってるわけじゃない。硬い柱材だけの部分もあれば、綿みたいな断熱材が、壁厚の半分以上を占めてる部分もある。……で、音ってのは、特に人間の声なんてのは、硬い部分を伝わってくる。だから、ちゃんと柱になってるところに仕掛ければ、従来のコンクリートマイクでも、充分に室内の音は拾えるってわけ」

ほほう、と木原が感嘆の声を漏らす。基子は、腕力以外で褒められたことなど、これまでほとんどなかったので、ちょっと、いい気分だった。

「……そう。そういうことなの」

「でも外からじゃ、どこが柱だか分かんないだろう」

「そんなことないよ。柱なんてデタラメに立ててるものじゃない。だいたい一・八メートルか、それくらいの間隔って決まってるもんさ」

講義はそれくらいにして、実技に移る。

夜中の三時過ぎを狙い、目をつけていた組事務所をいくつか回ってみる。一階の場合は、そのまま忍び寄って貼り付け、二階か三階の場合は、基子が考案し、木原が作成したマジックハンドで取り付けていく。もとになっているのは「高枝切りバサミ」だ。四階以上の場合は、基子が頑張ってよじ登るか、諦めるかのどちらかにした。

貼り付け作業自体は、わりと簡単に終了した。むしろ、その電波をどこで受信して聞くか、という方が問題だった。

「ラブホテルとかでいいんじゃないの？」

基子はわりと簡単に考えていたのだが、それでは駄目だと木原はいう。

「あんた今まで、現場ではマイク仕掛けるところまでしかやったことないんだろう。あのなぁ、十個近くマイク仕掛けてな、それを受信するには、それなりの機材が必要なんだよ。そんなもん、えっちらおっちらラブホに運び込んだら、一発で疑われるだろう。そういうとこにだって、漏れなくケツ持ちのヤクザはついてんだからよ。かといって、電波には可聴範囲ってのがある。この歌舞伎町を離れるわけにはいかない……」

結局は木原の人脈が物をいい、翌日の午後から、とある一杯飲み屋の二階に間借りさせてもらうことになった。新宿区役所の裏手。ちょっとゴールデン街に似た感じの、長屋風建物が密集する横丁にその店はあった。

「……ワリいね、スマちゃん」

それが女主人の愛称だった。由来は、大昔の女優「松井須磨子」に似ていると、これまた大昔、客にいわれたことがあるから、なのだとか。だが今現在は、シワだらけの小さな顔、パーマでその五倍くらいに膨れ上がった灰色の髪――。まあ人間というより、一種の妖怪だと思った方が早い。

「挨拶はいいから、さっさと入れちまいな。誰かに見られたらことなんだろう」

スマの店のケツ持ちをやっているのは、羽黒一家という小さな小さな組なのだという。もうほとんど、暴力団としての力はないらしいが、どこの傘下にも入らない「一本どっこ」をいまだに通している。なんでも羽黒の親分の娘が絶世の美女で、たまたまとある大和会幹部の正妻の座に納まったことから、吸収を免れて今に至っているのだとか。よってスマの店をアジトに使っても、他の組の者に睨まれる恐れはない、ということらしい。

「お邪魔します……」

基子が軽く頭を下げると、スマも小さく返してきた。機材を抱え、カウンターと壁の間を通り、奥にある梯子(はしご)のような階段から二階に上がる。木原はすでに、空っぽの三畳間の窓際に機材を設置し始めていた。

「残りも持ってきてくれ」

「あ、うん……」

あたしはあんたのアシスタントかよ、といいたくはあったが、基子に配線などはできないのだから仕方がない。力仕事を担当するしかない。

さらに二回ほど外と二階を往復し、機材の搬入は終わった。今一度、運搬に使用したレンタルの軽ワンボックスの荷台を確認する。大丈夫。空っぽだ。

「終わったよ。車どうすんの」

「ああ、職安通りの方にいくと、安いコインパーキングがあるから、そこら辺にぶっこんどいて」

「はいはい……」

　いわれた通りにし、再び店に戻ったのは、もう午後の四時を少し回った頃だった。カウンターの中ではスマが料理の仕込みをしている。二階に上がると木原は機材の設置を終え、チューニングか何かをしている最中だった。片耳にだけヘッドホンをかぶせ、背中を丸めてステレオコンポのような機材を弄っている。

「ねえ。あたし、もう戻ってもいいでしょ」

「……あ、もうこんな時間か。いいよ。また今夜これるか」

「うん。例のヤマに進展がなければね」

「分かった。何か動きがあったら、こっちも知らせるよ」

　そのまま下に下り、スマに会釈をして出口に向かう。

「……待ちな。そこで、ゆっくり十数えてから、左に出ていきな。いま松浪(まつなみ)組の連中が、通ったばかりだから」

　スマは顔も上げず、シワだらけの手で、肉に串を通し続けていた。

上野署に戻ると、なんと代議士の息子にして轢き逃げ犯の、あの久保昌弘はすでに逮捕されており、もう取り調べもほとんど終わったということだった。

「ずいぶん急に片づいたんですね」

それとなく基子が訊くと、秋吉は悦んで教えてくれた。

「なんか、九月二十日のことについて訊きたいっていったら、いきなり滅茶苦茶に走り出して、そしたらラーメン屋さんのバイクと接触して、そのまま逮捕されたみたいなんですよ。でもそれよりも、お父さんの方が大騒ぎして大変だったんです。次の国会が終わったら、衆議院って解散総選挙だっていわれてるじゃないですか」

実は、その手の話はまったく分からないのだが、基子は「ええ」と、分かったような顔で頷いておいた。

「もうこんなんじゃ、民自党の公認はもらえないィ、とかなんとか……ここで騒いだって、しょうがないと思うんですけどね」

「その親父さんは、どうしたんすか」

「ああ、先ほどお帰りになりました。この件はくれぐれも内密にって、署長に土下座して……三百万、置いてったらしいですけど」

三百万の話が本当かどうかは知らないが、この調子ではどのみち、内密にはしてもらえないだろうな、と基子は思った。

「じゃあたし、もう帰ってもいいっすか」

田中係長はそこだけ反応し、うんうんと、小刻みに頷いてみせた。

いったん寮に帰り、シャワーを浴び、すぐまた支度をして出かける。ちなみに明日は非番だ。

「いってきます」

せっかく声をかけてやったのに、賄いのおばさんはテレビに夢中で、こっちには見向きもしない。なんだろうと思って見てみると、画面左上には《西大井　信金籠城事件　LIVE》と出ている。ああ、特殊犯事案が起こったんだな、とは思ったが、今の自分にはなんの関わりもない出来事だ。基子はドアを開け、急いで月島駅に向かった。

すっかり暗くなった清澄通りの歩道。

眩いヘッドライト。色鮮やかな赤信号、青信号——。

ふと、いま自分は、何をしようとしているのだろうという思いに囚われた。かつて自分の記事を書き、顔写真まで世間に晒した張本人、木原毅。今は彼も苦境にあるというが、決してそれを救ってやろうなどと思っているわけではない。

では、どうしてもジウを逮捕したいのかというと、それも違う。少なくとも、正義感からそんなことをするつもりはない。

やはり、その〝危険な感じ〟というのが大きいだろうか。二つの営利誘拐と三人の殺人、歌舞伎町というアジア有数の歓楽街で、暴力団事務所を襲撃するという、無謀この上ない犯罪——。

そう。ジウを逮捕したい、というよりも、会ってみたい。そんな心境だった。そして、できることなら戦ってみたい。仲間を殺すというのは、どうやってやったのか。あのレンジャー隊員とは、どういう力関係だったのか。暴力団事務所を襲って逃げ果せているというのは、どういうことなのか。

——そんなに、強いの……？

基子は、あの似顔絵でしかジウを知らない。あれがどれくらい実物に近いのかは知りようもないが、もし本当にそっくりに描けているのだとしたら、あまり強いようには思えない。むろん、ジウが事務所襲撃に銃器を使った節はない。もし使っていたならば、組側がどんなに隠蔽しようとしても、警察側は必ず事件を認知するだろうからだ。

すると、ジウという少年は、実際はどれくらい強いのだろうか。

そう考えるだけで、胸の奥で何かが激しく蠢く。

またそれを、嬉しく思う自分がいる。

そう。そんな自分が、基子は好きなのだ。

だが、そんな興奮とは裏腹に、木原との盗聴作業は退屈極まりないものだった。

機械好きではないので正確には分からないが、たぶん木原は、九個仕掛けたマイクの音声、そのすべてをミックスして聞いているのだと思う。そしてその中に、もし気になる言葉とか音が聞こえたら、そのチャンネルのボリュームだけを上げる——おそらく、そういう仕組みになっているのだ。ちなみにその、気になる音がどのチャンネルから聞こえたかは、メーターの振れで判断するようだった。

階下は今まさに宴たけなわ。下らない冗談と下卑た笑い声。タバコと焼き物の煙。ビール、焼酎、日本酒と油の臭い。有線ラジオから流れる演歌。左隣の店からはジャズ、右隣からはハワイアン。

木原はヘッドホンをしたまま寝転がり、こっちに背中を向けている。手はいつでもボリュームを上げられるように、卓上の小型ミキサーにかかっている。

「……ねえ、木原さん」

寝ているのか、反応がない。

「ねえ、木原さんってばよ」

積み上げられた受信機のメーターは、どれも小さな動きしか示していない。

「つまんないよ。……ねえ、ヒマすぎてつまんない」

階下でにわかに大爆笑。二階の畳が浮き上がるほど面白い冗談とは、一体どんなものなのだろう。

「ねえってばよ、つまんねえんだよ、おい」

揺すると、木原はようやくこっちを向いた。本当に寝ていたのか、目は半分ほどしか開いていない。

「……あんだってぇ……」

「つまんないんだよ。あたし、部屋で何もしないでじっとしてるの、苦手なんだ」

木原は、馬鹿にしたように頬を歪めた。

「張り込みとか、刑事やってりゃよくあるだろうが」

「あたしが好きなのは強行突入だけなの」

「けっ……ヤクザだねぇ……」

また背を向けて寝ようとする。

「ちょっと、マジでヒマすぎて死にそうだよ。あたしにも、なんかできることとかないの」

ごろりと、木原は仰向けになった。

「……セックスでもするか」

「いいよ。そうしよう」

基子は早速、ジーパンのホックに指をかけた。区役所に面した窓のカーテンは初めから閉まっている。

「お、おい、ちょっと待てよ」

「なんだよ。セックスするんだろ？　ほら、あんたも早く脱げよ」

ジーパンを膝まで下ろす。木原は慌てた様子で上半身を起こした。

「冗談だろ」

「冗談じゃないよ、本気だよ。決まってんだろ」

ジーパンは脱げた。ブルゾンはもう脱いであった。あとは長袖Tシャツ、その下はもう下着だ。

「どういう貞操観念してんだよ」

「ないよそんなもん。……あ、ゴム持ってる？　別になくてもいいけど」

ブラをはずす。一応、木原の視線は顔からそっちに向いた。

「……マジかよ」

「いまさら嫌だとかいって恥掻かすなよ」

パンツも脱ぐ。仰向けになって足を開く。

「はい、おいで」

「え……ほんとに、いいの？」

「安心しな。今んとこ病気も持ってないし、それにあたし、生理なんて半年にいっぺんくらいしかこないから、どうせガキなんてデキやしないよ。心配なら、コンビニでゴム買ってくればいいじゃん」

木原は慌てて自分のバッグを漁り始めた。

「……あ、一枚だけあった。よかったぁ……」

「ちょっと、ヘッドホンはしときなよ。なんかあっても聞き逃しちまったら、ここにいる意味ないだろ」

上の頭にはヘッドホン、下の頭にはゴム帽子。変な恰好。

腕前は、まああだった。雨宮ほど繊細ではなかったが、年のわりに持久力があるところは褒めてやった。

「……しっかし、すんごい腹筋してるねぇ」

木原は、裸のまま寝そべる基子の腹を撫でた。

「いいだろ。かっこいいだろ」

「ああ、まあね……」

その夜は結局、何もなかった。

スマは朝の五時頃、店を閉めて帰っていった。

「スマさんはどこに住んでんの」

「大久保二丁目のマンション」

明るくなってから、交代で仮眠をとった。当然、木原が寝ている間は基子がヘッドホン係を務めたわけだが、機材の使い方を覚えるのは面倒だったので、何かあったら彼を起こすことにした。

十時頃に基子が朝飯を買いにいき、二人で食べ、また暇になったのでセックスをした。基子がヘッドホンを担当したので、木原は基子にいろんな恰好をさせ、自らも積極的に動いていた。

午後二時頃にまたスマがきたので、二人は慌てて服を着た。

「……今日も、ずっといるのかい」

木原が下りていくと、開口一番そういわれた。会話は、上にいる基子にも全部聞こえる。

「ああ、ワリいね。もうしばらく頼むよ」

「あたしゃかまわんけど、ここで揉め事起こすのだけはやめとくれよ。客と羽黒の親分に迷惑がかかるんでね。……別に、乳繰り合うくらいはいいけどさ」

一瞬の沈黙。

「なに……聞こえた?」

「揺れるんだよ、天井が」

「あ、そう……そりゃ、悪かったね」

「なに、抜け落ちなきゃいいさ」

直後に鳴った床の軋むような音が、スマの笑い声だ。

それからは、少し静かにしていた。暇は暇だったが、真面目に料理の仕込みをしているスマの頭上でセックスができるほど、基子も無神経ではない。なにしろ、天井が揺れて料理に埃が入ったら客に申し訳ない。

それに、基子もこれらの機材にはだいぶ慣れてきていた。ヘッドホンから聞こえる音と、出力メーターの針の振れが、頭の中で段々一致するようになってきたのだ。

たとえば、どこかに電話が架かってきたとする。その瞬間は分からなくても、直後の「フザケんなバカヤロウッ」という怒鳴り声と同時に、どこかの針が大きく振れるのは認識できる。そうしたら、その針の振れたメーターの番号を確認し、同じ番号のボリュームを上げてやる。すると「さっさと払えっていってんだろがッ」という話の続きを聞くことができる、というわけだ。

しばらくは木原と、そんな組事務所の日常を順番に盗み聞きして暇を潰した。周辺の通りが賑わい始め、スマの店に客が入り始めたのが九時頃。ピークは十一時から深夜辺り――。

ちょうど、そんな頃だった。

「んッ」

木原は左手でヘッドホンを押さえ、右手でミキサーの、五番のツマミを回した。

「どうしたの」

すぐには答えない。だが、ヘッドホンのずれている方から、何やら激しく金属ドアを叩くような音が聞こえる。

「五番は……三好組だ。風林会館の三つ向こうのブロックだ」

急いで上着を引っつかんで階段を下りる。

スマは木原の顔を見るなり、客に「ちょっと通してやってッ」と声を荒らげた。

店の戸を開け放ち、出てすぐ左に走る。最初の角を右に曲がって区役所通りに出たら、またずっと左に走る。

区役所通りの歩道は、健康的に遊んで終電で帰ろうというサラリーマンたちでごった返していた。あるいはそれを送りに出てきたホステス。ホストの夜はこれからが本番なので、却って今頃はその姿が見られない。

木原の背中が、ひらひらと通行人をかわしながら進んでいく。基子はそのあとに続くだけだから、まだ楽だった。

風林会館の角を過ぎ、妙に明るいホテルの前と、バッティングセンターを通り過ぎたら左に入る。だがそこで、

「んだッ」

木原は角から出てきた誰かとぶつかりそうになり、慌てて脇に飛んだ。すんません。そういいたげに振り返り、だがその目が、なぜだか大きく見開かれる。

「……ジウ」

「えっ？」

基子も、その誰かに目を向けた。

――これが、ジウ……？

彼がもしそうであるならば、あの似顔絵は、実によく描けていたことになる。女の基子より、よほど綺麗な顔をしている。首も細いし、肩幅もせまい。身長は百七十センチちょっと。だが強さは、まったくといっていいほど感じられない。

――お前が、本当に、ジウなのか……。

ヤクザに違いない怒声が遠くで聞こえた。どうやら三好組の連中は、彼ではない誰かを追っていったらしい。

ふいに、ブンッと銀色の棒状のものが基子の眼前に振り出された。

ボクシングならスウェーバック。基子は上体を反らして避けた。が、彼はその動きのまま踵を返し、

「あッ」

職安通り方面に走り始めた。

――待てッ。

基子は呆気にとられている木原を捨て置き、彼を追って走り始めた。

すでに、十メートル以上の差がついている。

――くそ、速いッ。

彼の走りは、一種独特な野性味を帯びていた。

ジャングルに育った者が、地面の凹凸や木の根をものともせず全力疾走するのに似ている、といったらいいすぎか。彼は誰にもぶつからず、まるで人の流れなど、あってないもののように走り抜けていく。

基子は区役所通りの車道に下りて追いかけた。ノロノロ運転のタクシーを追い抜き、出ようとする車にしつこくお辞儀をしている連中を突き飛ばして進む。この方が、歩道をいくより遥かに速い。

だが、それでも彼との間隔は一向に縮まらない。いや、正直なところ、歩道をいくその背中を見失わないようについていくのが精一杯だった。

ラブホテル街を抜け、職安通りに出る。左、彼の背中はハローワークの方に曲がっていく。途端、通行人の数はガクンと減り、急に走りやすくなったが、それで追いつけるのかというと、そんなことはまったくなかった。彼は、普通に直線を走らせても滅法速い。

――チックショーッ。

あろうことか、彼は歌舞伎町郵便局の前で、ひらりとこっちを振り返った。むろん、周りにいる通行人には一切ぶつからずにだ。

——誘ってんのか、フザケやがって……。

しかし、意に反して息は切れかかっていた。SATを離れて、まだ二週間とちょっと。だが最近は、特殊班時代よりもたるんだ生活をしていた。そのツケが、早くも回ってきたか。

先の角に出てきた三好組組員らしき男が「あッ」と声を上げる。が、彼のあまりの速さに追い始めることもできない。基子が通りかかったときには携帯を取り出していたが、この状況で誰に連絡をして、どうやって捕まえさせようというのか。

彼はハローワークの前も通り過ぎ、大久保ガードに入っていく。西武新宿線、埼京線、山手線、中央線の下をくぐり、だが百人町の交差点まではいかず、その手前、中央線の線路際をいく道を左に曲がった。どんどん、人のいない方、いない方に進んでいく。

——そろそろ、何か、仕掛けて、くるだろう……。

予感は的中した。

彼は、外語学校の校舎前で足を止めた。

人も車もこない道。飲み屋も風俗店もない寂しい町。街灯が照らし出す範囲以外は、何がひそんでいるのかも分からない暗がり。遠くにプリンスホテルの客室が見えるが、ここにその明かりが届いてくることはない。そんな侘しい場所だった。

すぐにでもしゃがみ込みたかったが、意地でもそれはしなかった。膝に手をつくのさえ、おそらく彼の前でするると、命の危険を伴う行為になる。

基子は、四メートルほどの距離を残して立ち止まった。ちょうど街灯を一つ、真ん中にはさんで向かい合う恰好だ。

色落ちしたデニムの上下。金髪といってもいいくらいに脱色した髪。今は手に何も持っていない。まるで無防備な立ち姿。

二人に、交わすべき言葉は何一つなかった。

自分は、彼と戦ってみたいと思っていたし、二人がひとたび交われば実際、どちらかが死ぬまで殺り合うことになるだろう。そう。それでいい。お前は殺す気でかかってこい。こっちも、そのつもりでいく——。

軽く左足を前。基子は、ボクシングでいうところのオーソドックスに構えた。彼はまだ、だらりと両手を下げたままのノーガードだ。

左足を一歩。また一歩。すり足の要領で距離を詰めていく。

彼はいまだ、素人のようになんの反応も示さない。

二人の身長差は約十センチ。パンチを繰り出したときのリーチの差は拳一つ分。さらに向こうは武器を持っている。あの銀色の棒は、一体なんだったのだろう。

だが、それを勘定に入れたとしても、まだ彼の距離には入っていないはず。

最初、彼はどう出るだろう。こっちが先手をとるべきか。それともカウンターを狙うべきか。今の姿勢からでは、右利きか左利きかも分からない。だがさっき、あの銀の棒を振り出したのは右だった。

もう一歩詰めてみる。基子の距離にはまだ遠い。

もう半歩。これ以上は危険だ。跳ぶなら、もうこの辺りからいくしかない。

――イチかバチかだ。

彼はここまで、常に左周りに走ってきた。出すとしたら、左足か。

――もらう……。

基子は大きく一歩、斜め右に跳んだ。出そうとしていた足を引けば、そこにコンマ何秒かの遅れが生じる。それをつかみにいく。基子は低空タックルの軌道で上体を沈めた。

――もらった。

彼の左足は、基子の両手の中にあった。がっちり踵をホールドしたら、手前に引き寄せ、その膝に自分の肩を押し当て、自由を奪う、つもりだった。

だが、

――あっ……。

彼の左足は、するりと抜けるように浮き上がり、すぐさま、

——マズいッ。

基子の頭を踏み潰すように落ちてきた。

とっさに右に転がる。薄汚れたスニーカーが鼻先でアスファルトを蹴る。その一撃は免れた。だが、体勢は完全に不利になった。こっちは地面に寝そべっている。相手はすぐそこに立っている。基子は最低限の防御姿勢をとるため、彼に足を向けて仰向けになった。

——あたしが、タックルを、読まれた……？

彼は、いつのまにかあの金属棒を右手にし、仁王立ちになっている。

——バタフライナイフか……。

辺りのわずかな明かりを受けて、銀の棒がぶるんぶるんと宙に弧を描く。再び二本の棒が彼の手に収まったとき、そこには、通常の倍も長さのある刃が出現していた。

それが、なんの予備動作もなく繰り出されてくる。

——なにッ。

曲げていた左膝の辺りを薙ぎにくる。基子はとっさに伸ばして避け、その動きのまま、彼の左膝頭に蹴りを繰り出した。だが、彼もそれを避けてみせた。ひょいと足を外に開き、最低限の動きで基子の攻撃をかわす。

それでも、彼の体勢を崩すことには成功した。基子は、地面を手で叩いて素早く起き上がった。

「シュッ」

すぐさま次の一撃が飛んでくる。右目を突くように切っ先が迫ってくる。基子はまだ屈んだ状態だったので、頭を左に倒して避けた。だが、ブリッという音が耳元で鳴った。

――クソッ。

手首を返し、彼は刃を引きながら基子の右頰を切り裂いた。

基子はそれでも立ち上がった。間を空けずにパンチを繰り出す。

右ストレート。彼は胸を反らし、スウェーで避けた。

一歩踏み込んで左フック。だがすぐさま、上体を低くするダッキングで避けられた。

――うそだろ……。

恐るべき反応速度。まるで相手の台本通りに、自分が動かされているかのようだった。

すべて読まれている？　すべて、見抜かれている？

右アッパー。彼は顔を横に倒して避けた。産毛(うぶげ)が拳に触れるのが分かるくらい、ギリギリの見切りで彼はかわしてみせた。

あらゆる攻撃が、あらかじめ予定されていたもののように避けられていく。何をやっても通じない。そんな猜疑心まで芽生えてくる。

なぜだ。なぜこんなことができる。

しかも、基子がパンチを繰り出している今、彼は得意のナイフをだらりと下げ、まったく反撃に転じようとはしてこない。

遊ばれているのか。

——このあたしが、まさか……。

左ローキック。彼は、すっとステップバックをして避けた。

距離が開いた。

——チャンスか。

だが、それを活かした攻撃に転ずる前に、彼が前に出てきた。斜め下から、あの、銀色の刃が弧を描いて襲ってくる。

——きたッ。

基子は踏み込んだ足を即座に蹴り、右に大きく避けた。とてもではないが、彼のように紙一重でなど避けられない。

刃は基子の肩の数センチ向こうを通り過ぎ、だがそれは、空中でばらりとふた手に分かれた。

——なっ……。

バタフライナイフは、二本の柄と一枚の刃で構成されている。彼は、その二本ある柄の一本を手放したのだ。

奇妙に枝分かれした、銀色のヌンチャクが、夜闇に躍る。

基子はそれを、ひどく悲しい気持ちで見ていた。

――あたし、負ける……。

後頭部に鈍い衝撃を受けたのは、その次の瞬間だった。

4

十月十日月曜日。夜の捜査会議。

東は今日訪問した、新日本大学の宇田川光浩教授について報告していた。

「……思想的には、特別何かに傾倒している感触はありませんでした。社会学部長である高木教授も、テレビに出ている通りだと、いっておりました。ただ、渋谷署の提出した巡回カードでは分からなかった事実も、判明しました。……宇田川には、この十二年の間に子供ができています。娘です。宇田川舞、十一歳。早生まれで、来年の一月には十二歳になりますから、学年でいえば本木沙耶華ちゃんより三つ上ということになりますが、まあ、彼女や利憲くんとは、同年代といって差し支えないでしょう」

会議室の空気を、緊張と沈黙が支配していく。

「利憲くんの父親、田辺義史（よしふみ）氏は有名なＩＴ企業の社長。沙耶華ちゃんの父親、本木芳信（よしのぶ）氏は経営コンサルティング会社を経営し、さらに祖父、本木勇太郎氏は前都知事です。そこにきての、宇田川光浩氏の長女、舞ちゃん、十一歳です。私は、竹内が宇田川教授の名を挙げたのは、社会思想云々のためではなく、娘の舞ちゃんに注目しろと、そういう意味だったのだと、今は考えています」

今夜の会議には、碑文谷署の豊嶋署長、三田村管理官、綿貫三係長、脇田特捜二係長らが出席している。

マイクをとったのは綿貫だった。

「……それは、どういう意味での注目だ」

東は上座を見回した。

「これには二つの可能性があると思います。一つは、これからジウが狙おうとしているリストに、宇田川舞ちゃんが載っているという可能性。もう一つは、すでに誘拐されており……身代金も取られ、だが無事、舞ちゃんは帰ってきているという可能性です。警察にはまったく知らせず、宇田川家が単独で事件を終わらせてしまっている可能性です。そして残念ながら、宇田川光浩の態度から、私は後者の可能性の方が高いのではないかと、思っています」

音を消したテレビの方を向いたまま、三田村はマイクをとった。

「……宇田川の、どういう態度だ」

美咲自身、西大井の現場のことは気になる。ホシが西尾克彦であるならばなおさらだ。

しかし、いま自分たちが手掛けているのは、あくまでもこの『沙耶華ちゃん事件』だ。テレビを見ながらという、その態度はいかがなものか。

訊かれた、当の東はあまり気にしていないようだが。

「はい。まず、会って最初に挨拶をする間が、非常に緊張している様子でした。それは、我々が訪ねた意図が分からなかったからだと思います。ですが、社会思想について聞きたいと申し入れると、途端に安堵した様子になりました。あとから考えれば、舞ちゃんのことについて訊かれるんじゃないかという不安が、あのとき表れていたのだろうと解釈することができます。……その後はイスラム思想について熱弁を振るいましたが、それは、こっちにしてみれば空振りでした。そこで門倉が、ふいに家族構成について訊きました。高木教授から、母親が亡くなったと聞いていましたので、その確認のつもりだったのですが」

東がチラリとこっちを見たので、美咲は「そうです」という意味で、上座に頷いておいた。

「……その途端、明らかに顔色が変わりました。続けて訊いていくと、父親は存命、妻と、娘との四人暮らしであると、宇田川はいいました。そのときの緊張が、特に尋常ではありませんでした。明日は、宇田川邸への、直接の訪問を予定しています」

特に質問などはなく、報告はジウ捜索班の番になった。

まずは、現場責任者である特捜二係の石田主任が立ち上がる。

「……ええ、こちらは本日も、歌舞伎町での聞き込みをしました。歌舞伎町二の四十六と、四十二……ハローワークの一画です。そこから職安通りをまたいで、大久保一丁目です。……やはり、この似顔絵については、見たことがあるような気がする、という以上の証言には、なかなかいき当たりませんでした。ただどうも、やはり私には、組関係の動きが気になります」

そう。歌舞伎町のジウ捜索班はここ数日、組関係の動きをしきりと警戒している。

「連中も、ジウを探し回ってる節がある、って話か」

脇田係長の合いの手に、石田は頷いてみせた。

「あそこまで連中が人数を投入するというのは、ちょっと納得がいかなかったので、一人捕まえて訊いてみました。池田組の、大久保という組員です。……まあ、正直には喋りませんでした。なんでお前らがこの少年を探すんだと訊くと、逆ギレというんでしょうか、お前ら警察は、何か面倒があるとすぐ組関係を疑う……と、いきなりわめき始めました。だからこそ、俺たちがこのガキを探し出すんだ、汚名返上をするんだ、探し出して、ちゃんと息のあるうちに渡してやるから、それまで警察は引っ込んでろと、逆にいわれてしまいました。それから……」

三田村はかぶりを振り「もういい」と遮った。相変わらず、顔はテレビの方を向いている。

「そんなのは相手にしなくていいから、もうちょっと大久保方面に重点を置いて、地割りをし直して、やってみたらどうだ」

もう少し喰い下がるのかと思ったが、意外にも石田は、あっさりと引き下がった。

「……そうですか。分かりました。明日の会議までに、地割りの再編をします。報告を終わります」

隣を見ると、東の口元が、今にも笑い出しそうに歪んでいる。

【どうしたんですか？】

美咲はノートの端に書いて東に見せた。

その隣に、東が回答を書き込む。

【石田　ぜんぜん　あきらめてない】

小首を傾げてみせると、東がさらに書き足す。

【明日も　組カンケイ　当たるつもり】

なるほど。東はよく「殺人班の刑事は誰もが一匹狼」というが、それは横並びの捜査員同士はもちろん、上司に対しても同じということか。それが命令違反だろうがなんだろうが、手柄さえ挙げれば誰も文句はいわない。手柄が欲しければ自分からネタをとりにいけ。そしてそのネタは、誰にも渡すな。自分一人であたためろ。それが刑事というもの、ということなのだろう。

その後も報告は続いたが、歌舞伎町関係の捜査に目ぼしい進展はないようだった。

翌日の午前中いっぱい、東と美咲は現地付近で宇田川家について下調べをし、午後になってから宇田川邸を訪ねた。

渋谷区松濤（しょうとう）一丁目。駅からくると、東急百貨店のちょうど裏手。少し坂を上った辺りの、瀟洒な住宅街の一角に宇田川邸はあった。

四階建て。外壁はキャラメル色のタイル。一階部分は車庫。ベージュに塗られたシャッターは、三台は入るであろう広い間口を有している。その右横には、玄関へと上る外階段がかかっている。

ドア前の踊り場まで上る。東が、呼び鈴のボタンに指をかける。軽く押し、電子音が鳴り、相手が答えるまでの数秒の間に、美咲は胃が縮むような緊張を覚えた。

『……はい、どちらさまでしょう』

さほど若くはない女の声が応じた。宇田川家が家政婦を雇っているという話はどこからも出なかった。つまり、これが宇田川律子ということになる。

「恐れ入ります。警視庁の者です」

スピーカーから、息を呑む気配が伝わってきた。

「……二、三、お伺いしたいことがございまして、お訪ねいたしました」

長い沈黙。

美咲は何やら、この相手と緊張感を共有しているような、そんな錯覚にも囚われた。

「昨日、宇田川教授には、大学の方でお話を伺いました。本日はもう少し、ご家族についてお聞きしたいと思い、こちらをお訪ねいたしました。……ご迷惑でしたら、また機会を改めますが」

ふぅっと、何かが解けたように感じたのは、錯覚ではあるまい。

『……いえ、ただ今……お開けします』

インターホンが切れ、まもなく扉の向こうに人の気配がした。

ロックを解除する音がし、ゆっくりとドアが開く。

宇田川律子は、三十八歳という年よりもだいぶ落ち着いて見えた。ラインストーンのついた紫のセーター、黒のタイトスカート。髪は色をやや明るめにしたストレート。

「お忙しいところ申し訳ございません。警視庁捜査一課の、東と申します」

「門倉です」

身分証を提示すると、彼女はちゃんとそれを確認してから頷いた。

「……宇田川の、家内でございます。どうぞ……」

通されたリビングの窓からは、小さな庭が見下ろせた。日当たりのいい芝生の庭だ。中央にはスプリンクラー。右手、生垣の手前には、いかにもな白いテーブルセット。ゴールデンレトリーバーでも遊ばせたら、さぞかし絵になりそうだ。

「お掛けになってください」

敷地面積も部屋も、決して広い方ではない。だが、室内に配された趣味のいい調度品の数々が、上手くゆとりのある雰囲気を作り出している。暗くなりがちな奥のコーナーには、ステンドグラスの電気スタンドが置かれている。夕方早めにスイッチを入れ、生垣の影が伸びていく庭を見下ろし、ゆっくりと紅茶でも飲んだら、きっと毎日、「今日はいい一日だった」と思えるに違いない。

そう。事件の被害者になど、なりさえしなければ——。

まさにイメージ通り、紅茶を淹れて持ってきた宇田川律子は、二人の向かいに腰を落ち着けるなり切り出した。

「昨日のことは、主人から、聞いております。もしかしたら、警視庁の方が、こちらに、お見えになるかもしれないと。そのときは、正直にお話しするように、とも……」

もはや、確認する必要もないように思われた。

東が咳払いでタイミングを計る。

「……我々は、今年初めの、田辺利憲くん八歳の誘拐事件と、先月半ばに発生した、本木沙耶華ちゃん九歳の誘拐事件の捜査をしております。そのことを踏まえた上で、お答えいただきたいのですが……最近、お嬢さまの周辺で、何か変わった出来事は、ありませんでしたか」

固く目を閉じ、律子は小刻みに頷いた。だが、言葉はなかなか出てこない。

「お聞かせください。必ず、お力になりますから」

かき乱し、濁らせてしまった池の水。その底に滓（おり）が落ち着き、再び水が透き通るのを待つ――。そんな時間だったように思う。

やがて律子は、深く息を吐き、自白をする被疑者のように喋り始めた。

「……五月の、十六日のことです。毎週月曜と金曜、舞は学校帰りに、神宮前の学習塾に通っておりまして、その日は、月曜でしたので、帰りが遅くても、気にはしておりませんでした。……ところが、夕方六時頃になって、娘を預かったと、家に電話が入りました。番号は、舞の携帯からでした」

「聞き覚えのある声でしたか」

いいえ、と律子はかぶりを振った。

「何か、ロボットみたいな声でしたから、聞き覚えは……。ですが、元の声は若いんじゃないかというのと、少し訛（なま）りが……あ、いえ」

「なんですか奥さん」

美咲はそっと東を制した。あまり、追い込むような雰囲気は作らない方がいいと思ったのだ。

納得したのか、東は頷き、乗り出した上体をもとに戻した。

「いえ……続けてください」

律子は目を伏せ、「はい」と、消え入りそうな声で答えた。

「……ちょうど、その日から一週間、主人は海外に出ていましたもので、あの……いった場所が、何しろ中東ですから、すぐには連絡もとれず、結局、私一人で、決めざるを得なくなり……でも、犯人はいいました。今年初めの、誘拐事件を知っているだろう。あの犯人は捕まっていない。それが自分だ。金さえ払えば、娘は必ず生きて返す。でも、金を届けるのが遅れたら、それごとに指を一本ずつ切り落とす。五千万円持って、次の日の朝九時、新宿歌舞伎町の、コマ劇場脇の、看板の下に立て……それで、電話は切れました」

事件当日の苦悩が、今まさに律子の中に蘇っているようだった。

「時間が時間ですから、義父にも事情を話して、協力してもらって、なんとか五千万、作りました。銀行はもう駄目なので、とりあえず通帳とか金目の物を持って町金融にいって……むろん、義父には何度も、警察に知らせたらといわれましたが、私は、知らせたら絶対に駄目だと、お金さえ払えば、帰ってくるのは確かなんだからと……慌ててインターネットで、昔の新聞記事を調べて、やっぱりお金さえ払えば、子供は帰ってくるんだと、そう思って、そう信じて……翌朝、私は時間通り、指定場所に立ちました。……ずいぶん、あっちこっちを歩き回らせられましたが」

「どこを……ですか？」

　美咲が割り込むと、律子ははっとしたように目を上げた。

「ああ、あの、歌舞伎町の周辺を、ぐるぐる……二時間ほど、いわれるままに歩き回りました。最後には、あの、花園神社の、鳥居のトンネルに、カバンを置けと……その通りにして、一度、家に帰りました……そうしたら」

　そこで、律子はふいに息を呑み、言葉を詰まらせた。

「舞……」

　振り返ると、リビングの戸口に、ブレザー姿の女の子が立っていた。港区白金の、東心女学院の制服だ。

　美咲は東と立ち上がり、慌てて彼女に挨拶をした。

「こんにちは……」

　背はすでに百五十センチに達しているだろうか。もはや「ランドセルが似合う」とはいいがたい背格好だった。すっきりとした目鼻立ちの、わりと大人びた顔。平成というよりは、むしろ昭和的な美少女。そんな印象を美咲は持った。利憲や沙耶華とは、だいぶ雰囲気が違う。

——どういうふうに、接したらいいんだろう……。

また舞自身も、何か呆然としているようだった。

——自己紹介、した方が、いいのかな……。

だが、そんな躊躇を見抜いたように、舞の方から口を開いた。

「警察の人、ですか……」

フルートの音色にも似た、細く、澄んだ声だった。

美咲は笑みを作り、舞に頷いてみせた。

「はじめまして。警視庁の、門倉美咲です。こっちは、東さん。よろしくね」

伏目がちな会釈が、律子のそれとそっくりだった。同時に、ああ、この娘はもう、子供じゃないんだな、ということも、美咲は感じとった。そしてそれは、たぶん、とても不幸なことなのだ。

「刑事さん、この子……」

律子は「この子は何も知らないんです」といおうとしたのだろうか。あるいは「この子には何も訊かないでください」「この子は悪くないんです」だったのか。

どちらにせよ、それを遮ったのは他でもない、舞自身だった。

「お母さん……私、分かってるから」

「舞……」

「私なら、大丈夫だから。ちゃんと、お話しできるから」

　なぜだろう。腕の肌が粟立つ。


　普段着に着替え、さらに大人っぽくなった舞と、四人でテーブルを囲む恰好になった。美咲は、男の人がいると喋りづらい内容もあるだろうから、女同士になろうか、お母さんと三人になろうかと誘ってみたが、舞は「大丈夫です」と軽く断った。

「あの日は、学校から直接塾にいって、でも、まだ時間があるから、近所の犬と遊ぼうと思って、いったら、急に、男の人四人に囲まれました」

　口調は、思いのほかはっきりしている。

「そのまま黒い、大きな車に乗せられて、ガムテープで目隠しをされて、どこかに連れていかれました」

「その車は、これと同じだったかな」

　東が捜査資料を開き、葛西の現場で押収した黒いワンボックス車の写真を見せる。舞はひと目見ただけでかぶりを振った。

「もっと前が斜めになってる、エスティマとか、そういう感じの車です」

　この年の頃、美咲自身はたぶん、自動車の車種などは一つも知らなかった。同じ疑問を持ったか、東は身を乗り出して訊いた。

「でもエスティマとは、違うんだね？」

「はい」

「車、詳しいんだね。いくつか車種を見てもらったら、これだっていうの、教えてもらうことはできるかな」

「たぶん。特定できると思います」

わざわざ東が避けた「特定」という単語を使う辺り、やはりちょっと、利憲などとは違うのだな、という思いを美咲は強くした。

舞の告白は淀みなく続いた。

小一時間走る間に、誰かが一人降りた。どこかに着いて、自分は地下室に入れられた。階段を下りるのが難しかったので、そのときに目隠しははずされた。周りにいる男は四人だった。最初に囲まれたときと比べると、一人入れ替わっている。それは一人降りた代わりに、運転手が加わっていたからだ。

「とても、よく覚えているのね」

舞は表情を変えずに、美咲の目を覗き込んだ。

あまり、好意的な視線ではなかった。

「続けていいですか」

「あ……ごめんなさい」

その四人のうち、二人は日本人で、二人は外国人だった。外見に大きな違いはないが、話す言葉が違っていた。中国語だと思った。少なくとも、テレビドラマで聞く韓国語とは違っていた。

「その外国人二人に、レイプされました」

がくんと、床が抜け落ちるような衝撃と、浮遊感――。

舞を初めて見た瞬間から、心のどこかで、予期していたひと言だった。だが、実際に聞かされるのは、やはりショックだった。

妙に落ち着いている舞とは対照的に、律子には、激しい動揺が見てとれた。

彼女はこの件を、できれば隠し通したいと思っていたに違いない。だからこそ彼女は、最初に訛りがどうこうといってしまったとき、口をつぐんだのだ。どういう訛りだったか、中国人のようだった。そういうやりとりが、いずれこの話題に繋がることを恐れたのだ。

東が捜査資料をめくる間も、舞は喋り続けた。

「ちょうど二人目にレイプされているとき、もう一人入ってきました。それが、車を途中で降りた人でした。その人は近づいてきて、私をレイプしている人の、首を切って、殺しました」

ぐっ、と喉が鳴ったきり、美咲は身じろぎもできなくなった。

ファイルのページをめくる、東の手も止まっている。

——殺した、って……。

どう反応し、何をいうべきなのか、まったく分からなくなった。

——この子……。

東の手が動き始める。

「びっくりするくらい血がかかりました」

ようやくジウの似顔絵のページが出てきた。

「……この人？」

「そうそう」

信じ難いことに、舞はジウの絵を見て、笑みを浮かべた。

「この人が、私をレイプした人を殺してくれたんです」

いいながら、再び似顔絵に視線を戻す。まるでアイドルの生写真を見るような目つきだ。

うっとりとし、ゆるく溜め息まで漏らす。

「……この人が、たぶんリーダーなんです。彼も中国語みたいな言葉を喋りました。怒鳴ったりしないで、とても静かに……。でも他の、もう一人の私をレイプした男は、すごい怒鳴ってました。こう、手を、こんなふうにやってたんで、何も殺すことはないだろって、いってるんだと思いました。口喧嘩みたいになって、その人も殺されました。日本人二人は、すごいビビってました。でもあとで、血だらけになった私を拭いてくれたり、服を買ってきてくれたりしたのは、その二人でした」

もしかしたら、自分たちは大きな勘違いをしていたのかもしれない。

宇田川夫妻が隠そうとしていたのは、娘が誘拐され、身代金を支払ってしまったことではなく、さらにいうならば、娘が監禁中に何をされたのかということでも、ましてや警察への届出を怠ったことでもない。

事件以来、娘がおかしくなっている。

ひょっとすると、それが一番、両親にとって認めがたいことだったのではないか。

「その日本人二人は、この中にはいない？」

東が、五人の『沙耶華ちゃん事件』被疑者の写真を見せたが、舞は即座にかぶりを振った。

「じゃあ、その二人の似顔絵とか、モンタージュ写真を作るの、協力してもらえるかな」

舞は、またもや笑みを浮かべながら、困ったように首を傾げた。

「いいですけど、無駄だと思いますよ」

「何が？」

「似顔絵とか、作っても」

「どうして」

「きっと、彼が殺しちゃってるから」

ようやく美咲は気づいた。

それは、温度のない笑み。竹内が浮かべたのと、まったく同じ質の笑みだったのだ。

「……なぜ、そう思うのかな」

「分からない。でも、そう思います。普通に、彼は仲間を殺せる人なんですよ。分かるんです。私には」

律子の口から、嗚咽が漏れ出した。

5

十月十一日火曜日、午後三時四十五分。城西信金西大井支店、強盗籠城事件発生から、早くも丸一日が経過していた。

SAT第一小隊長、小野茂夫警部補は、部隊長のいない執務室で現場からの報告を受けていた。隣にいるのは第三小隊長の望月警部補。電話の相手は部隊長付きの伝令、板倉巡査長だ。

『……身元不明だった人質の、最後の一人の確認ができたとの報告がありました。ヒラタヤスコ、六十六歳、主婦。これまでに判明している三名の客と、信金職員の男性四名、女性四名を加え、人質は全十二名ということで、間違いないと思われます』

平田ヤスコ、六十六歳、全十二名判明、とメモをとる。

「人質に、何か疾患を持っている者は」

『いえ。刑事部からは、特別な疾患を持つ人質はいないとの報告を受けています。ですが、高齢者といっていい年代の女性も含まれていますので、やはり、閃光弾や銃器の使用には慎重にならざるを得ないところです。それから、店舗内の映像記録で、犯人は入店直後に、三発発砲していることが確認できています。九ミリオートマチック……ワルサーP88に似ているといわれていますが、もしそうなら、最大で十二発の残弾がある可能性があります』

「犯人からは、いまだ要求はないのか」

受話器に、板倉の溜め息が吹きかかる。

『……ありません。最初のうちは電話をすると、呼び出しはしていたのですが、深夜過ぎだったでしょうか、主装置の線を引っこ抜いたらしく、電話そのものが架からなくなった模様です。それで刑事部も、人質解放の交渉に入ることができず、困っています。ただ犯人は、自前の携帯電話で外部の何者かと連絡は取り合っているようです。SITが仕掛けたマイクが「約束が違う」とか、「早くしてくれ」とかいう声を拾っていますし、五反田の城西信金本部のカメラにも、架電する犯人の姿が映っているとの報告がありました。しかも……』

やけに、思わせぶりな区切り方だった。

「なんだ」

板倉は「ええ」と返し、また間を置いた。

『……いや、これは正式な報告ではなく、私が、刑事部の人間が話しているのを、小耳にはさんだだけなのですが』

「なんだ。勿体ぶるな」

はい、という答えにも、まだ躊躇いが感じとれる。

『……その、刑事部内では、実は犯人の氏名は、すでに割れているようでして。それがですね、先の……葛西の現場で、雨宮巡査を殺害した、あの元自衛隊員の、同僚であるようなのです』

「なにィ」

隣の望月が目つきを厳しくする。逐一書きとって見せてはいるのだが、今のは、なんと書いていいのか筆が迷った。

「……なぜ刑事部は、その氏名を明かさないんだ」

ようやく、ホシはカサイ自衛官のドウリョウ、とメモに書き加える。覗き込む望月の表情が、さらに険しくなる。

『さあ……犯人と直接話ができないから、確認する術がない、だから明言できない、ということなのかもしれません』

とんでもなく不吉な話だったが、ここで黙り込んでいても仕方がない。

「……そうか、分かった。……ああ、それから、第二小隊のみんなはどうだ。疲れていないか」

板倉が、やや声色を明るくする。

『それは、大丈夫ですが、第一小隊は、いつでも交代できるよう準備しておくようにと、部隊長が』

「分かっている。第三もずっと待機しているから、必要なものとかがあったらすぐに届けるから、いつでもいってくれ」

『ありがとうございます』

受話器を置いた途端、望月が「どうした」と訊くので、いま聞いた通りの説明をした。

「……あの、元レンジャー隊員の、仲間だっていうのか」

小野は小首を傾げてみせた。

「まだ、そうと決まったわけでもないみたいだ。板倉は小耳にはさんだといったが、まあ要するに、現場のどこかで、盗み聞きしたんだろう」

「つまり、葛西の一件と今回のこれは、裏で繋がってるってことか……」

これにも、首を傾げざるを得ない。

「といっても、葛西は誘拐犯の居直り、今回は強盗が逃げ損なっての籠城だろう。現場も、二十三区内とはいえ東と西で真反対だ。この、元同僚というのにしたって、たまたま同じ駐屯地にいたというだけかもしれないし……まだ、裏で繋がっているとまでは、いいきれないだろう」

いや、と望月はかぶりを振った。

「俺は、おかしいと思ってたんだ。こんなに毎月毎月、SATが現場に出向くなんて、かつてなかった異常事態だ」

「そんな、毎月ったって、先月と今月の二回だけじゃないか」

「それまでは何年も出動なんてなかった」

「それは、今の警備部長が、実戦配備に積極的だからだろう」

「たった一人の部長の心がけで、ここまで事件が頻発するか？」

会話がヒステリックになりかけたので、小野はひと呼吸置いた。

「……そうじゃない。立てこもり事件自体は、今までにだって起こってた。だが一々、それにSATが出向かなかっただけだろう。その出動のハードルを、太田部長は大幅に引き下げた。……ただそれだけのことじゃないのか」

望月は目を逸らし、「そうかな」と吐き出すようにいった。

「俺はもっと、誰かが何かを企んでいて、それが少しずつ表面化してきているような、そんな気がしてならない」

「馬鹿な」

鼻で笑っても引かない。望月は、あくまで本気のようだった。

「そもそも俺は、あの、伊崎基子ってのが気に喰わなかった」

「おい……伊崎は、関係ないだろう」

だが、彼が基子を嫌っているであろうことは、小野もある程度察してはいた。

かつて訓練中に、第一小隊制圧一班の臼井巡査が、制圧二班の雨宮巡査を誤射したことがあった。伊崎基子はそれを非難し、訓練終了後、臼井に殴りかかった。あのときは合同訓練で、望月もその場に居合わせた。あのときの、彼の表情がやけに苦々しかったのを、小野はよく覚えている。

望月はかぶりを振って続けた。

「……奴がきてから、妙なことが起こりすぎる。奴と一緒に入隊するはずだった隊員三名は、謎の大怪我を負って除隊、直後に警視庁を辞めてもいる。そして何年も出動なんてなかったのに、突如として葛西だ。おまけに優秀な隊員が一名、殉職した。なのに奴は一階級特進、晴れて所轄に異動……またひと月と空けずに出動。しかもそれが、葛西と裏で繋がっているときたもんだ」

「馬鹿馬鹿しい」

小野は執務机の向こう、隊庭を見下ろせる窓の前に進んだ。西日が、やけに眩しい。

「それが全部、伊崎のせいだなんて、あり得ないだろう」

ギュッ、と革の沈む音がした。振り返ると、望月はソファに腰掛けてタバコに火を点けている。

「……奴のせいかどうかは、問題じゃない。俺はただ、奴の存在そのものが、不吉だといってるだけだよ」

煙が西日に差しかかる。白く濃く、窓辺の空気が霞んでいく。

――伊崎……。

心の中で呟いた途端、小野は、今まで味わったことのない感覚に囚われた。

伊崎基子に、会いたい。彼女の顔を見たい。

いや、そうではないと、心の中で打ち消す。自分はかつての部下を悪くいわれた。だから、そうではないことを、本人に会って確かめたいだけだ――。

だが、それ自体が言い訳であることも、小野は自身で、よく分かっていた。

第五章

1

十数年前から、東京と新潟という二つの土地は、私にとってはかなり違う役割を持つものになっていた。

簡単にいうと、新潟で覚醒剤を受け取って、東京で売り捌く。そういう流れが完全にでき上がっていた。沖合いまで運んでくるのは、最近では北朝鮮の工作船だ。

かつて国内で作られていた覚醒剤は、取り締まりが強化されたお陰で海外にその製造拠点を移さざるを得なくなった。最初に白羽の矢が立ったのは韓国だった。そもそも国内で作っていたのが暴力団と在日韓国人だから、まあ自然な流れといえばいえなくもない。

特に韓国北部。私は製造過程にはあまり興味がないので、わざわざ視察にいったりはしなかったが、あの国の北部寒冷地の気候が、とにかく覚醒剤の蒸留に適していたのだそうだ。

韓国政府も、彼らが製造、密輸出をしているだけの頃は、手っ取り早く外貨が得られるということで、これを黙認していた。だが、それが国内にも出回るようになり、被害者が出るようになると、そうもいってはいられなくなった。

やがて韓国政府が取り締まりを始めると、密造団は韓国国内を転々とするようになった。なんでも、覚醒剤を蒸留するととんでもない異臭が生ずるらしく、だから、お上がその気になれば、けっこう簡単に見つかってしまうのだそうだ。

困った一団は釜山(プサン)沖の無人島に工場を移したり、最後にはトラックの荷台に蒸留器を積んで、高速道路を走りながら作ったりしたと聞いている。

韓国を諦めた密造団は台湾に拠点を移したが、あっちはどうも気候がよくなかったらしい。蒸し暑い台湾では、蒸留後の冷却に自然の寒気が利用できない。そのうえ、早々と台湾国内でも被害者が出始めたため、政府が取り締まりに動き出した。

その次に移動したのは中国南部だったが、気候は台湾と大差ないからそこでもいいものは造れなかった。

そして密造団がたどり着いたのが、北朝鮮だ。

韓国に負けない寒冷地を有する上、国内に犠牲者が出ても、外貨が得られているから軍部は一切文句をいわない。というより、輸出を担当しているのが軍部なのだから文句をいうはずがない。

そしてめでたく「日朝覚醒剤貿易ライン」は完成した、というわけである。

九十年代初頭の当時、密輸の拠点は日本海側にいくつかあったはずだが、新潟はその一つだった。私も暴力団と組んで、積極的に船を出し、人手を出し、密輸入に力を注いだ。お陰で、東京でのビジネスは面白いほど上手くいった。覚醒剤で稼いだ金を、私はすべて東京の土地建物の購入資金に充てた。九十年代初頭といえば、いわずと知れたバブル期の只中だ。しかし、その後のことにだけ関していえば、私の事情は少し周りと異なっていた。

何しろ私は、そもそも無駄遣いをしたくて不動産を購入していたのだから、バブルの崩壊で資産価値が暴落しようがまったく関係なかった。土地も建物も以前と変わらずそこにあり、その支配権は依然として私の手の中にあるのだから、まったくもって困ることなど一つもなかった。またすべて自己資金で賄い、金融機関が取引に介在していなかったというのも、よい条件として作用したのだろう。

そんな私も、普段はただの「不動産屋の社長」として過ごしている。ちなみに、一番気に入っている「早川不動産」は歌舞伎町の北、職安通りを渡ってすぐの百人町に社屋を構えている。

小さな三階建てのビルで、社員は全部で二十三名。誰もが私を「ミヤジ社長」と呼ぶが、実はこれが「宮路社長」ではなく「宮地社長」なのだから少々ややこしい。

一つ告白しておくと、歌舞伎町に進出してから、私は諸々の面倒を回避するために、とうとう他人の戸籍を利用するという手を使ってしまった。ほぼ年頃も近いであろう「宮地健一」という男を消し、今その戸籍を使って住居を得たり、不動産取引をしたりしている。まったく、情けない限りである。

だがそれも、「大いなる意識改革の前兆」と捉えるよう、私は気持ちを切り替えた。ちょうど、物件を一つ一つ買って領土を増やしていくやり方に、飽き飽きしていたところだったのだ。

いくら覚醒剤の販売で湯水のように金が入ってくるからといって、不動産をちまちまと購入していくだけでは、いつまでたっても東京の「区」一つ手に入れることはできない。もっと上の段階の力が欲しい。そんなことを、私は漠然と考えるようになっていた。

そして私は、彼と、運命的な出会いを果たすのだ。

それはある日の午後、早川不動産の中堅社員の、こんなひと言で始まった。

「……まったく、なんなんだよあのガキは」

念のためにいっておくが、私の二名の秘書を除けば、早川不動産の社員に「シャブ食い」は一人もいない。そして会社自体も、暴力団に利益を供与する、いわゆる「企業舎なのだ。

弟」ではない。私の顔でミカジメなどは免除されているという特殊性はあるものの、その他はまったくのクリーン。笑いが込み上げてくるほど、早川不動産は「健全な株式会社」なのだ。

「鈴木くん。社内で〝ガキ〟なんて乱暴な言葉を使うのは、やめてくれたまえよ」

そのとき私はたまたま一階におり、女子社員に肩を揉んでもらっているところだった。

彼は一応、恐縮したふうに頭を下げながらも、「しかし社長」と喰い下がってきた。

「あの安倍興業が、もうやってられないってサジ投げそうなんですよ」

安倍興業というのは、いわゆる土建屋である。

「なんの話だね」

「歌舞伎町二丁目二十の、新築ビルの現場です」

「といっても、あそこはまだ、基礎工事にも入っていなかっただろう」

「ですから、その基礎工事に入れないというんで、安倍が怒ってるんですよ」

まったく話が見えない。

「なんで君が怒られるのだね。うちは土地を貸しただけの地主で、建築主じゃないんだから、工事の進捗状況まで関知する必要はないでしょう」

鈴木は頭を掻き毟った。

「そうじゃないんですよ社長。その、つまり……元住人だかなんだか分からないんですが、変な小汚いガキがですね、勝手に現場に入って、レベル出しの糸は杭ごと引っこ抜いちゃうし、土留めの板は倒しちゃうし、ようやく生コン打ったと思ったら、夜中に踏んで荒らしちゃうし……かといって、建築終了まで寝ずの番を置くわけにもいかないっていうんですよ、あっちは」

分からない男だ。

「だから、それはうちが文句をいわれる筋合いのことではないでしょうと、私はいっているんですよ」

「いやそうじゃなくて、土地の買収の段階で、何かうちが下手を打ったんじゃないかって、安倍はいってるわけですよ」

なるほど、そうきたか。人間とは、どんな小さな損でも必ず他人に回さなければ気がすまない生き物らしい。

「……元住人なんですか」

「いや、それは、分かりませんが」

「だったら、うちのせいかどうか分からないじゃないですか」

「でも、安倍が怒り出しちゃってるんで……」

あそこの人間は社長以下、気の荒いのばかりが揃っている。この鈴木では太刀打ちできなくても仕方がない。

「分かりました。一応、私が様子を見てきましょう。……木村」

「はい」

私は秘書に車を出すよう命じ、肩を揉んでくれた女子社員に、ありがとうと十万ほど小遣いを渡した。顔は不細工だが握力は強い。彼女は私の、大のお気に入りなのだ。


現場に着いたのは三時ちょうどくらいだった。

ランニングシャツを泥だらけにした男が、まだ小学生くらいの小柄な少年を、足袋を履いた大きな足で踏みつけている。周りには似たような恰好の男が五人ほどおり、手は出さないまでも黙認するふうに眺めている。

私は暗澹たる気持ちになった。もしその子が死んだら、たぶんその死体処理はうちが請け負うことになる。しかもタダで。実に面白くない話だ。

車を降りるなり、私は騒ぎの渦中に飛び込んでいった。

「こらこらこら。こんな昼間っから、一体何事ですか」

見れば子供の顔は、もとがどんなだったかも分からないくらいに腫れ上がっている。出血も相当している。踏みつけていた男は最後にもう一発、腹に蹴りを見舞ってから唾を吐きかけた。子供は小さく身を屈めて動かなくなった。そういえば、声は出していなかったように記憶している。

「……社長さん。おたくはここを買い取るのに、一体どんな手をお使いになったんすかい」

この太鼓腹の髭面は、確か武藤とかいう名前ではなかったか。

「いや、私は普段通りに、ここも相手の言い値で買いましたよ。別に、誰かを泣かせて奪い取ったわけではない」

「でもこのガキゃあ、解体のときから、毎日毎日邪魔しにきてるんですよ。何もなかったはずがないでしょう」

私はもう一人の秘書、水谷に、ここに以前、何が建っていたのかを尋ねた。

「一階部分が店舗になった、四階建てのマンションです」

「入居世帯数は」

「九戸です」

「店舗というのは」

「居酒屋と、中華料理屋と、寿司屋です」

残念ながら、どれも私の記憶にはなかった。

「木村。この坊やを、車に乗せなさい」

珍しい。あの従順な木村が、一瞬嫌な顔をして返事を遅らせた。

「……あ、はい」

だが、私は怒らなかった。無理もないと思ったのだ。

車の掃除は、この木村の担当なのだから。


あまり遠い場所も面倒なので、会社から歩いて五分くらいのところにあるマンションに、とりあえずその子供を連れていった。同じ秘書でも、頭脳系の水谷、体力系の木村と、住み分けは完全にできている。当然、八階の部屋まで運んでいくのも木村の役目だった。

さすがに自分のベッドに寝かせるのは嫌だったので、ソファにしろと私は命じた。子供は身じろぎ一つしなかったが、息はしているので、まだ死んではいなそうだった。

「年増でいいから、急いで女を三人呼びなさい」

早速、水谷がどこかに電話を入れる。十五分くらいしてきたのは、思ったほど年増でもない、三十そこそこの女たちだった。

「水谷はもういい。木村も、二時間以内に私が電話を入れなかったら帰っていい」

深く礼をして二人が下がる。私はすぐに、その子供を綺麗にするよう女たちに命じた。私が誰であるのかは、ある程度上の者にいわれてきたのだろう。三人とも嫌な顔一つせず、力を合わせて作業にとりかかった。

子供は十歳かそこらの年に見えた。ボロボロの長袖Tシャツ、半ズボン、パンツ。靴下はなく素足で、靴は学校で履く上履きのような質素なものだった。ああ。私自身は学校にている。

などいったことはないが、テレビで見て、上履きがどんなものかくらいはちゃんと把握し

だいたい脱がし終わった頃、その子は薄く目を開けた。いや、それまでも開けていたのかもしれないが、私は気づかなかった。顔全体が腫れ上がっているから、よく分からないのだ。

「……立てる?」

女の一人が訊いても答えない。ただ、支えて立たせると、そのまま自立はする。

ガリガリに痩せていて、あちこちに傷はできていたが、骨折などはしていないようだった。

「おいで」

手を引かれて浴室にいく。女たちもそれぞれ脱ぎ、私は外からそれを観察する恰好になった。そう。浴室の壁が、一面だけガラス張りになっているのだ。

子供は大人しく洗われていた。嫌な顔をしない代わりに、嬉しそうにもしない。まあ、女三人に囲まれるのを悦ぶ年でもないか、などと、どうでもいいことを考えたりした。

浮浪者同然の生活でもしていたのか、十分やそこらでは、なかなか綺麗にならなかった。

小一時間ごしごしやられて、ようやく子供は本来の色であろう肌色の体になった。同時に、数々ある痣(あざ)の色もより鮮明になったが。

用意しておいた真っ白いバスタオルで拭かれて、子供は私の前に差し出された。女たちも、体に同じ物を巻いている。

「いいですよ。あなたたちは服を着てください」

それから私は、三人の中に子持ちはいるかと尋ねてみた。一人いたので、その女には残るようにいった。料金は水谷が払っているはずだが、チップのつもりで十万ずつ握らせ、私は二人を帰した。

残った女はきょとんとしていた。

「この子に合う服を……そうですね、ふた組くらいと、そろそろ、何かジャンパーのような上着もあった方がいいでしょうね。それだけ、買ってきてください。下着は、少し余分に。それで、いくらくらいあれば足りますか」

彼女は小首を傾げた。

「安いお店でなら、二万円もあれば、お釣りがくると思いますが……でも、ブランドによると思います」

「そうですか。では、これでお願いします。余った分はチップです。あなたの子に、同じものを買ってあげてもいいですしね」

二十万持たせ、私は女を遣いに出した。

子供は、体を拭かれたときのまま立ち尽くしていた。しょぼくれた小さな陰茎が、なんだか妙に嫌らしいもののように、私には見えた。

「きみ、名前は、なんていうんだい」

たぶん答えないだろうとは思っていたが、案の定、彼は答えなかった。

「どうして、あそこの工事の邪魔をするの」

答えないというよりは、そもそも聞こえていないのかもしれない。

「あそこに住んでたのかい？」

「お父さん、お母さんはどこにいるの」

「お家はどこなの」

ああ、こんな歌詞の童謡があったな。

「きみ、喋れないのかい？　それとも聞こえないのかい？」

「お腹は空いてるかい？　何か、出前でもとってあげようか。カツ丼とか、ラーメンとか、オムラ……」

　すると、

「拉麺」

　いきなり流暢（りゅうちょう）な発音で、そういわれた。どうやら聞こえていなかったのではなく、単に日本語が理解できないだけのようだった。まあ、歌舞伎町ではよくあることだ。

「そうかそうか、ラーメンか」

「うん、分かったよ。でも、何ラーメンがいいかな。しょう油とか、味噌とか、トンコツとか」

「拉麺」

「うんうん、ラーメンは分かったよ。その」

「拉麺」

もういい。しょう油で文句があるなら食わなければいい。

木村に電話をして、しょう油ラーメンを三つ注文しろと命じた。


ラーメンがくるのと女が帰ってくるのは、ほとんど一緒くらいだった。私は子供を玄関から見えないところに引っ込め、ラーメンを受け取り、金を払って出前の男を帰した。

女は買ってきた物を、一応といって私に見せたがったが、どうせ見てもよく分からないので、とりあえず着せてやってくれと頼んだ。

「よかったら、君もどうですか。ラーメン」

「あ、嬉しい。美味しそう……」

いただきます。そういったのは大人二人だけだった。子供はといえば、そんなことをいう間も惜しむように、あっという間に一杯、平らげてしまった。

「……私のも、食べる?」

それにも彼は答えなかったが、目はじっと彼女の丼を見ていた。取り替えてやると、これまたぺろりと平らげる。私はすでに半分ほど食べていたが、差し出さないのもなんだか大人気ない気がして、一応食べるかと訊いてやった。またもや無言だったが、取り替えてやると同じように平らげた。さすがに、腹がぽっこりと膨らんでいた。

私は女に、子供が寝るまでいてやってくれと頼んだ。彼女は一緒にベッドに入り、髪を撫でてやっていた。

子供はものの五分で寝ついた。

「……私は、他に何か」

彼女の疑問はもっともだ。彼女の本来の仕事は、セックスの相手をすることなのだから。

「うん……あなたは大変魅力的な女性だが、今日はちょっと、そういう気分でもない。ですから、もうけっこうですよ」

元来正直な性格なのだろう。女はほっとしたように頭を下げ、帰っていった。ドアが閉まってから、こんなことなら泣いて詫びるくらい痛いセックスをしてやればよかったと、少し後悔した。

子供はいびきもかかず、静かに寝ていた。

翌朝、私はソファで目を覚ました。そのときすでに、子供はいなくなっていた。それに気づくや否や、私の携帯電話が鳴り始めた。着信音は、昔懐かしいベルの音に設定してある。

相手は水谷だった。

「なんだ、こんな朝っぱらから」

といっても、もう十時を回っていたが。

『社長。昨日の子供ですが、また例の現場にきています』

なんでいちいち私に連絡してくるのだ、とも思ったが、乗りかかった船、という言葉が一般社会にあることも私は知っている。

「……いまいく」

『では車を』

「いい。歩いた方が早い」

十分で、私は例の現場に着いた。子供は殴られてこそいなかったが、汚れ具合はほとんど昨日と同じになっていた。

周りの連中も、この子供の始末は私に任せたい様子で、数歩下がって場所を空けた。

「……おい。なんで急にいなくなったりしたんだ」

むろん、答えが返ってくるとは思っていない。この子はたぶん、中国語しか分からないのだ。つまりまあ、それは場を取り繕う芝居のようなものだった。

「君はここに、一体何をしにきてるんだ」

「もう一度訊くよ。君は、ここに住んでた子なのかい？」

「両親は、お父さんお母さんはどうしたの」

だが、思いがけなく返事があった。

「……ウォ、ザイ、ズゥ、リィ」

ただ残念ながら、その意味を解する者は、その現場には一人もいなかった。


なし崩し的に、私とその子との共同生活は始まった。

いや、共同という言葉は相応しくない。彼がただ、私の所有する物件に一方的に住みついていただけ、というのが正しい。それを私が拒否しなかった。それがすべてだ。

私が寝泊りする場所は都内に四、五ヶ所あったが、以後はなんとなく、私も彼のいる部屋に帰ることが多くなった。彼には一応、出かけるなら戸締りをしていけと鍵を渡しておいたが、そういう習慣がないのか、それとも私の家財道具がどうなろうと知ったことではないという意思表示だったのか、彼が出かけたあとに施錠されていることは一度としてなかった。幸い、泥棒に入られたこともなかったが。

彼に所持金はなかったはずだし、収入源があるとも思えなかったが、彼はよく自力で食べ物を得ては、私の部屋で食い散らかしていった。どこからか盗んでくるのだろうくらいにしか思っていなかったが、ある日、そうではないことが判明した。

私が風呂からあがると、彼は私の財布から札を数枚抜き出していた。

「よしなさい」

とっさに手が出た。拳で思いきり殴っていた。

「他の誰の何を盗もうがかまわんが、私から何かを奪うことは、絶対に許さんぞ」

さらに蹴り、踏みつけた。だが、彼は表情一つ変えず、また手にした札を返すこともしなかった。

これか。

私は急に、腑に落ちた気がした。出会ったあの日、安倍興業の武藤が彼を痛めつけていたときの気持ちが、分かった気がしたのだ。

どんなに殴っても、蹴っても、たとえ刃物を持ち出したとしても、彼は表情一つ変えず、屈することをしなかった。腫れが引けばそれなりに整った顔をしているのだが、それが腐った桃のようになるまで殴りつけても、呻き声一つあげず、ただされるがままにしている。それが、さらなる暴力衝動を呼び起こす——。

人間の、根源的な加虐性に火を点ける性質なのだと最初は解釈したが、やがて、そうではないのだと、私は気づいた。

私は、彼を痛めつけることに悦びを感じていたのではなかった。

私は、いくら痛めつけても無反応である彼に、恐怖を感じていたのだ。

自分もたいがい、痛みには強い方だと自負してきたが、さすがに、腹にナイフが刺さっていくのを、表情も変えずに見ていることはできない。

そんな彼は、無言のまま、私に問いかけるのだ。

お前の力はそんなものか。お前の征服欲はそんなものなのか。痛くないぞ。ちっとも痛くないぞ。殺すのか。これ以上やって死なせてみるか。だがそれでは、征服したことにはならないぞ。そんなものはただの喪失だ。失うことを、お前は嫌っているのではなかったか。どうする。金も、暴力も通じない相手に、お前はどうやって力を示す——。

むろん覚醒剤も試した。致死量ギリギリまで打って、彼がショック状態に陥ることはあったが、ついぞクスリをよこせ、というような意思表示は見られなかった。

終いには白く小さな陰茎を二つに裂き、その奥にある膀胱(ぼうこう)を利用してセックスをしてみたが、やはり彼は苦痛も、快楽も、そこに見出そうとはしなかった。

股間を血だらけにした彼の隣に横たわり、私はその顔を、長い間じっと見つめていた。

その澄んだ瞳が見据えているのは、痛みすらない世界なのか。

痛みがなければ、暴力は意味を成さなくなる。禁断症状がなければ、覚醒剤の拘束力は半減する。快感が得られないとなれば、その価値は砂にも等しいものでしかなくなる。

彼にはさしたる物欲もないようだし、溜め込むほどの金銭欲も見られない。私から盗む金は、その額の多寡に拘わらず、札三枚と決まっている。要するに、彼は金で動かすこともできない人間なのだ。

他者との係わりに興味を示さず、ごく最低限の空腹を満たす行動のみで生き長らえている。

ああ、こんな世界観もあるのかと、目から鱗が落ちる思いだった。

覚醒剤の販売網拡大に半生を注ぎ、狂ったように不動産を買い漁ってきた自分が、急にちっぽけで、下らない存在に思えた。

私が見ていた世界は、光と闇、白黒の世界だった。

だが彼には、おそらくその区別すらない。どこまでも続く、無色透明の世界。彼は、そんな地平に生きているのだ。

「……お前は、自由だな」

それが正解だとでもいうように、彼は珍しく反応を示した。

「ジウ……？」

なぜだろう。涙があふれて止まらない。

「そう、そうだ……お前は、自由だ……羨ましいよ」

血だらけの指で、彼は私の頰を拭った。

「ジウ……」

その日から、私も扉に、鍵をかけることをしなくなった。

2

舞の事情聴取は、また明日改めてすることにして、とりあえず美咲たちは宇田川邸を辞した。

「……駄目だ。このまま持ち帰っても、また『利憲くん事件』の二の舞になるだけだ」

東がいうのはもっともだ。

宇田川舞は、四人の共犯者は全員、ジウに殺されてしまっただろうといった。モンタージュ作成に協力はするが無駄だと思う。目隠しをされていたので、監禁されていた場所は分からない。車で小一時間走ったといったが、それも本当はどうだったか定かでない――。

主犯がジウであるという以外に、確かな証言は何一つ得られなかった。それも今となっては取り立てて目新しい情報ではない。

――まるで、彼女自身が、共犯者みたいだわ……。

それが、刑事の抱くべき印象でないことは百も承知だが、美咲はそれを、どうにも心から追い払うことができないでいた。

「どうした。怖い顔をして」

時刻はまだ夕方四時半。このまま本部に帰ってもまだ会議までは時間がある。かといって、喫茶店に入ったら却って話がしづらい。結局、美咲たちはＮＨＫの方に遠回りしながら駅に帰ることにした。

「別に、怖い顔なんて……」

「してるぞ。今にも引っ掻かれそうだ」

並んだ二人の影が歩道に伸びている。それもやはり、美咲の方が少しだけ長い。

「……主任は、平気なんですか」

東は「ん？」と低く訊き返した。

「宇田川舞です。あんな子供が、あんなことというなんて、私、信じられないし、認めたくありません……あんな、レイプされた、されたって、何度も何度も、平気な顔で」

「泣きながらいってほしかったのか」

美咲にも、好きになれない東の一面はある。やや機械的というか、捜査から意識的に感情面を排除しようとするところが、ちょっとだけ嫌だった。

「別に、そういう意味じゃありませんけど。じゃあ主任は、お嬢さんがああいうことをいても平気なんですか」

「いちいち肉親に置き換えて感情移入していたら、殺人班の刑事なんて務まらないよ。そういうことは、考えるもんじゃないんだ」

本木沙耶華には、そういう感情移入をしたくせに。

「じゃあもういいです」

少し足を速める。舌打ちと溜め息が、斜め後ろで同時に聞こえる。

「待てよ、門倉」

「もういいですから」

「ちょっと、機嫌直してくれよ」

そんな、なんのきっかけもなく、機嫌なんて直せるものか。

「なあ、門倉」

嫌だ。直せない。

「……頼むよ。君にそういう顔されるの、堪えるんだ」

ずるい。ほんとにずるい。意識してのことかどうかは知らないけれど、東はときどき、ものすごく、自分のことを気にかけているふうなことをいう。そういうことをいわれると、あの碑文谷の小さな帳場でしょぼくれていた頃の彼を思い出し、胸が苦しくなり、ああ、私が守ってあげなきゃ、などと思ったことを思い出す。そうなると、もう、強い態度はとれなくなる。自然と歩幅も小さくなる。

「……別に、機嫌損ねてなんて、ないです」

追いついた東が、ほっとしたように笑みを漏らす。

「君らしくないよ。子供に腹を立てるなんて」

そう、だろうか。

「私らしいって、どういうことですか」

東は言葉を選ぶように小首を傾げた。

「……こう、利憲くんのときみたいな……なんというか、優しい感じっていうか、ああいうのは、君らしいと、俺は思ってるけど」

「ああいうのが、主任の思うところの、私の、代表的なイメージなわけですか」

「いや、代表的というか、まあ、優しい人なんだなと……うん」

この通り。いいことをいってくれるのは最初だけで、あとはしょぼしょぼ。いつもそうだ。でも、それでもいいと思ってしまう自分も、きっと悪いのだろう。

「でも、利憲くんと同じふうにはできないです。だってあの娘、まるでジウを、アイドルみたいに」

これには東も大きく頷いた。

「……しかし、あの年頃だからな。実際奴は、それっぽい顔をしてるじゃないか」

「だからって、彼女の目の前で人を殺してるんですよ、ジウは。それを、いくら自分に乱暴した男だからって、殺してくれた、なんて言い草はないでしょう」

「まあ、事実かどうかも、よく分からないがな」

なるほど。美咲は、そういうことは、まったく考えてもみなかった。

「あれが狂言だというんですか、主任は」

少し口を尖らせる。

「印象としては、半々かな。……まあ、本当の話だとしてもだ、そこは、ストックホルム症候群とも解釈できるし、そうでなくても、ティーンエイジャーが犯罪者をヒーロー視した例はアメリカにいくつもあるさ。例えば、チャールズ・スタークウェザーとか、チャールズなんとかというのはよく知らないが、ストックホルム症候群なら分かる。簡単にいうと、人質が犯人にある種の共感を抱くようになる現象のことだ。

「そうでしょうか。私は、ちょっとそれとは、違う気がしますけど……」

微かに東が眉をひそめる。

「どう違う」

美咲はあの、温度のない笑みを思い浮かべた。

「どう、違うかというより……私は、あの手の感覚や、考え方が、ある条件下では、わりと簡単に、他者に伝播（でんぱ）していくものなんじゃないかと、ちょっと、思ってて……」

　東は、まだよく分からないという顔をしていた。

「ですから、なんていうんだろう……竹内は、いいましたよね。彼の持ったような思想は、自然発生的に、社会のあちこちから生まれてくるものなんだって。そして、ジウもそういう種類の人間なんだって。そのジウが殺人を犯す場面を見て、宇田川舞は、何か感じとったんじゃないでしょうか。特に私は……あの、宇田川舞の笑い方が、なんか竹内に似ている気がして、すごく嫌だったんです」

　分かるような、分からないような。東は曖昧に頷くだけだった。

　——主任は、どうだったんですか……。

　東はかなりの長時間、たった一人で竹内に対峙してきた。それによって東が、たとえ部分的にせよ、あの思想に影響されてしまったなどということは、ないのだろうか。

　いい機会だ。思いきって、訊いてみたらどうだろう。

　美咲は、自分で自分に頷いてから切り出した。

「……それで、あの……主任自身は、竹内の思想について、どう思ってるんですか」

　東は、意外そうな顔をして美咲を見た。

「どうって、あの、殺人を容認する社会思想についてか」

「ええ」

「まあ、宇田川教授のいう通り、そんなものは成立しないんだろうと、思っているよ」

違う。そういうことじゃない。

黙っていたら、東がこっちを覗き込んできた。

「……そういうことじゃ、ないのか」

うん、と頷いてみせる。

「じゃなんだ」

この際だ、いってしまえ。

「はい……あの、正直いうと……私、竹内と話しているときの、主任が……怖かったんです。なんか、少しずつ、竹内に、感化されていくようで……もしかしたら主任まで、その……ああいう思想に、傾倒していっちゃうんじゃないかって、心配になって……」

東は、笑った。まるでお門違いだ、あり得ないというようにかぶりを振った。

「理解と共感は違うぞ、門倉。俺はジウに繋がる何かを引き出せたらと思い、竹内の話に耳を傾け、理解しようと努めた。だが別に、共感したわけじゃない。俺に限らず、あんな思想は広く伝播したりはしないさ。宇田川舞は、ただジウの見てくれに惚れただけだろう。あまり、あの思想云々に囚われるな。ヤマの筋を見失うぞ」

そうなのだろうか。

美咲にはどうしても、あの思想が、とてつもないものに繋がっているように、思えてならないのだが。

——やだな、なんか……。

ふいに、西大井のことが気になった。

ホシではないかといわれている西尾。彼も、竹内や舞と同じ、あの温度のない笑みを浮かべたりするのだろうか。


宇田川邸を訪問した結果を報告したが、案の定、本部捜査員の反応は芳しいものではなかった。

三田村管理官は今日も、西大井のテレビ中継を横目で見ながら会議に参加している。

「……その地下室というのも、まったく見当がつかないのか」

「目隠しをされていたので、分からないと」

「笹本や竹内の写真は見せたのか」

「はい。見覚えはないようです」

隣で、綿貫三係長が深くうなだれる。

「……つまりジウは、誘拐事件を起こすたびにメンバーを集め、その都度、全員を殺しているというわけか」

「そういうことに、なります」

「ということは、身代金がうまく取れてたら、竹内も笹本も三人の中国人も、みんな消されていた可能性が高いわけか」

殺人班三係主任の荒木警部補が「あー」と割って入る。

「そればかりか、他にもまだ、認知されてない誘拐事件が埋もれてる可能性だって、考えられるんじゃないですかね。IT社長の田辺義史、前都知事の息子の本木芳信、それに宇田川教授と。金持ってそうな有名人で、十歳前後の子持ちは、全部当たってみた方がよかぁないですか」

冗談なのか、それとも容易には解決しそうにないヤマに当たって、腐っているのか。この帳場における荒木の立ち位置は、まだはっきりしなかった。

報告は歌舞伎町関係に移っていった。こちらも、これといって捜査に進展は見られないようだったが、石田主任が、少し気になる報告をあげてきた。

「これは、このヤマと関係あるかどうかは分からないんですが、やはり気になるので、報告しておきます。……実は昨日、二丁目で、ちょっと変わった人物を見かけました」

やや間が空いたので振り返ってみると、石田は美咲を見ていた。

「……元捜査一課特殊班、つい先日まではSATに所属していた、伊崎基子巡査部長です」

その発言に対する反応は、捜査員によってまちまちだった。「なんの話だ」という顔をする者もいれば、自分なりにその意味を解そうとする者もいる。美咲は完全なる後者だった。

　――なんで伊崎さんが、歌舞伎町に……？

　石田の報告は続いた。

「さきほど調べてみたんですが、伊崎巡査部長は、先月二十六日付けで、SAT……まあ、表向きは第六機動隊から、上野署交通捜査係に異動になっているようです。その捜査の一環で歌舞伎町にいるのなら問題ないのですが、どうも私には、そうは見えなかった」

　脇田特捜二係長は「どういうことだ」と返したが、三田村は「おいおい」とそれを遮った。

「そんな、本件に関係ない話題で引っ張るなよ」

　東が割って入る。

「関係あるかどうかは、聞いてから判断すればいいじゃないですか」

「そもそも昨日見たなら、なぜ昨日報告しなかった」

「それは管理官が、もうよせとおっしゃったからでしょう」

　三田村は一瞬、面白くなさそうな顔をしたが、東が相手では分が悪いと思ったのか、一応「いってみろ」と石田に続きを促した。

「……はい。問題は、伊崎巡査部長が、誰と一緒だったかということです。少なくとも私には、警官が行動を共にするのに相応しい人物には見えませんでした」

「だから、誰なんだよ」

そういった荒木をちらりと見、それでも石田はひと呼吸置いた。

「……右翼団体『天優同盟』の機関紙『粋美』のライターをやっていた、木原毅という男です。まあ、どっぷり右翼というわけでもなくてですね、要は金さえもらえればなんでも書く、ワープロの打てるヤクザみたいな男です」

今どきはヤクザだってワープロくらい打つだろ、という荒木の茶々は軽く流された。

「七年ほど前、大和会絡みの事件で……まあ私が直接ではないんですが、引っ張ったことがあったんで、覚えてたんです。盗聴、盗撮、家宅侵入は朝飯前。恐喝、暴行、なんでもやります。前科(マエ)は二つ、傷害とシャブです」

そこで石田は、意味ありげに間をとった。

耳が痛くなるような沈黙。今や捜査員全員が、この報告に強く興味を持っているようだった。

「……さらに妙なのが、例の写真週刊誌の、伊崎巡査部長の実名報道。あれを書いたのが、どうもその、木原のようなんです」

三田村はテレビから石田に視線を戻した。

「ということはつまり、どういうことだ」

石田は小さく頷いた。

「私にも、まだはっきりとはいえませんが、木原があの記事を書いたとするならば、奴もこの件に、まったくの無関係ではないことになります。その男が、ジウが潜伏していると思われる歌舞伎町で、元ＳＡＴの隊員と何かを嗅ぎ回っている。……これはちょっと、捨て置けない話だと思うのですが」

美咲には、何がなんだかさっぱり分からなかった。

3

みぞれ混じりの雨が降っている。

新宿。アルタの大型モニターは、煙ってしまってよく見えない。

空は暗い。薄汚い灰色。

でも、まだそんなに、遅い時間ではない。

東口のロータリーは、地面も見えないほどの人だかりで埋め尽くされている。

何も聞こえない。けれど、なんだか騒がしい。

賑やかさとは違う、あまり好きではない騒がしさ。

群衆はみな、ある一方を向いている。

ふいに、アルタビジョンにもこの光景は映し出されていることに気づく。でも、やはりよく見えない。

アサルトスーツに、雨水が染み込む。みんな、なぜ合羽(カッパ)を着ないのだろう。みんなというのはもちろん、ＳＡＴ第一小隊のみんなのことだ。

サブマシンガン、ＭＰ５に雨がかかる。これくらいなら使用に問題はないが、あとのメンテナンスは念入りにしないといけなくなる。厄介だな。そんなことで少し気が滅入る。

別の小隊が通りの向こうに現われ、人混みの後ろを移動していく。全員が八九式小銃を装備している。おかしい。そんな装備は変だ。だが、声に出していうことはできない。

あいつらは敵だ。急にそう閃(ひらめ)いた。

――いくぞ。

自ら声をかけ、人混みを縫って向こうに進む。

でも、足が思うように動かない。体が重い。

それにしても、尋常ではない人の数だ。

こいつらは一体、何を見ているんだ。

なんなんだ、まったく。

――小隊長、進めません。

小隊長、小隊長……お、お……おの。

――小野小隊長、無理です。

先頭にいる小野は、それでも遠く前を指差す。いけと、人差し指を激しく振る。

誰かに右肘をつかまれる。

振り返ると、雨宮だった。

――なんだ、雨宮さん、あんた生きてたの。

雨宮は激しくかぶりを振った。アサルトスーツは着ているが、防弾ベスト等の装備はしていない。銃器も持っていない。

――いくな。

声が聞こえた気はしたけれど、そこにいる雨宮の口は動かない。

――いくな、伊崎。

そんな。だって、みんな前進してるし。あたしだって……。

――だって、なんなの。

いかなきゃ、みんないっちゃうよ。

――どこに？

だって、敵が……。

――敵なんて、いないよ。

いるよ、あっちにいたんだよ。

――いないのよ、伊崎さん。

え？

――敵なんて、いないのよ……伊崎さん。

学校の体育館で、あの門倉美咲が、テーブルを並べている。

――伊崎さんも、こっち手伝って。

なんであたしが、あんたの手伝いしなきゃいけないの。こっちは今、今……。

――立てこもってから、もう七時間も経ってるの。早く助けないと、人質の体力が持たないわ。呼吸器に疾患があるらしいの。

だったら、ＳＡＴがいくよ。あたしは……。

うっかり、自分がＳＡＴに配属されたことをいってしまいそうになった。そう、それは秘密なのだった。特殊急襲部隊は、隊員の、個人情報の一切を秘匿する組織なのだ。

――でも、全部知ってるぜ。

知ってるぜ、って……それはあんたが、雑誌に書いたからでしょ。

――みんな知ってるぜ。

だから、それは木原さん、あんたが……。

――みんな知ってるぜ。

みんな、って……。

――みんな知ってるぜ。

みんな知ってる？　みんな、って、みんな？

みんな、知ってる。みんな、知ってる。みんな？

みんな、みんな、みんな、みんな、みんな……。

――いくな、いくな伊崎ッ。

サブマシンガンの銃声が立て続けに響き、振り返ると、雨宮の体が、粉々に砕け散って――。


ひどく、後頭部が痛み、目が覚めた。

首が、むち打ち症にでもなったように、強張っている。

埃と、コンクリートの臭い。そこに、自分は横たわっている。

外ではない。室内だ。

明かりはある。すぐそこに裸電球がぶら下がっている。

でも、位置が、妙に高い。

――どこ……？

ひんやりとした空気。

部屋の端の方は、暗くて見えない。

体を起こそうと思い、縮こまるように膝を引き寄せると、何か、連続した金属音が鳴った。同時に、左足首に妙な重さを感じる。

繋がれていた。

自分はどこかに、鎖で繋がれている。

――なにこれ……。

引っ張ってみる。一メートルほど離れたコンクリートの地面に、鉄製の輪が埋め込まれており、鎖の先は、それに繋がれていた。とんでもなく太いものではなかったが、人力でどうにかできるほどヤワでもない。

とっさに自分の体を確かめた。服は着ているが、ポケットの中身はすべてなくなっている。警察手帳はもちろん、ボールペン一本ない。腕時計まではずされている。それから靴も。

――誰かに、囚われ……た？

直前の記憶をたどる。すると、

――ジウ……。

その名が浮かび、ひどい頭痛が襲ってきた。

――ジウ、あいつか……。

最後の一撃が脳裏に蘇る。

ナイフの刃を避けて、ひるがえってきた柄で、後ろから殴られた。

あれでやられた。まんまと伸された。

つまり、あいつに負けたから、いま自分は、ここにいるのか。

――あのガキ……。

ぐるりと室内を見回す。かなり広い。四十畳かそれくらいの、ほぼ正方形をした部屋だった。壁も天井も、床もすべてがコンクリート。自分はその中央、裸電球の真下に近い場所にいる。

一瞬、どこにも出入り口がないのかと思ったが、暗がりに目を凝らすと、角に一ヶ所だけ、鉄製のドアがあるのが分かった。だが、どんなに凝視しても、ノブの類は見えない。

――ちくしょう……。

たぶん、中からは開けられないドアなのだ。まるで、監禁するためだけに作られたような部屋だ。

後頭部の他に、特に痛む個所はない。

立ち上がってみる。大丈夫。歩くのに問題はない。

だがドアの方に進み、その途中で、左足が突っ張った。振り返ると鎖が伸びきっており、手を伸ばしても、ドアには届かないようになっていた。

――なるほどね……。

電球から離れて見上げると、ドアとは反対角の天井に何かあるように見えた。鎖を引きずりながらいってみると、監視カメラだった。当然、手は届かないようになっている。

基子は二歩下がり、カメラを見上げた。

「なんのつもり？……あたしを、どうしようっていうの」

自分の声が、ビィンと部屋の隅に響いた。

答えはない。

今一度天井を見て回る。給排気口のような穴がドア付近に開いているだけで、スピーカーの類はどこにもなかった。こっちの動きを、黙って監視するのが趣味なのか。双方向のコミュニケーションは必要ないというわけか。

まあそれでも、ずっとこのままということはあるまい。いずれ何かを仕掛けてくる。だとしたらそれは、あのドアからということになるだろう。

基子はカメラの近く、ドアから最も遠い場所に胡坐（あぐら）をかいて座った。

もはや、正確な時間など計りようもないのだが、それでも五分と経ってはいなかったと思う。

ドアの向こうに気配がし、ロックを解除する音が響いた。

意外なほど、滑らかな動きでドアが開く。

外には一メートル四方くらいのスペースがあった。上から階段で下りてきての踊り場。ドアの開閉に必要な最低限の空間といった感じだ。

薄暗いその場所に、人の姿が現われる。見覚えのない、やけにがっしりとした体格の男だ。濃い色のタンクトップにバギーパンツ。動きやすさのみを追及した恰好をしている。

こっちに入ってくる。男はすぐさま、後ろ手でドアを閉めた。

こいつは、あとで誰かが開けてくれることを知っているのだ。それはつまり、ここで何かをして、それが終わったら、誰かが開けにきてくれるということなのだ。

殺せと、命じられてきたのか。あるいは、気絶させて連れてこいと。

どちらにせよ、大人しくやられるつもりはなかった。

基子は立ち上がり、左足を下げてサウスポーに構えた。いつもの通りオーソドックスに構えたら、左足首に繋がった鎖の重みでタイミングがずれる。だったらいっそ、ハンディを承知で反対に構えた方がいい。

明かりの下に入ってきた男は、ニヤリとするように口元を歪めていた。髪は五分刈り。身長百八十センチ強。体重は、推定八十キロ以上。基子とは身長差が二十センチ、体重差が三十五キロくらいか。

あの、葛西の現場で戦った元第一空挺団員より、さらに骨太な感じに見える。だが、戦闘能力はどうか。

男は、何気なく歩いてきて、自分の距離に入った瞬間、

――くる。

いきなり、スッとすり足で距離を詰めてきた。

上体が低い。タックルか。フェイントかもしれないが、振り上げられた左拳はロングフックの軌道を描いている。

基子は右のガードを上げながら、とっさに左の膝を出していた。が、やはり鎖の重みでタイミングがずれた。顎を狙ったのに、男の右肩を横から蹴る恰好になってしまった。そんな、一番鍛えている場所に当たったって効くはずがない。

――クソッ。

そのまま懐に入られ、胴を抱えられ、勢いよく押し倒された。

衝撃で息が詰まったが、基子はそれでも、とっさに相手の胴を下から足ではさみ込んだ。胴締め。最低限の防御姿勢だが、やらないよりはいい。

――どっち……？

明かりを背にした男が、大きく右拳を振り上げる。両腕でガードを固めつつ、軌道を見ながら頭を左に振る。

耳元に、風をまとった拳が落ちてくる。まともに喰らったら即失神という一撃だったが、なんとか肩をかすっただけでダメージは免れた。

避けたら、今度はこっちの番だ。

この右腕をつかみ、左足を相手の首に絡ませれば、腕十字の形に持ち込める。だが、そう思っただけで実際には動けなかった。左足が、まったく動かない。見れば偶然か、男が鎖を踏んづけている。

口惜しく思う間もなく左拳が降ってくる。避けきれず、右肘でガードする。逸れた拳が顎をかすめる。

——いってぇ……。

それだけで、意識が薄れそうになる一撃だった。

だが泣き言をいっている暇はない。

右、左、右、左。

大きく重たい拳が、絶え間なく基子の顔面を狙って打ち下ろされてくる。

中には避けきれないものもあった。顎への直撃は免れても、側頭部や鼻先、肩口にはどうしても当たってしまう。

——ちくしょう、鎖さえなければ……。

だが基子は、ようやく何発目かの左拳をつかむことに成功した。男は瞬時に引き抜こうとしたが、これを逃したら殺される、そう覚悟する基子の意識の方が勝っていた。

右足を振り上げ、男の顔に引っ掛ける。

「ふぬッ」

男は振り払おうとするが、基子はその拳を力いっぱい引き寄せ、腰を突き出し、左肩で立つようにして、全身の力で男の腕を絞り上げた。激痛から逃れようとするように、男が前屈みにうずくまる。

「んがァァーッ」

肘の内側で、筋が何本もまとめて千切（ちぎ）れる音がした。左腕全体が、あり得ない角度になる。さらに力を込めると、ボクッと、関節のはずれる音がした。

「ヒギィッ」

男が、床に額を打ちつける。基子は右足を抜き、上体を起こして男の背中にまたがった。おんぶの状態。そこから基子は、左手首を男の顎の下にすべり込ませ、それを自分の右腕に絡ませ、一気に絞り上げた。

「ぐぶぇ……」

チョーク。柔道でいうところの裸締め。手首の骨で、直接喉仏（のどぼとけ）を締め上げる。腕の中で、卵の殻が潰れるような手応えがあった。喉仏の軟骨がひしゃげたのだ。

その瞬間、ポンと、基子の脳裏に、白い珠のようなものが浮かんできた。

——殺しちゃおう……か……。

この技なら、気絶させるだけに留めておくこともできる。だが、あえてその方法を選ぼうとはしない、自分がいる。

——殺しちゃおう……。

喉が渇き、目の前に水が出てくれれば、人はそれを飲む。

腹が減り、そこに食べ物があれば、人はそれを食べる。

それと何も違わない。

自分を攻撃してきた者の首を、いま自分は捉えている。だったら、絞め殺してしまえばいい。そう思う。

――殺しちゃおう。

男の背中に密着させた胸で、腹で、その体内に発生した、異様な振動を感じとる。

痙攣。

生命の、ラストダンス。

男の右手が、死に物狂いで基子の腕を掻く。

爪を立て、皮膚をつかみ、肉を引き剝がそうとする。

――ああ、くれてやるよ。腕の一本くらい……。

ほどけるものなら、ほどいてみるがいい。掻いて掻いて、骨になるまで、この腕の肉を毟るがいいさ。

やがて、すぅーと、男の体から力が抜けていった。

肉と骨の重みが、下敷きになった両足に伸し掛かる。

死んだな――。

った。

そう確信して、基子は腕をほどいた。

上体を起こし、右足、左足と引き抜くが、男の土下座のような姿勢が崩れることはなかった。

扉はすぐに開いた。入ってきたのは、意外にも小柄な、一人の女の子だった。

抱えるほどの大きさの箱を胸に持ち、こっちに歩いてくる。ピンクのパーカに同系色のキャミソール、下はデニムのスカートにブーツ。洒落込んではいるが、年の頃は中学生といったところか。

少女の抱える箱には、冗談のように大きな赤十字が描かれている。プラスチック製の救急箱だ。この傷の、治療でもしてくれるというのか。

その箱を、基子の目の前の床に置く。すっと差し出された手には、ナイフが握られていた。

とっさに払い除けようとしたが、心臓に向けられた軌道を逸らすのが、精一杯だった。

――くそ、油断した……。

切っ先は、へそのすぐ右脇に吸い込まれた。最初、冷たかった痛みは、すぐに焼けるような熱の塊に変化した。

目の前の少女はいかなる表情も浮かべてはいなかった。

基子は彼女の頭頂部、団子に結った髪を引っつかみ、右拳を、思いきりその鼻っ柱にぶち込んだ。短い呻き声。鼻骨の潰れる音。顔を覆う血だらけの手。自分の腹から引き抜いたナイフ。傷口から漏れ出る熱。少女の悲鳴。喉元に突き立て、すぐに引き抜く。悲鳴が止む。倒れる小さな体。噴き上がる血煙――。

「……ほぉら、いわんこっちゃない。ナイフ持たせちゃったよ」

聞き覚えのある声がした。ドアの方を見る。

――木原、さん……？

なぜ彼がここにいるのか。それを誰に問うべきなのか。そんなことすら、今の基子は冷静に考えられない。

何やら棒状のものを持っている。あれは確か、スタンバトンとかいう、警棒型のスタンガンではなかったか。

「とりあえずそれ、放しなよ。危ないから」

木原はその、スタンバトンを向けながら近づいてきた。

まだ遠い間合いからスイッチを入れ、威嚇のつもりか、バチバチという音をさせて歩を詰めてくる。基子はタイミングを計り、ナイフを投げるつもりだったが、

「オッ……とあぶねえ」

振りかぶった瞬間に差し込まれてしまった。

「んぐッ」

肘の辺りにバトンが当たり、バチバチッと火花が瞬いた。痺れという感覚を極限にまで高めたような痛みが全身を駆け抜け、基子は、ナイフを取り落とした。

——くっそ……。

無傷だったら、絶対にこんな事態にはならなかったのに。

落ちたナイフを拾おうとする木原。無防備にも、こっちに背中を向けている。だが、反撃に出ることもできない。体がいうことを聞かない。

木原はドアの方にナイフを放り投げた。そして改めて、基子にバトンを押しつける。

「ウッ……」

意思に反して、体が前に倒れていく。まったく、どこにも力が入らない。

何を考えたのか、木原は基子を仰向けに返し、ブルゾンを脱がせ、手を後ろに回した状態で丸めて縛った。ブラウスはボタンを千切って開き、それからゆっくり、パンツを脱がせにかかる。

「……殺す前によ、もう一回、な？　あんた、けっこう鍛えてっからさ、よかったんだよ……」

下着を剝ぎ取り、それからせっせと自分も脱ぎ始める。行為の途中で反撃に出られることを恐れたか、挿入する前に、今一度バトンを押しつける。

「ふぐッ」

「……じゃ、冥土の土産、な」

　ぐっと中に入ってくる。乾いたままなので、ひどく痛む。

　木原は乱暴に乳房を揉みしだき、荒い息を吐きながら乳首を吸った。

　二人の体が揺れるたびに、鎖がチャラチャラと地面を叩く。

「あ、あんた……いいよ……も、勿体ねえよ、殺しちまうなんてよ……」

　下から両腿を抱え、リズミカルに捻じ込んでくる。

「あ……い……あ……いいよ」

　高まってきたのか、木原は基子の上半身に覆いかぶさろうとした。両肩をつかみ、自ら腰を浮かせ、さらに深く捻じ込もうとする。

　そう。この瞬間を、基子は待っていた。

「んぎッ」

　喉仏の脇。頸動脈を、基子は一気に食い千切った。

　途端、蛇口を一杯に開いたように、血が噴き出てくる。木原はその噴射の反動のように体を反らし、電球の方を見上げながら、血の止まらない傷口を手で塞ごうとした。

　基子は痺れる体を無理やり動かし、ブルゾンから腕を抜き、スタンバトンに手を伸ばした。

「……そう、あんたも、悪くなかったよ」

基子は、木原の足下にできた血溜まりに先をつけ、スイッチを入れた。

悲鳴、血と肉の焼ける臭い、湯気、煙——。

あっというまに、何もなかった地下室に、三つ目の死体が転がった。

4

十月十三日木曜日、朝七時半。

昨夜、美咲は浅草の実家に泊まり、今朝はそっちから登庁した。その足で、特殊班執務室を訪ねる。

「おはようございます」

ドアを開けた瞬間の反応は、想像以上に鈍かった。

最初に動いたのは、係長デスクに突っ伏して寝ていた麻井だった。ボリュームを小さくしたテレビとこっちを、慌てた様子で見比べる。

「ん……ああ、門倉、おはよう」

「あ……かんぬぅ」

あの藤田ですら、美咲の方を向くだけで立ち上がろうともしない。みんな待機が長引いて、かなり疲れている様子だった。他にも川俣、大森、堀川に嶋田が、ソファで毛布に包まったり、自前の寝袋に収まって床に転がったりしている。女性陣と他数名は一時帰宅したのか、姿が見えない。

「……あの、よかったらこれ、食べてください」

母と作った五十個の稲荷寿司。最初は着替えとか、他に困っていることもあるだろうとは思ったのだけれど、自分にできるのはやはりこういうことだと考え直し、父と一緒に、朝三時に起きて用意した。

作っている間は、ずっとラジオを聴いていた。できることなら「城西信金立てこもり事件、解決」と速報が流れてほしい。とにかく犯人には、早く投降してほしい。そう願っていた。犯人が西尾であるならば、覚醒剤使用の可能性も充分にあるわけだが、奇跡的にも、ここまでは死傷者を出していない。このまま解決してほしい。こんな差し入れは無駄になった方がいい。そう思っていたのだが、幸か不幸か、そうはならなかった。

「う……うめえよ、かんぬぅ……」

藤田は食べながら涙を流し、抱きつこうとしてきた。むろん美咲は応じず、濡れおしぼりを代わりに渡した。その、おつゆベトベトの手で触られるのだけはご免だ。

「これ、何が入ってるんだ？　さっぱりしてて美味いな。いくらでもイケちゃうよ」

川俣は特に気に入ってくれたようだった。

「きざんだ生姜が入ってるんです。うちは、ずっとそうなんです」

麻井も悦んでくれた。

「ほんとだな。いくらでも入っちゃうな」

「あ、駄目ですよ。前島さんたちの分も、残しといてください」

美咲は、それだけは繰り返しいい置いて、デカ部屋をあとにした。


今日美咲たちは、夕方までは歌舞伎町で「ジウ捜索」、その後は宇田川邸に出向いて、改めて舞に事情聴取をする予定になっていた。昨日事情聴取をしなかったのは、舞に予定があったからだ。

朝の会議を終え、

「では、よろしく頼む」

「よし、いこう」

全員一緒に本部庁舎を出る。殺人班三係、特捜二係、碑文谷署と赤坂署の強行犯捜査係からなる混成部隊。女性は美咲一人だが、自分ではけっこう馴染んでいる方だと思っている。

霞ケ関から新宿までは丸ノ内線で一本。新宿駅に着いたら、サラリーマンの流れに混じって歌舞伎町へ。そのまま靖国通りを渡り、それとなくセントラルロードの入り口辺りでバラける。

「……俺たちは、あっちだ」

昼過ぎまでは、大久保一丁目を聞き込みして歩いた。厳密にいうと歌舞伎町からははずれるのだが、ドン・キホーテや飲食店もある上、ビジネスビルもかなりあるので、聞き込み先には事欠かない。

だが遅い昼食をとり、さて聞き込みを再開しようかと店を出た三時過ぎ、東の携帯に連絡が入った。

「は、宇田川舞が？……分かりました。すぐ向かいます」

捜査本部からのようだった。

「舞が、どうかしたんですか」

携帯を閉じた東は、あらぬ方を睨みつけた。

「どうやら、昨夜から行方が分からなくなっているらしい」

ズンと、下っ腹に重く落ちるようなひと言だった。

松濤の宇田川邸には、渋谷署少年係から二人の捜査員が事情聴取にきていた。その内の一人、少年係長の遠藤警部補は、東と旧知であるらしかった。

「……おい、どういうことなんだ」

彼はリビングの戸口で、東の前に立ちはだかった。

「それはこっちが訊きたい」

「おとといきたんだろう」

「おとといはおととい、今日は今日だ」

東は軽くいなしてすれ違い、室内に進んだ。美咲も頭を下げながらそれに続く。

改めて挨拶をし、宇田川光浩、律子から話を聞いた。光浩の父、法助はショックで体調を崩し、今日は寝込んでいるということだった。

「昨日は、学校から帰ってきて、友達の家に泊まりにいくといって、夕方に出ていきました……よくお邪魔するお宅だったので、特に心配はしていなかったのですが、でも、いつも、最低でも一、二回は電話をくれるのに、それが、ゆうべは一度もなかったものですから、夜になって、心配になって、携帯に架けたんですけど、通じなくて……でも、遅かったので、相手のお宅に架けるのもご迷惑かと思い、今朝、改めてお電話したら、昨夜はお邪魔していないと分かりまして……それで、また何度も何度も、舞の携帯に架けたんですが、通じなくて、もちろん、学校にもいってませんで、それで……」

光浩はときおり同意を示す程度で、ほとんどずっと、律子の隣で押し黙っていた。彼は普段、舞とどういう親子関係だったのだろう。並んでいるのを見たことがないせいか、美咲にはまったく想像がつかない。

「東、ちょっとこい」

遠藤に促され、捜査員四人はリビングを出た。だがそこでも話が筒抜けになりそうだったので、やはり外までいくことにした。

玄関を出て、外階段を下りる。通りには早々と街灯が点っている。

「……お前、おとといここにくる前に、うちの地域課に巡回カードを出させたらしいな。一体この家に、何があったっていうんだ」

東よりずいぶん老けた外見の遠藤だが、二人の関係はまったくの同格であるようだった。

「……詳しくはいえないが、こっちのヤマに絡んでいる」

「そんなことはいわれなくても分かってる。俺がいってるのは、これはただの行方不明なのかってことだ。お前んとこは、あれだろ、例の連続誘拐の帳場だろ。それで訪ねてきて、翌日には娘が失踪。つまりこれも、誘拐事件なんじゃないのか。どうなんだ東」

彼の部下が「係長、声が」とその肩に触れる。

「身代金要求の電話はあったのか」

遠藤は目を逸らし、吐き捨てるように息をつく。

「……あったらあったと、真っ先にいってる」

「だったら誘拐じゃない。少なくとも、うちの追っている線ではない」

「じゃあなんなんだ。どうして宇田川舞は消えた」

怒声と共に手が胸座に伸びる。だがつかまれる前に、東はそれを払い除けていた。

「そんなことは俺にだって分からんッ」

そのとき、美咲の腰で携帯が震えた。

こんなときに誰だろう。大した相手でなかったら切ろう。

そう思って、ディスプレイを見ると——。

5

どれくらい、意識を失っていたのだろう。もはや時間の感覚は完全に失われていた。気力はともかく、出血したせいか体力も著しく低下している。

目が覚めたのは、何か、鈍器で硬いものを叩くような音を聞いたからだ。薄目を開けると、うずくまった黒装束の人影が三つ、いや四つ確認できた。どうやら、彼らはその場で死体の解体処理をしているようだった。

それとは別に、向こうのドア付近にも人影があった。暗いし遠いのではっきりとは分からないが、一人はたぶんジウ、一人はスーツ姿の男に見えた。もう一人は、わりと太った人だった。

何か話をしている。着衣の種類はよく分からない。内容は理解できなくても、その声から何か分かるかもしれない。そう思い、意識を耳に集中したが、死体処理の音がうるさくて、結局何一つ聞き取れなかった。

四肢に力を入れてみる。両手は後ろで、足は膝と足首の二ヶ所で縛ってあった。両方とも鎖ではなく、ロープになっていた。

基子の蘇生に気づいたか、ジウらしき影が、ふらりとこっちに向かってくる。電球の下に差し掛かり、顔が見えたが、やはりそこにはいかなる表情も浮かんではいなかった。

まったく歩をゆるめず、彼は目の前まできて、いきなり基子の顎を踏み抜いた。


次に目を覚ましたときは、一見ホテルのような、清潔だが生活感のない部屋のベッドに寝かされていた。天井の感じからすると、十数畳はありそうだった。照明は点いていない。左手にクローゼット、大きな笠の電気スタンド、足元の右側に出入り口がある。ドアは開いており、そこから外の白い明かりが射し込んできている。

もう、手足は縛られていなかった。腹に痺れのような違和感があり、手をやってみると、Tシャツの下にさらしが巻いてあった。

さらに布団の中でまさぐってみる。身につけているのはそのTシャツに、下着のパンツだけだった。一応、再度確認したが、ブラジャーはなかった。

見ると、布団の上にはシルクに似た風合いのナイトガウンがかかっている。そんなもの、今まで一度も着たことなどなかった。たぶん店頭で手に取ったことすらない。起きてくるならこれを着てこい。そういう意味なのだろうか。

腰を少しずつずらすようにしてベッドから這い出た。腹の傷と、最初の男に殴られた頭、肩口の数ヶ所、左の前腕にも痛みが走った。あと、ジウにやられた後頭部と、顎と、頬の切り傷も少々。ドア口の左にはドレッサーがある。ガウンを着て覗き込むと、両方のこめかみ辺りが青黒くなっていた。頬の傷もだいぶ大きい。でもこっちの治療は消毒程度だったようだ。どうにも、自分のガウン姿がこっ恥ずかしい。

ドア口から隣を覗く。

右側にはずっと向こうまで、腰高の窓が続いている。

午後か。やや傾いた陽光に照らされた新宿の街が見下ろせる。よく晴れており、この満身創痍(そうい)の状態でも清々しいと思える眺めだった。高層ビル群と西武新宿駅の位置関係から、ここは北新宿辺りなのだろうと察せられた。

「……ようやく、ヒロインのお目覚めですな」

老けた、だがよく脂の乗った感じの声だった。左の方に目を向けると、バーカウンターの中で老人といっていい年頃の男がグラスを磨いている。恰幅がよく、豊かな頭髪も口ひげも白が勝っている。あの監禁部屋の出入り口で、ジウたちと立ち話をしていた一人であろうと思われた。あのときと同じかどうかは分からないが、今は茶系の和服姿だ。

「どうぞ。好きなところにお掛けなさい」

広いリビングの中央には革張りのソファセットがある。その中にあるテーブルは、実用性を度外視した、やけに天板の低いものだ。

基子は溜め息をついた。

「……いろいろ、説明してもらいたいんだけど」

老人は一瞬きょとんとし、すぐ愉快そうに笑い始めた。

「まずは、事情説明ですか。さすが大物ですな。ジウが殺すのを躊躇っただけのことはある」

重ねて勧めるので、基子は仕方なく、老人に左肩を向ける恰好で腰を下ろした。彼は白い布巾でグラスを拭き続けている。

「最初はね、ジウはあなたを、殺すつもりでいたんですよ」

「っていうかあんた誰よ」

またきょとんとし、すぐに笑みを取り戻す。

「これは失敬。私は、ミヤジと申します。ミヤジタダオ。ジウの後見人、いや、ファンみたいなものですかな」

「……パトロン？」

「ああ、いいですね。その表現が、一番相応しいかもしれない」

ここから窺う限り、老人が何かしらの武器を携行しているようには見えない。だが、何しろ相手はカウンターの向こうだ。手元に何を用意しているかは分からないし、ワンアクションで取り押さえられる間合いでもない。もう少し、様子を見る必要がありそうだ。

「……で、パトロンのミヤジさんは、何をやってる人なの」

「はい。不動産を、少々」

「そのわりには、殺すのなんのって、平気で物騒なことをいうんだね。要するに、ただの不動産屋じゃないってわけかい」

「ええ。覚醒剤の輸入、販売もしております」

体の中を、何か、冷たい風のようなものが、通り抜けていく。

——まさか、寝ている間に……。

だが、怪我をしている点を除けば、五感にこれといった異常はない。適度な空腹感もある。興奮も特にしていない。

——大丈夫、大丈夫……。

基子は平静を装い、室内をぐるりと見回した。

「……ジウはどこ。奴と決着をつけたいの」

老人は手にしていたグラスを後ろの棚に戻した。

「およしなさい。あなたでは、ジウには勝てない」

カチンときたが、冷静さを失うほどではなかった。

「二度同じ手は喰わないよ。もう負けない」

「だとしても、今のあなたは怪我人だ。それが治ってからになさい。二人とも、まだ若いんだから」

　また新しいグラスを手に取る。棚には三、四十個、同じ形のものがある。あれを全部、磨くつもりなのだろうか。

「……だから、ジウはどこなの」

「出かけています」

「いつ戻るの」

「分かりません」

「連絡して、帰ってくるようにいってよ」

「できません。彼の自由を奪うことは、誰にもできません」

　あたしが奪ってやるよ。そう思いはしたが、いわずにおいた。

「……奴は、何をしに出かけたの」

「さあ。また何か、面白いことでも思いついたのでしょう」

「暴力団事務所の襲撃？」

　老人は楽しそうにかぶりを振った。

「あれはもう、お終いにしたと思いますよ」

「もう充分、チャカは集まったってわけ」

「さあ。それは私からは、申し上げられません」

またグラスを取り替える。

「あの、木原ってライターも、あんたらの仲間だったの」

「それは心外ですな。あのような虫けらを、仲間だなどといわれたくはありません。できれば訂正していただきたい」

「なんていえばいいの。手下？」

「まあ、臨時の日雇い、みたいなものでしたかね。あれは金でも覚醒剤でも、どっちでもいうことを聞く男でした。今回の奴の役回りは、あなたとジウを引き合わせる、つまりはキューピッド……あいや、誓っていっておきますが、あなたの記事を奴に書かせたのは、私たちではありませんよ。私の意思でも、ジウの意思でもない。実際ジウは、あの記事を見て、あなたを殺そうと考えたくらいですからね」

分からない。こいつは一体、どういう立場の人間なのだ。

「じゃあ、誰の意思だったの」

「それもお答えできませんな。誰かの仕事を、横からとやかくいうのは、好きではありません。……何か、お飲みになりますか」

グラスの棚の横には、基子の知らない銘柄の酒瓶ばかりが並んでいる。

「水。普通の水があったら、それをちょうだい」

「白いお粉は、入れなくてよろしい？」

「入れたら殺す」

　老人は嬉しそうに肩をすくめた。

「そう。そういうところが、あなたはいい。殺すというひと言を脅しに終わらせず、ちゃんと実行に移すところがあなたの素晴らしいところだ。……正直にいうと、人を殺すことなど、なんとも思ってはいないのでしょう？　あなたは」

　一瞬ぎょっとしたが、よく考えたら当たり前のことだった。あの屈強な男、救急箱の少女、それと木原を立て続けに殺した場面は、間違いなくあの監視カメラに捉えられていた。この老人はおそらく、そのすべてをリアルタイムで見ていたのだろう。

「……ずいぶんな言い方ね。でも、なんとも思ってないわけじゃないよ。特にあの木原ってのとは、曲がりなりにも男と女になってたわけだし」

「通じた男を殺すのは、あなたが最も得意とするところでしょう」

　つるんと、背筋に滑り込む氷のようなひと言だった。この男は、自分が十七歳のときの、あの最初の殺人を、知っているのか。

「……驚かれましたか。意外でしたか」

　肩を動かさないよう注意しながら、基子は息を整えた。

「なんのことといってんのか、分かんないよ」

「おや、おとぼけになるのですか。……高校時代の、あなたの初めての殺しのことですよ」

なぜそのことを知っている。だが、わざわざ基子から訊くまでもなかった。

「……雨宮崇史くん。彼が教えてくれました。あなたは十七歳のときに、母校柔道部のコーチにきていた大学生の首の骨を折り、殺害している。以来あなたは、人を殺したいと、思い続けている」

「うそだッ」

思わず立ち上がり、腹の傷が痛むのもかまわず、カウンターまで飛んでいった。

「うそをつくなッ」

その勢いのまま天板に拳を落とす。だが老人は少しも態度を変えず、ミネラルウォーターを注いだグラスを基子に差し出した。

「……何が、うそなのです？ 雨宮くんが、あなたの秘密をペラペラと、私のような者に喋ったことが信じられないのですか。でもあなた、よく考えてごらんなさい。あなたは彼の、一体何を知っているのですか。思春期を米国で過ごしたこと？ それについて、あなたは何かしらの機関を通じて、ちゃんと事実関係を確かめたのですか。それ以前に、彼の戸籍を調べましたか。彼がＳＡＴに配属される前にどこにいたのか、そういうことはちゃんと調べたのですか」

透明なワイングラスに、同じ色の液体が入っている。それが本当にミネラルウォーターかどうかを確かめる術は、今の基子にはない。毒であるかもしれないことを覚悟の上で、飲んでみるしかない。

「まあ、そんなことはどうでもいいではありませんか。大切なのは、あなたが、この日本という法治国家に生まれ、きちんとした教育を受けたにも拘わらず、こうして、立派な殺人者に成長したという事実です。……私は、あなたを歓迎しますよ。あなたは、こちら側の人間なのですから」

「なにいってるの」

老人は、少しだけ怖い顔をした。

「いまさら違うといったって始まりませんよ。あなたがサイトウケンスケというプロレスラー崩れを絞め殺し、ウタガワマイという年端のいかない少女を刺し殺し、木原毅を嚙み殺したのは紛れもない事実です。そしてそれは、ちゃんと記録映像にも残っているんですよ」

「そんなものであたしを告発できると思うの？　あれは全部、正当防衛よ」

「いいえ。とんでもない過剰防衛です。しかもサイトウのとき、あなたは一度手をゆるめようとしている。だが直後には再び全力で絞め上げ、死に至らしめている。明らかに、殺すかどうかの選択のときに、殺さない、ではなく、殺す、という意思決定をあなたはしている。これは重要ですよ。なんとなくではなく、確固たる意思を持って殺人を犯している。しかも冷静に。かつ継続的に、連続的に。……素晴らしい。あなたはやはり、こちら側の人間だ」

赤面するくらい、すべてを見透かされている。

だがそれが、不思議と不愉快ではない。

「こちら側の人間？」

「ええ。あなたが今まで暮らしていた経済大国、法治国家としての日本ではない、もっと新しい、自由な世界です」

「そこに、いくの？」

「いえ、変えるのです。この日本を。そして世界を。それが、やがて新しい世界のルールになる。まさしく『新世界秩序』です」

「そのために、あたしに、あんたの手下になれってわけ」

老人はおどけたように両手を広げてみせた。

「滅相もない。私はあなたを、木原なんかと同じには考えていませんよ。ジウと同等か、ある場面ではそれ以上の方だと認識しております。それに、私たちは上だとか下だとか、そういうふうには基本的に考えません。各々が自由であること。その自由は誰かに保証される類のものではなく、自らが勝ち取る種類のものです。

……むろん、役割はあります。私はお金を出させていただいておりますが、ジウは、そういった意味では行動派ですね。その他にも、行動で意思を示す者は大勢います。あなたにも、是非そうしていただきたい……が、これは強要でも命令でもありません。あなたの意思を尊重します。柔道のコーチやサイトウ、ウタガワマイ、木原を殺したのと同じように、あなたの意思で、旧世界を滅ぼしていただけたら、私は本望です」

なんだろう。この、澄み渡ったような、静かな気持ちは。

あと一つ、たった一つ、疑問が解消されたら、自分はたぶん、彼の前で大きく頷くことができる。

「……ミヤジさん。一つ、訊いていいかな」

「はい。なんなりと」

ひと呼吸置く。心を決める。

「……雨宮崇史は、あんたらの仲間だったの」

老人は、目を閉じて頷いた。

「はい。大切な、同志でした」

そして、氷の世界は訪れた。

さらに日が傾き、リビングに陽光が差し込まなくなった頃、老人は基子に、最初の部屋に入っているようにいった。

「まもなく、お客さまがいらっしゃるのです。あなたはまだ会わない方がいいでしょうし、先方も、そう思われることと思います。大変申し訳ありませんが、ほんの二、三十分ですから、そちらに」

基子はいわれた通りにした。老人は外から鍵を掛けたが、まあ、それについて文句をいえる立場でもない。

カーテンを開け、隣で見たのと同じ新宿の風景をぼんやり眺めていたら、五、六分して呼び鈴が鳴った。

どうぞ、と老人の声が応え、人の気配が隣室に入ってくる。

客が、小声か手振りで何か尋ねるような間があった。

「ええ、大丈夫ですよ。いま、隣にいます」

「……起きてるんですか」

老人よりは、だいぶ声の感じが若い。

「ええ。気分もよさそうでしたよ」

しばしの沈黙。老人は、基子にしたようにソファを勧めたのだろうか。革が沈む音がした。

「……説得、できたんですか」

「そんな、説得なんて無粋な真似はしませんよ。ただ、互いに理解し合い、協調していけるのではないかという意思を確認し合ったまでです。……あなたのときと、同じようにね」

　相手は困ったように溜め息をついた。

「大丈夫なんですか、本当に」

「何がですか」

　また沈黙。

「……何しろ、素地は人並みはずれてありましたからね。それはあなたが、一番よくご存じのはずでしょう。……大丈夫ですよ。私の話も、すんなり理解してくれたと思いますよ」

「思いますよ、って……ミヤジさん」

　老人は笑い飛ばした。

「なんといっても、あのジウが、殺すのを躊躇ったのですからね。私は変な話、ジウに花嫁ができたような、そんな気すらしているのですよ」

　何を、勝手なことをいっているのだ。

　だがそんな与太話を、相手はなぜだか信じたようだった。

「……分かりました。では、彼女がこちら側にくると、そう勘定に入れて、進めてかまいませんね？」

「ええ。かまわないと思いますよ」

「そんな、思いますよって……」

老人が鼻で笑う。

「どうしたんですか。まさか、保証なんて言葉を聞きたいんじゃないでしょうね。そんな、銭ゲバの手垢にまみれた台詞を私から引き出そうったって無駄ですよ」

「いえ、そんなつもりは……」

その後、しばらくは沈黙が続いた。だが、ただ黙っているのではなく、無言だが何かをしているように感じとれた。

次に口を開いたのは老人の方だった。

「……それは？」

「まあ、彼女の昔の仲間ですよ。これに引き取らせるのが、何かと都合がいいんじゃないですかね。下手をしたら彼女は、このまま行方をくらます可能性だってある。それは、さすがに得策ではない。……あなたは、保証は不要といわれるかもしれないですが、それでもやはり、ある種のブレーキは必要です。上手く使えば、これはそのブレーキになり得る」

老人は「うん」と漏らしたが、あまり乗り気ではなさそうだった。

「……まあ、その辺りはあなたにお任せしますよ。細かい事情は、私には把握しきれない」

「ええ。まあ、見ててください」

なぜだろう。ふと基子は、その男の声を、以前にどこかで聞いたことがあるような、そんな気がしてならなかった。

第六章

1

出会った頃の彼は、ただ非力で、小汚い、いき着く先には餓死という名の未来しかないような少年だった。こじつければそれが、私の少年時代とも重ならないわけではなかったが、私自身はあまりそういう感慨に耽ったことはなかった。

むしろ着目すべき点は、彼がその後に身につけた不思議な能力であろう。

初めて会ったあの日、安倍興業の武藤に殴られ蹴られしていたのだから、当時その能力を持っていなかったのはまず間違いない。また私も、数々の暴行を加えていたのだから、能力の発現はそれ以後、具体的にいえば、あの「性器改造」よりあとだといえよう。

我々がある種の関係で結ばれたのちも、彼は私から現金を盗もうとし続けた。少なくて三千円、多くて三万円のケチな盗みだが、私も相変わらずそれを許そうとはしなかった。見なければ怒りようもないのだが、見つけてしまったら半殺しの目に遭わせる。それが私たちのルールだった。

ただあるときから、ぱったりと私の拳が、蹴りが、刃先が、彼に当たらなくなった。日本刀を持ち出してもそれは同じで、彼は常にギリギリのところで私の攻撃を避け続けた。

最初は、自分の年のせいなのだと思い、少々落胆した。五十代後半に差しかかった私と、せいぜい小学校高学年の彼。下手をしたら、祖父と孫くらいの年の差がある。彼の方が、すばしっこいのは当たり前だ。

だが、それにしても納得できなかった私は、木村に命じて彼を襲わせた。するとなんと、やはり拳も、蹴りも当たらない。私は「もういいというまで続けろ」といってあったのだが、木村は空振りを繰り返すばかりで、ものの三分と攻め続けることができなかった。

まさに紙一重。それは実に見事な体捌きだった。今度こそ完璧に当たった、そう見える一撃でも、やはり結果は空振りなのだ。

いつのまに彼は、そんな技を身につけたのだろうか。

私はその体捌きの秘密を解き明かそうと、しばし躍起になった。

何度かそんな襲撃を繰り返していると、実は彼は、攻撃のすべてを、よく見て避けているだけなのだ、ということが分かってきた。彼は、決して勘を頼りに避けているのでも、相手の初期動作を見て反射神経で避けているのでもない。拳なら拳を、最後までよく見て、それそのものを避けているのだった。

　驚異的な動体視力。

　特殊能力の秘密がそこにあることを証明するために、私はあるとき、いきなり後ろから彼の頭を鉄製の花瓶で殴ってみた。見事それはヒットし、彼は脳天から血を噴き出して失神した。

　やはり。彼は相手の攻撃が見えていれば絶対にやられないが、背後や死角からの攻撃には滅法弱いのだ。それが分かったからどうということもないのだが、私は少し、すっきりした気分になった。

　もともと、彼が脳にある種の障害を持つ、無痛症者なのであろうことは分かっていた。何しろ腹にナイフが刺さっても、陰茎を真っ二つに切り裂かれても平気なのだ。それ以外には考えられない。

　ただ、これ自体は非常に危険な症状である。痛みとは、肉体が傷ついている、危険な状態にあるということを知らせる重要な信号だ。その信号が発せられないということは、どこかの大きな動脈が切れて出血しても気づかないわけで、最悪の場合、そのまま出血多量で死んでしまう可能性もあるということなのだ。

だからこその、驚異的な動体視力、なのだろうか――。

私は神などというものはまったく信じていないが、その発見をしたときだけは、さすがに何か、目に見えない力が彼の体を守るために、その能力を授けたように思えたものだ。

と、そこで私は、一歩進んだ考えを持つに至った。

向かってくるものを見てギリギリで避けることができるのなら、それを攻撃に応用することもできるのではないか。よく相手の動きを見て、避ける方に避ける方に攻撃を繰り出していけば、かなりの高い確率で致命傷を負わせることができる。どんなに相手が屈強でも、その攻撃をかわしてかわして、こっちは小さな攻撃を当てて当てて、そうやっていけば確実に、相手を死に至らしめることができるのではないか。

実験台にしたのは、再び木村だった。木村も彼もナイフを一本ずつ持ち、互いに切りつけ合う。私は、木村にはただ「殺せ」とだけいっておいた。

私の「始め」のひと言で、まず木村が歩を詰めていった。そして、自分の間合いに入った途端、ザッと一気に距離を詰めた。

木村は彼の喉を狙った。だが彼は、それを小首を傾げるようにして避けた。そして自分のナイフで、まるで印でもつけるように、木村の右手に一本線を入れた。

ぽろぽろと床に落ちたのは、木村の四本の指だった。あとからナイフもそこに落ちた。

木村の口が「あ」の形に開くと、彼は次に、その口の中にナイフを突き立てた。刃は舌を貫き、顎の下からその切っ先を覗かせた。引き抜いたら、間髪を入れず左目に。ぐりんと捻り、そのまま眼球を刳り貫いた。

「もういい、やめだ」

だが、当時の彼は日本語を解さなかった。いや、分かっていたのかもしれないが、従ってはくれなかった。ただ、ナイフをこっちにひと振りしただけだった。木村の目玉が私の足下に飛んできた。

彼が攻撃の手をゆるめなければ、木村も止まるわけにはいかない。右手の指を失い、左目を失ってもなお、木村は彼に、死に物狂いで殴りかかっていった。彼はその大振りなパンチをかいくぐりながら、木村の腹に、腕に、腿に、何度も何度もナイフを突き立てた。やがて動けなくなった木村が仰向けに倒れると、その頭の辺りにしゃがみ込む。

彼は、すっかり蒼くなった木村の顔を覗き込み、「あー」と、口を何度も開けてみせた。そのときは、何をやっているのかよく分からなかったが、あとになって気づいた。あれは、舌がどうなったのか見せてくれ、という意味だったのだ。

痛みという感覚を理解できない彼にとって、傷を直接見るというのは、極めて重要な代替行為なのだろう。まあどっちにしろ、馬鹿にした態度であることに変わりはない。

直後に木村は息を引き取った。むろん私は、自腹を切ってその死体を処理した。だが、いいものが見られたので、損をした気分にはならなかった。

端的にいうと、彼は餌付けの利かない野生動物のような存在だった。

私が「小遣いだ」といって渡す金には見向きもしない。でも、私が背を向けると、その札をちゃんと持っていく。どうも、自分で「盗る」という感覚が大事らしい。だからもう私も、木村の死後は、彼が私の財布から金をくすねるのを黙認することにした。

彼はずっと私のマンションにいることもあれば、半年くらい姿を消すことも珍しくはなかった。その行動に規則性はなく、最近見かけないな、などと思っていると、思いがけず街角ですれ違ったりする。かと思うと、急に部屋に友達を連れてくる。そのうちの何人かは、翌朝には冷たくなっていた。むろん彼に死体処理などという気の利いた仕事はできないので、私が自腹で業者に片づけさせた。

そんな私たちの付き合いも十年目になろうかという今年の正月、彼は突如、四千五百万円の現金を抱えて帰ってきた。むろん、私にとっては大した額ではないが、彼にとっては大金だったはずだ。

何かやったな。直感的にそう思い、私は嬉しく思った。

この九年の間、彼は彼なりに様々なことを学び、遂行する力を身につけてきた。それはおおむね犯罪と呼ばれる類のことばかりだったが、そもそも法律を守ろうという意識がないのだから、何かを成し得るまでの効率を考えたら、違法行為に手を染める方が手っ取り早いに決まっている。

そう、かつての私がそうだった。

盗み、奪い、騙し、脅し、殺す。

少し金を使って調べれば、彼が何をやったのかは大体察することができた。それは、世間では『利憲くん事件』などと呼ばれている、身代金誘拐事件だった。なんでも警察関係者から聞いた話だと、あらかじめ指を切り落としておいて、それを母親に拾わせたのだとか。

あの小汚かったガキが、洒落たことをするようになったものだと、私は大いに笑った。

そして自分から申し出た。

「……なあ、今やってることに、私を混ぜないか」

彼は小さくかぶりを振った。

「そんな、邪険にするものじゃない。こういうことは、みんなで知恵を出し合って、綿密にやった方がいいんだよ」

それでも、彼は首を縦に振らなかった。

「これは、俺の、仕事。……俺の、仕事」

勝手に補うならば、二度目は「俺だけの仕事」といいたかったのではないだろうか。

「うそをいうな。仲間がいただろう。一人で全部やったんじゃないんだろう？」

私はすでに複数犯による犯行との情報も得ていた。

「……みんな、殺した。全部、俺の仕事」

ああ、なるほど。仲間を集めて犯行に及び、それを全員始末するところまでが、彼の仕事というわけか。なかなか、自立した犯行手口でよろしい。私はいったん、犯行計画への参加を見合わせることにした。

さらに五月半ばには、もう五千万。彼の仕事は、すこぶる順調なようだった。

だが、七月の初め頃だ。『利憲くん事件』に関与した男が一人逮捕された、という情報を私はつかんだ。全員始末したのなら安心だと思っていただけに、私は激怒し、彼を叱りつけた。

「なぜ一人だけ生かしておいた。全員始末したんじゃなかったのか」

だが、彼はまったく動じなかった。そして悪びれるふうもなく、透き通った目で私を見つめ、こういった。

「……俺、もっとスゴイこと、やる。この国、引っくり返る、スゴイこと」

私は、目から鱗が落ちるというか、急に視界が開けたような気持ちになった。瑣末(さまつ)な失敗に目くじらを立てた自分が、急に恥ずかしくなった。

彼は彼なりに、自分の世界を作るため、すでに行動を開始していたのだ。そしてそれは、私が夢見た世界をさらに純化させたものであろうと察せられた。既存の秩序の外にあり、同時に内に含まれてもいる、すべてが透明で、本能の赴くままに生きられる世界。

私たちの、新しい世界。新しい秩序。

「……分かった。怒鳴ったりして、すまなかったね。私にできることがあったら、なんでもいってほしい。いいね？」

よくよく聞いてみると、彼が一人だけ生かしておいたのには理由があるようだった。

その岡村という男は、彼のほとんど唯一といってもいい日本人の知り合いで、次の計画にも参加させる予定でいたから、だから殺さなかったらしい。だが、二度目の計画を実行に移そうと思ったら、行方が分からなくなってしまった。仕方なく、彼は中国人も日本人も新規に調達し、その計画の終了と共に全員を殺害した。

だが、この二度目があまりにも上手くいったせいだろう。彼は早くも第三弾を計画し始めた。私は同じ手口でいくのは危険だと思い、せめて私の推薦する人物を一人メンバーに加えるよう要求した。元自衛官の、竹内亮一という男だ。

そこから先は、新聞報道の通りだ。第三弾計画は『利憲くん事件』の本部捜査員とＳＡＴの手によって潰された。残念ながら竹内は囚われの身となったが、幸いにも事前情報を得ていた私は、彼にだけは連絡をつけ、現場には戻らないよう伝えることができた。

身代金誘拐が失敗したのは残念だったが、それによって彼は、次の段階の犯行計画を考えるようになったのだから、まあこれも、一種の「災い転じて福となす」だと考えていいだろう。

ああ、伊崎基子。彼女に関しては、彼が「この女を殺したい」と週刊誌の切り抜きを持ってきたから、そうかい、分かったよと、私がお膳立てをしてやった。記事を書いた木原毅という男は、体半分はこっちの世界の人間みたいなものだったから、それを上手く動かし、彼と伊崎基子が劇的な対決をするよう、私が誘導したというわけだ。

ただ初対決のあと、彼が伊崎基子を「殺したくない」といい始めたのには驚いた。ちょうど警視庁の知り合いからも、始末するのはもう少ししてからにしてほしいといわれていたので、だったら一気に、こっちに引き入れてしまおうと、私が台本を書き換えた。

ちょうど、別進行の台本にも彼女の名前は載っていた。彼が「殺さない」というのなら、却って齟齬が解消できてよかったくらいだ。

ちょうど今さっき、伊崎基子がこの部屋から運び出されていった。

すべては上手くいっている。

私は今、とても穏やかな気持ちで、夕暮れの新宿を眺めている。

2

美咲は、思わず顔をしかめてしまった。

携帯のディスプレイに表示された文字は「伊崎基子　携帯」。

特二時代、緊急の場合に備えて交換した番号だが、一度たりとて架かってきたことはなかったし、こっちからも架けたことなどなかった。

なぜ今、伊崎基子が架けてくるのだ。あっちもこっちも事件だらけの、こんな忙しいときに――。

美咲は東に軽く一礼し、通りの端に寄って通話ボタンを押した。

「……あ、もしもし？」

だがなんと、聞こえたのは基子ではない、別の男性の声だった。

『門倉美咲さん、ですね』

聞き覚えはない。何やら、金属的な印象の声質だ。

「ええ。……そうですけど」

『今、お時間はございますか』

「は？」

『今、お時間は、ございますか』

時間、っていったって――。

「あ、あの、どういったご用件でしょう」

『伊崎基子を預かっています。今のこれは、彼女から取り上げた携帯で架けています。それで、状況を察してください。彼女を、引き取りにきてください』

ぴりぴりと痛いくらい、首の辺りの肌が粟立った。

「なんですか、それ……」

『引き取りに、こられないのですか？ それでもし彼女が、命を落とすような事態になるかもしれないとしても？』

ざらりと、ヤスリで撫でられるような悪寒が背中に広がった。

横目で確かめる。東はまだ、遠藤と話を続けている。

「あ、いえ……」

『では、あなた一人できてください。新宿歌舞伎町の、コマ劇場前広場に。今すぐ』

「……はい……分かりました」

心臓が、口から飛び出そうなくらい暴れ回っている。

「あ、あの……この番号に、架け直すことは」

『できません。今から電源を切ります』

まるで、ジウのようだ――。

「……そうですか。分かりました」

相手は「では」とすぐに電話を切った。美咲は密かに息を整え、東に向き直った。

「あの、主任……ちょっと、いいですか」

いってから、しまったと思った。もっとちゃんと、何をいうべきか考えてから声をかければよかった。

なんだ、とこっちを向いた東との間に、ほんの一瞬、沈黙がはさまった。たったそれだけで、怪訝な目をされる。

「……どうした。何かあったのか」

何かあったかといわれれば、確かにあった。何せ、伊崎基子を引き取りにこい、こなければ殺す、いや、殺すとはいっていなかったけれど、つまりそういう意味のことをいわれたのだ。

だがそれを、本当に、真に受けていいものだろうか。

もし折り返し架けてみて、相手が宣言通り電源を切っていたら、あと自分にできることとはなんだろう。基子の配属先、上野署交通捜査係に彼女の所在を尋ねることくらいか。だがそれをしたら、なんだか、騒ぎが大きくなりそうな気がする。もしいないといわれ、なぜそんなことを訊くのかと問われたら、引き取りにこいという電話が架かってきたことを、報告せざるを得なくなる。

「あの、実は……」

一刻も早く。そう焦る気持ちと、慌てるなと自らを戒める声が、胸の内でぶつかり合う。

「……ちょっと、ここを、はずさせていただいても、よろしいでしょうか」

東はきつく眉をひそめた。

「なぜだ」

彼にだけは本当のことをいって、相談に乗ってもらいたかった。だが、相手は伊崎基子という警察官の身柄を拘束し、それを同じ警察官である美咲に、引き取りにこいといっている。普通に考えれば、美咲が仲間や上司に相談するだろうくらいは察しがつくはず。だがそこをあえて、向こうは「一人でこい」といってきた。ただの脅しならいいが、そうではない、誰か内通者でも警察に入り込んでいるとしたら、却って基子の身が危うくなりはしないか。

——相談したら、どうなるんだろう……。

そう案じた時点で、もうそれはできなくなっていた。

——そうか、こういう気持ちか……。

美咲は初めて、子供を人質にとられた親の気持ちが、何分の一かだけだが、実感できた気がした。今までも分かっているつもりではいたが、やはりそれは、想像の範囲を超えるものではなかった。

——いえないよ、私、いえない……。

東の顔から視線をはずす。

「あの、は……母が、急病で、その、うちは父も、アレでして……兄夫婦は、ちょっと

「……すみませんッ」

自分でもわけの分からないことをいってしまったと思ったが、もう取り消すこともできない。

「あとをお願いします、失礼しますッ」

遠藤たちにも怪訝な目で見られたが、かまっている余裕はなかった。

新宿駅に着き、東口を出てひたすら走った。新宿通りにかかる横断歩道を渡り、果物屋「百果園」の前を通って石畳のゆるい坂道を下りていく。靖国通りを渡れば、もうそこは歌舞伎町だ。

木曜の午後六時。すでに街は賑わい始めている。

セントラルロードの入り口には、雑貨量販店「ドン・キホーテ」のテーマが流れている。走り抜けようとすると、何人もの黒服がまとわりつくように寄ってくる。

「ねえキミ」

「急いでますから」

「彼女ォ」

「急いでます」

「ちょっとキミ可愛いなァ」

「急ぐのよどいてッ」

新宿コマ劇場の突き当りまできた。二階くらいの高さには、五木ひろしを始めとする大御所の公演日程を記した看板が掛かっている。

左に折れ、すぐまた右に折れてコマ正面に回る。入場はすんでいるのか、入り口前に行列はない。だがそれでも、通りをいき交う人の数は相当なものだった。

カップル。サラリーマン。高校生。外国人。ヤクザふうの男たち。

「ねえ彼女」

「いやッ」

ようやく、コマ劇場前広場に着いた。

東急、東宝、ヒューマックス。映画館に囲まれたその場所は、バスのロータリーにも似た、かなり大きな広場だ。サラリーマンも浮浪者も、ホステスもヤクザの親分も入り混じり、何かを待ったり、探したり、ただ時間を潰したりしている。

そこで携帯が鳴った。

——もしかして、見られてるの……？

美咲はそれとなく辺りを窺ったが、携帯で喋っている人間は五人も十人もいて、とても特定できる状況ではない。

仕方なく、ポケットから出してみる。ディスプレイの「伊崎基子　携帯」の表示を確かめる。

「……もしもし」

　声は同じ男のものだった。

『周りを探るのはやめてください。さもないと、そこでまた、ストリップをやってもらうことになりますよ』

　息も、心臓も、時間すらも止まりそうになった。

　——誰なの？

　伊崎基子を捕らえ、美咲を電話で呼び出し、『岡村事件』で下着姿を晒したのが美咲だと知っている、男。

「……分かりました。見ません……伊崎さんは、どこですか」

『風林会館は、分かりますか』

「……はい。区役所通りの方、ですよね」

『はい。では、そっちに歩いていってください』

　ぶつりと切れる。美咲は早速、コマとヒューマックスの間を抜ける道に進んだ。

　向こうの歩道に渡って右に進む。ジウ捜索に歩いている捜査員と出くわさないかと気が気でなかったが、もう引き揚げたあとだったのか、不思議なくらい誰とも会わなかった。

　相変わらず、声をかけてくる男は多かった。だがその用向きは「キャバクラで働かない？」から「ホストクラブで遊ばない？」に変わってきている。

風林会館の一つ手前の角で、また携帯が鳴った。

『そのまま区役所通りを左に進んでください』

この手口は、もしかして、宇田川律子が身代金受け渡しに出向いたときのそれと、同じなのではないか。

――これで、最終目的地が、花園神社だったら……。

だが、その後の指示は違った。

職安通りまで出て、西武新宿駅までいって、大久保病院をぐるっと迂回して、真っ直ぐいくと、

――伊崎さん……？

大久保公園のゲートの脇に、あの伊崎基子が座っていた。柱に背中を預けるようにして、ぼんやりと、暗くなった空を見上げている。

「伊崎さんッ」

基子は、ふと我に返ったように辺りを見回した。すぐに美咲に気づき、立ち上がろうとする。が、力が入らないのか、地面に手をついた姿勢のまま動きを止めた。

駆け寄ると、基子は走ってきた美咲と変わらない、荒い息遣いをしていた。

「……どうしたの、門倉さん……」

「どうしたのって、伊崎さんこそ、どうしたの」

着ているのはシルバーとメタリックブルーのスカジャン、プリントTシャツにジーンズ。見たことのない服だが、基子らしいといえば、いえなくもない。

それよりも、問題は顔だ。右頬には十センチ近い刃物傷。両こめかみ、顎の辺りは内出血で青黒く変色している。目も少し腫れぼったい。

「大変……どうしたの、誰にやられたの」

触れようとしたら、手を払い除けられた。

「……なんでも、ないっすよ」

「なんでもないことないでしょう。見せて」

「いいって」

「いいから」

「やめろようるさいなッ」

起き上がろうとするが、明らかに苦しそうだった。見た目では分からないが、服の下のどこかに、怪我をしているのかもしれない。

「ほら、つかまって」

「いいって」

「怪我してるでしょう」

「してないよ」

「いいからつかまって」

「お節介なんだよあんたはッ」

基子は右手でフェンスをつかみ、左手で美咲を牽制しながら立ち上がった。嫌われているのは百も承知だが、ここまでされると、腹が立つというよりも、却って疑問の方が大きくなる。

「なんでなの、伊崎さん」

肩を貸そうとするが、やはり拒否される。

「……こんなところで、怪我して座り込んでて、そんなんで、大丈夫なはずがないでしょう？　あなたは、私のことを仲間だなんて思ってないのかもしれないし、ましてや、友達だなんて、思ってないんでしょうけど、でも、私は違うの。私はあなたを仲間だと思ってるし、友達だと思ってる。何度も助けてくれた、命の恩人だとも思ってる。だったら、心配するのが当たり前でしょう？　違う？」

彼女は、笑った。

静かに、頬を引き攣らせて。

だがそれは、美咲が知っている、伊崎基子の冷笑ではなかった。

温度のない笑み――。

あの竹内や、宇田川舞が浮かべたのと同じ、人のぬくもりを捨て去ったような、あの不気味な笑い方だった。

「……鬱陶しいんですよ、そういうの。そういう、甘ったるいこといわれると、ほんと、反吐が出そうになるんすよ」

もう、何もいえなくなった。手を伸べることさえ、怖くてできない。

「今日のことは……見なかったことに、してください……」

基子は、腹を押さえながら、ふらふらと歩き始めた。

――伊崎さん……。

彼女は、もうすでに、あっちの世界にいってしまったというのだろうか。

3

決して、彼女の言葉を信じたわけではなかった。だが東は、美咲を追うことはしなかった。遠藤の手前、そんなことができるはずもない。

「……なんだありゃ。お前、どういう教育してんだ」

東は答えなかった。ただ「この件は持ち帰って検討する」とだけ返し、宇田川邸をあとにした。

いったん歌舞伎町に戻って二軒ほど聞き込みをし、それから捜査本部に帰った。七時過ぎだった。ほんの少しだけ、美咲が先に帰っていてくれたらと期待したが、やはりそれはなかった。

「お疲れさまです。ただいま帰りました」

「ん？　一人か」

綿貫に訊かれたが、体調が優れないようだったので先に帰した、とだけいっておいた。それで周りが納得してくれるのは、美咲が女だからに他ならない。

しかし——。

携帯で呼び出され、下手な言い訳をして、彼女は一体どこに向かったのだろう。顔がひどく強張っていた。よからぬ事態に直面していることは容易に察せられた。それでもしつこく問い質（ただ）さなかったのは、彼女が、自分の助力を求めていないと分かったからだ。求められたら、むろんそれには応じた。そうしなかったのが、自分の配慮の表れなのか、それとも、そういい出さなかった彼女に対する意地なのかは、今となっては判然としない。だが自覚はしている。自分には、ちょっとそういう、子供じみた意地を張る癖がある。

三田村は飽きもせず、上座の横に据えたテレビをじっと見ている。見ていた番組が別のテーマに切り替わると、リモコンを弄って「西大井信金籠城事件」の中継を流している局を探す。地上波でなければ衛星放送、ＣＳ放送まで回すのだろうが、今は幸いＮＨＫが流してくれているので、チャンネルは固定されている。

「進展、ありませんか」

覗き込んでも、こっちには目も向けない。右手が、タバコを探して机の上をさ迷っている。

「うーん……ホシも人質も、精神的、体力的限界に、きてるだろうになぁ」

運良く小指が当たり、キャスターの箱をつかむ。東は遠くにあった灰皿を、近くまで引き寄せてやった。

「相変わらず、ホシは何も要求してこないんですか」

「ああ、ないみたいだな。メシとか、どうしてんだろうな。差し入れしたって話は、どこでもやってないんだよな」

一警官として現場の仲間を案じているのか、それともただの野次馬根性なのか。この人の場合は、本当に分からない。よくこんな人が、警視まで上がってきたものだとつくづく思う。

とはいえ、西大井の現場が気になるのは東も同じだった。犯人であろうといわれているのは、あの西尾克彦だ。現状、東は西大井の事案に対して直接何かできる立場にはないが、西尾が逮捕されたとなれば、訊きたいことは山ほどある。どんな手を使ってでも事情聴取はしたいと思っている。

テレビ画面に映っている絵は、ほとんどずっと変わっていない。西大井駅の改札左手にある、信用金庫の正面出入り口。ガラスの自動ドアの向こうは明かりのないATMコーナー。店舗には蛍光灯の明かりが灯っているが、窓は縦型のブラインドで塞がれている。朝見た光景との違いは、周りが暗くなったという点以外、特にないように思われる。局側もそれでは視聴者が退屈すると思うのだろう、ときおり駅周辺にカメラを巡らせたりする。ロータリーを取り囲むように建てられた高層マンション。その一、二階部分はテナントになっているのか、スーパーや飲食店の看板がいくつも映り込む。

現場周辺は、一体どれくらいの規模で封鎖しているのだろう。この映像から正確なところは窺い知れないが、かなりの数の地域住民が通りに出て、野次馬と化しているのはまず間違いない。

映像は、ロータリーの向こうから現場を撮るカメラのそれに切り替わった。二、三段高いところから撮っているようなアングル。足元の野次馬が、飛び跳ねてそれに映ろうとする。着地に失敗し、後ろの人にもたれかかり、嫌な顔をされる。

と、その群衆の中に、

「アッ」

東は見た。

「ん、なんだ」

「これ、ここ……ジウです、ジウッ」

画面の右端にいる男。金色の長髪、白く端正な顔、華奢な体。着ているのは、白っぽいブルゾンだ。カメラをじっと見ている。そこに感情のようなものは一切読みとれない。だが東は、そのカメラ目線自体が、自分に対する挑発であると受けとった。

——キサマ、そこで何をしているッ。

「いきます」

東は踵を返し、会議室の出口に向かった。

すぐに後ろから、何人分かの足音が追ってくるのが聞こえた。

西大井駅に着いたのは八時半頃だった。

周辺を見渡し、現場から見てロータリーの真向かい、ジウがいたと思われる辺りに向かった。

封鎖地帯はともかく、その外周の歩道には、なんの祭りかと勘違いするような人だかりができている。

「どうするんですか、主任」

訊いたのは殺人班三係の佐々木だ。後ろにいるのは碑文谷の萩島巡査と、特捜と赤坂のデカ長コンビだ。

「とにかく、手分けして探すしかないだろう。金髪に白いブルゾンだ」

二対三に分かれて、歩道の内側と外側から野次馬を見分けて進む。

――ジウ、あの野郎……。

すぐそこで信金に籠城している男、西尾克彦は、やはりジウと繋がっていたのだ。西尾は携帯で外部と連絡をとっているといわれている。つまり、その相手がジウなのだ。

――ジウ、お前はここで、何をしようというんだ。

東は歯を喰い縛り、人混みを掻き分けて進んだ。

＊

小野は、向かいのビルから事件現場を見下ろしていた。

日付はすでに十月十四日。時刻は午前一時半を回っている。城西信金西大井支店強盗籠城事件は、発生から三日と十時間、第二小隊と交代した第一小隊が現場に入ってからは八時間が経過していた。

あれは夜の九時頃だったか。刑事部の人間が、野次馬の中にホシの仲間がいると騒いでいる、という噂を耳にしたが、あれは一体どうなったのだろう。今のところそれについての続報は聞いていない。結局、デマだったということなのだろうか。

十時過ぎからは雨、〇時頃からは風もだいぶ強くなってきている。状況は刻々と悪化していくようにも思われるが、天候が崩れて野次馬が減ったのだけは、好材料であるといえた。

刑事部が設置した照明で、現場前はあたかもドラマのロケ現場のような明るさに保たれている。今も合羽を着た刑事部ＳＩＴの主任が、拡声器で犯人への呼びかけを続けている。

「要求を聞かせてくれ」

「人質を解放してくれ」

「頼む、差し入れを受け入れてくれ」

ずっとこの調子だが、いまだ犯人は一切の反応を示していない。

マスコミも、レポーターとカメラにビニール合羽をかぶせて頑張っているが、撮影していいのは正面入り口のみということになっている。脇道に面した職員通用口や二階には、突入の機会を窺っているＳＡＴ隊員の姿があるからだ。

小野のいるこの位置から見て分かるのは、正直いって、現場内が明るいということくらいである。だが内部の様子は、五反田にある城西信金本部が管理する店舗内カメラで、常時監視が続けられている。そしてその報告は逐一、小野の耳にも入ってきている。

犯人は三十代半ばの男性。刑事部の一部は、これを「西尾克彦」という元自衛官であろうとしている。拳銃を所持、事件発生直後に三発発砲しているが、警察が現場を包囲してからは撃っていない。カウンター前に集めて座らされた客や職員は比較的落ち着いており、怪我人の処置を訴えるような声も特には聞こえてこないという。またトイレと水は、一人ずつ順番になら許されているようだった。

前線本部は、ロータリーをはさんで現場の真向かいに当たる、マンションの住民用集会所に設置されている。長らく警備部と刑事部、両部長による主導権争いが続いていたが、今日夕方、強行突入もやむなしという意見で固まったとの報告を受けた。

その時点では、作戦の決行は〇時二十二分の終電出発後といわれていたが、もうすでにそこから一時間が経過している。一体、本部は何を考えているのだろう。

城西信金西大井支店の店舗フロアは、やや扇形の間取りになっている。建物は三階建てだが、犯人の影響下にあるのは一階の店舗フロアのみだ。出入り口は客用の正面玄関と、職員通用口の二ヶ所。あと、外部に通じてはいないが、店舗奥には階段室に通ずる扉がある。

まだ電車も通っていた午後十一時。駅舎の屋根から特殊梯子で現場建物屋上に上ったSAT制圧一班は、そのまま階段で店舗フロア奥への潜入を成功させた。また制圧二班は、職員通用口前にて待機している。いま小野がいるビルの三階からは、正面口と通用口の両方が同時に見下ろせる。

また、一つ下の二階ではSATの狙撃一班が店舗の窓を狙っている。さらに制圧一班に続いて屋上から現場に潜入した狙撃二班は、二階の会議室、通りに面した窓際に待機している。正面玄関から出てきた被疑者を上から狙える位置だ。ちなみに本作戦中は、制圧一班をA班、二班をB班、狙撃一班をC班、二班をD班、技術支援班をE班と呼称することにした。また刑事部SITは、テレビのフレームからはずれる位置で待機している。

ふいに「ヂッ」とイヤホンが鳴った。

《こちら本部。SAT部隊長より、SAT各員。強行突入に関する詳細が決定したので知らせる……》

ようやく、橘部隊長が伝えてきた作戦内容はこうだった。

まず、刑事部SITの捜査員が店舗の表に面した窓を叩き、犯人を道路側におびき寄せ、人質から引き離す。それを本部が現場内映像で確認し次第、SAT制圧班が通用口および階段室の扉を開錠。次に技術支援班が店舗の電源を遮断。外部の照明も消して現場周辺を完全な暗闇にする。直後に通用口と階段室から、A班B班が突入。人質を保護、犯人を確保する——。

制圧班は全員が暗視スコープ付きのサブマシンガン、及び自動小銃を携行している。明かりさえ奪ってしまえば、犯人より格段に有利に行動できる。暗闇を味方につける作戦というわけだ。ちなみに犯人の服装は、黒いジャンパーにカーキ色のズボン。短髪で、帽子、眼鏡等の着用はないということだ。

《C班も、犯人の窓際での行動を確認できるよう準備しろ。作戦は午前一時五十五分に開始する。以上》

小野は胸に仕掛けた無線の送信スイッチを押した。

「第一小隊長、了解しました」

早速、小野は伝令を連れて二階に下りた。踊り場では、狙撃手の加藤巡査、北岡巡査長、監視担当の堀田巡査がそれぞれ店舗正面の窓を注視している。

「どうだ」

堀田は双眼鏡から目をはずさない。

「……ＳＩＴの捜査員が、接近の機会を窺っています」

まもなく、小野のいる場所からすれば真っ直ぐ正面、すでに暗くなった駅の改札付近から、活動服姿の警官が一人、中腰で接近してくるのが見えた。脇に、黒い布をかぶせた大盾を抱えている。

彼は店舗のすぐ脇に身をひそめた。活動服の濃紺が、徐々に水気を帯びた黒に変色していく。

小野は現場と腕時計を、何度も何度も見比べた。

やがて、作戦決行の午前一時五十五分が訪れた。

秒針が真上を指すと同時、無線が「ヂッ」と鳴る。

《作戦開始》
窓前の警官が、大盾の陰から右手を伸ばす。
その拳が、ゆっくりと二回、窓を叩く。
無線は沈黙している。内部に反応はなかったのか。
再び窓が叩かれる。二度、三度と繰り返される。
五回目になって、ようやく、影のようなものが窓際に近づいてきた。堀田が無線の送信ボタンを押す。
「こちらC班。窓際に立つ男の姿を確認」
《本部了解》
折り返すように本部からも連絡が入った。
《窓際に立つ男が犯人であることを、現場内映像で確認。A班B班は扉を開錠、突入準備》
《A班了解》《B班了解》
制圧班は信金職員から借りた鍵を持っている。
まもなく、A・B班が共に「開錠完了」と報告してきた。
《本部了解。A班B班は合図があるまで待機。E班は電源の遮断を準備》
E班はすぐに「遮断準備完了」と返した。

《本部了解。遮断まで、五秒……》
窓際の捜査員は、窓を叩き続けている。
《三、二……》
小野は腕時計から現場前に目を移した。
《遮断ッ》
現場内、現場周辺が、同時に闇に包まれる。
《制圧班、突入》
《A班了解》《B班了解》
通用口の扉を開けた制圧二班が突入するのを見守る。
当初、銃声のような物音は聞こえなかった。
三秒、四秒と沈黙が続く。
一発、銃声が聞こえた。
カカカッ、とMP5が応じる。
もう一度、単発の銃声。返すMP5。
それから三秒ほどして、
《B班、犯人確保、犯人確保ッ》
制圧二班の青山班長が報告した、その瞬間だ。

《アッ……》

店舗の窓全体が明るくなり、続いてドーンと、周囲の町並みを揺るがすような轟音が鳴り響いた。

——なんだッ。

瞬時にすべての窓ガラスが砕け散る。

現場を包み込んでいた雨のベールが、一瞬大きく、丸く膨らむ。

間髪を入れず、窓という窓から、炎と黒煙が噴き出してくる。

「どうしたッ」

その小野の問いに答える者は、一人としていなかった。

＊＊

麻井は一部始終を、特殊班執務室のテレビで見ていた。

「アアッ」

係の誰もが、いや、本部庁舎六階、刑事部フロアに残っている者全員が、悲鳴にも似た絶望の声をあげた。

麻井は、見てしまった。

――羽野さん……。

活動服を着込み、店舗の窓を叩きにいったのは他でもない、特殊班一係長、羽野警部だった。彼の気持ちは痛いほど分かった。「正月の黒星」と呼ばれた失点を、彼は自らの手で、取り戻しにいったに違いないのだ。

だが、彼の上半身は爆風に消し飛び、下半身は、炎に包まれて見えなくなった。

――羽野さんッ。

麻井はテレビに差し伸べた手を、虚しく握り締めるしかなかった。

エピローグ

第六機動隊庁舎、五階。

長い廊下を、ＳＡＴ部隊長室に向かって進んでくる、活動服の一団がある。『城西信金西大井支店爆破事件』によって壊滅したＳＡＴ第一小隊を再編成するため、新たに採用された十二名の隊員たちだ。

先頭は、伊崎基子巡査部長。彼女が、制圧一班の新班長だ。

一糸乱れぬ足並みで、部隊長室の前に至る。直角に曲がり、次々と中に入っていく。

迎えるのは太田警備部長、松田警備一課長、春木第六機動隊長、それと橘部隊長の四人だ。

中はせまいので二列に並び、太田部長の訓示を受ける。

終わると、各自の任命式に移る。

「伊崎基子巡査部長」

「はい」

まず彼女が、松田課長からSATオリジナルのアサルトスーツを受け取る。その右頰には、以前はなかった、刀傷のような引き攣れが見てとれる。

入隊式は、全体でもほんの十分程度だった。

終了後、隊員たちはまた彼女を先頭に整列、退場——。

その、ドア口を出たところで、彼女はいったん足を止めた。

「……また、よろしくお願いします」

こちらに敬礼し、微笑を浮かべる。

なんとも、不可解な笑みだった。

春風のように柔らかなのに、そのくせ妙に、いたたまれない気持ちにさせられる——。

なぜだろう。小野は彼女との再会を、素直には悦べずにいた。


（『ジウⅢ　新世界秩序』へつづく）

新装版解説　大スケールを支える型破りな変容（メタモルフォーゼ）

宇田川拓也

これからどう育っていくのだろうと愉しみに目を注いでいた若い木が、めきめきと荒々しい音をたてながら見たこともない異形の巨木に姿を変えるような――。

誉田哲也『ジウⅡ　警視庁特殊急襲部隊』に覚えた驚きは、それくらい大きなものだった。

当時、『ジウⅠ』を読み終えた段階で抱いていたのは、警視庁のなかでも捜査一課ではなく特殊犯捜査係〝SIT〟(Special Investigation Team）に着目した珍しさ、柔と剛を体現したタイプの異なるふたりの若い女性警察官を物語の中心に据えた斬新さ、一連の事件の背後で蠢く手強い犯罪者〝ジウ〟の危険な魅力、繰り出されるアクションシーンの冴え、激しい展開と恋愛要素の絶妙な絡ませ方、読み始めたら止まらなくなる抜群のリーダビリティ、手に汗握るクライマックスと次巻にすぐさま手を伸ばしたくなるラスト等々、読みどころと美点をいくつも備えた新たな警察小説が現れた――といった印象で、いま思えば、まったく浅はかであった。

今回、改めて全三巻からなる『ジウ』に寄せられた様々な称賛の声を確認してみると、やはり予想を超えるスケールの大きさを挙げている向きが少なくない。

起承転結と並ぶ構成パターンのひとつ「序破急」でいえば〝破〟にあたる本作は、単に〝序〟と〝急〟をつなぐだけでなく、まさに型を破るがごとき驚きの変容によってその大スケールを支える極めて重要な役割を担っている。

この〝変容〟に注目し、とくに読み逃せないポイントを三つに絞ると、まずひとつ目は、各章の「1」で綴られる、〝私〟なる何者かの独白だ。

新潟県にある漁港から離れた集落。そこは「宮路」なる男が長を務めており、世間一般の常識からは大きくかけ離れた野性的ともいえる暮らしを続けているのだが、物心ついたときにはここの住人になっていたという〝私〟が振り返る子供時代が凄まじい。周囲の誰もが倫理を欠き、性に奔放で、暴力と死が少しも特別ではない特異な日常は、だからこそ読む者を強烈に惹きつける。『ジウ』全体を通して見ても、誉田哲也の優れた表現力がとくに発揮されているのがこのパートで、たとえば〝私〟が幾度も身体を求める宮路の娘――ヒロコの妖艶さ。若いふたりが外の世界に飛び出したことで迎える哀しい結末が映し出す、煌めくような生命力とおぞましいのにどこか美しい愛おしさの発露。そして、奪い取った現金と覚せい剤を元手に成り上がり、ついにある出会いにより〝自由〟を知って涙する場面は、いずれもつい狂気を孕んでいるのを忘れてしまうほどに透明感のある隠れた名シーンだ。

また、一見すると本筋とは無関係にも思えるこの独白を追っていくと、じつは壮大な物語に君臨する一番の悪役(ヴィラン)の生い立ちであることが次第にわかってくるが、これは並みの書き手では容易に成し得ない高度な試みといえる。というのも、悪役の背景を詳らかにし、その人間観を晒すことは読み手が想像しやすくなる反面、得体の知れなさが失われ、精彩を欠いてしまうリスクがある(トマス・ハリスが生み出した天才的精神科医の殺人鬼〝人食いハンニバル〟ことハンニバル・レクターが、『羊たちの沈黙』以降の作品でたどった無様さを思い出していただきたい)。ところが誉田哲也の筆に掛かると、キャラクターの厚みと凄みが倍増し、大スケールにふさわしい悪役としての見事な肉付けになっているから恐れ入る。

ふたつ目のポイントは、第二章から第三章にかけて、前作で碑文谷署生活安全課に異動となった門倉美咲、刑事部捜査一課殺人班主任の東弘樹警部補、ふたりが担当する、「沙耶華ちゃん事件」実行犯グループのひとり——元自衛官の竹内亮一の取り調べの場面だ。ここで初めて、三巻目のサブタイトルにもなっている〝新世界秩序〟というワードが発せられ、東はその真意を探るべく竹内を相手に言葉のやり取りを重ねていく。ここでの格闘シーンにも劣らない一対一のただならぬ緊張感は、美咲が「もし東が呑み込まれて、あっち側に引き入れられてしまったら」と想像してしまうほど不穏で、本作のなかでも指折りの見せ場のひとつになっている。竹内が、クラシックとジャズ、ガリレオ、ネクタイといった色々なたとえを用いて束に説いていく〝新しい秩序〟。先の児童誘拐事件はただの発端であり、なにか途轍もないものが事件の裏側に潜んでいると印象付け、ここで物語の奥行きが一気に拡がることになる。

そしてみっつ目は第五章、伊崎基子に〝氷の世界〟が訪れる瞬間だ。

その腕を買われ、警備部第一課特殊急襲部隊〝SAT〟（Special Assault Team）初の女性隊員となった基子だったが、前作の終盤に関わる一件により、本作では巡査部長への昇進とあわせて上野署交通捜査係に異動となる。しかも成り行きから手掛けていた轢き逃げ事件の捜査を外れることになってしまい、暇を持て余していると、「木原毅」と名乗るフリーライターが接触してくる。当初は邪険に扱っていた基子だったが、あのジウが歌舞伎町で暴力団事務所をつぎつぎと襲撃している情報を教えられ、木原とともに行方を追うことになる。これからあまりにも過酷な展開が待ち構えているとも知らずに――。

本人にその自覚がなかなか芽生えないが、前作でのSATでの同第一小隊隊員――雨宮崇史との出会いはとても大きなものであった。雨宮にだけ明かした十代の頃のある出来事の際に抱いた、越えてはならない一線を越えてしまおうかという気持ちが窮地においてふたたび発動し、さらに基子の前に現れた謎の老人が口にする言葉が決定打となって訪れる〝氷の世界〟。この瞬間、続く『ジウⅢ　新世界秩序』での未曽有のクライマックスに向けた支度のすべてが整うのである。

このたびの新装版で初めて『ジウ』を読まれるという方もいると思うので、興を削がない程度に触れると、本作での驚くべき変容を経て、Ⅲではのちに〝歌舞伎町封鎖事件〟と呼ばれることになる前代未聞の大事件が勃発する。この事件は、『歌舞伎町セブン』（二〇一〇年）から始まる新宿を守る七人の殺し屋集団の物語にも影響を及ぼし、『ジウ』とあわせてサーガを形成している。本書刊行時点での最新エピソード『歌舞伎町ゲノム』（二〇一九年）では、さらなる激闘を予感させる熱がじわじわと高まってきているので、ぜひそこまで一気呵成に読み進めていただきたい。

さて、二〇〇五年から二〇〇六年にかけて親本が刊行され、二〇〇八年から二〇〇九年に文庫化、そして二〇二一年に文庫新装化と装いを変えてきた『ジウ』を、本稿執筆のために改めて読み返してみたが、これだけの年数が経っていながら、時間を忘れてしまうほどの面白さと強烈なインパクトがいささかも減じていないことに、大いに唸ってしまった。

二〇二〇年代に入っても警察小説の隆盛は留まるところを知らず、〈ジウ〉サーガと並ぶ著者の看板シリーズ――『ストロベリーナイト』から始まる〈姫川玲子〉シリーズも変わらぬ人気ぶりを誇っている。ベテランから新鋭まで、毎月多彩な作品が新たに上梓され続けているが、だからこそいま『ジウ』という破格の物語の真価がよりいっそう際立つように思えてならない。警察小説の沃野を見渡しても、『ジウ』に匹敵するほど画期的な輝きを損ねることなくそびえ、多くの読者を獲得し続けている作品がどこにあるだろうか。サーガの原点として、類のない警察小説巨編としての評価が、この新装版によってさらに揺るぎないものになることを、売り伸ばしに努めながら見守りたい。

（うだがわ・たくや　ときわ書房本店　書店員）

この作品はフィクションであり、作中に登場する人物、団体名、場所等は、実在するものとまったく関係ありません。

この作品は、『ジウⅡ　警視庁特殊急襲部隊』として二〇〇六年三月にC★NOVELSから刊行され、のちに文庫化した『ジウⅡ　警視庁特殊急襲部隊』（二〇〇九年一月刊　中公文庫）を新装・改版したものです。

中公文庫

新装版

ジウⅡ

——警視庁特殊急襲部隊

2009年1月25日　初版発行
2021年2月25日　改版発行

著　者　誉田哲也

発行者　松田陽三

発行所　中央公論新社
〒100-8152　東京都千代田区大手町1-7-1
電話　販売 03-5299-1730　編集 03-5299-1890
URL http://www.chuko.co.jp/

DTP　ハンズ・ミケ
印　刷　三晃印刷
製　本　小泉製本

©2009 Tetsuya HONDA
Published by CHUOKORON-SHINSHA, INC.
Printed in Japan　ISBN978-4-12-207033-2 C1193

定価はカバーに表示してあります。落丁本・乱丁本はお手数ですが小社販売部宛お送り下さい。送料小社負担にてお取り替えいたします。

●本書の無断複製（コピー）は著作権法上での例外を除き禁じられています。また、代行業者等に依頼してスキャンやデジタル化を行うことは、たとえ個人や家庭内の利用を目的とする場合でも著作権法違反です。

各書目の下段の数字はＩＳＢＮコードです。978－4－12が省略してあります。

中公文庫既刊より

ほ-17-4
国境事変
誉田　哲也
在日朝鮮人殺人事件の捜査で対立する公安部と捜査一課の男たち。警察官の矜持と信念を胸に、銃声轟く国境の島・対馬へ向かう。〈解説〉香山二三郎
205326-7

ほ-17-5
ハング
誉田　哲也
捜査一課「堀田班」は殺人事件の再捜査で容疑者を逮捕。だが公判で自白強要の証言があり、班員が首を吊った姿で見つかる。そしてさらに死の連鎖が……誉田史上、最もハードな警察小説。
205693-0

ほ-17-7
歌舞伎町セブン
誉田　哲也
『ジウ』の歌舞伎町封鎖事件から六年。再び迫る脅威から街を守るため、密かに立ち上がる者たちがいた。戦慄のダークヒーロー小説！〈解説〉安東能明
205838-5

ほ-17-11
歌舞伎町ダムド
誉田　哲也
今夜も新宿のどこかで、伝説的犯罪者〈ジウ〉の後継者が血まみれのダンスを踊る。殺戮のカリスマvs.新宿署刑事vs.殺し屋集団、三つ巴の死闘が始まる！
206357-0

ほ-17-6
月　光
誉田　哲也
同級生の運転するバイクに轢かれ、姉が死んだ。殺人を疑う妹の結花は同じ高校に入学し調査を始めるが、やがて残酷な真実に直面する。衝撃のR18ミステリー。
205778-4

ほ-17-8
あなたの本
誉田　哲也
読むべきか、読まざるべきか？　自分の未来が書かれた本を目の前にしたら、あなたはどうしますか？　当代随一の人気作家の、多彩な作風を堪能できる作品集。
206060-9

ほ-17-9
幸せの条件
誉田　哲也
恋にも仕事にも後ろ向きな役立たずOLに、突然下った社命。単身農村へ赴き、新燃料のためのコメ作りに挑め⁉　人生も、田んぼも、耕さなきゃ始まらない！
206153-8

ほ-17-10
主よ、永遠の休息を
誉田哲也
この慟哭が聞こえますか？　心をえぐられた少女と若き事件記者の出会いが、やがておぞましい過去を掘り起こす……驚愕のミステリー。〈解説〉中江有里
206233-7

ほ-17-12
ノワール　硝子の太陽
誉田哲也
沖縄の活動家死亡事故を機に反米軍基地デモが全国で激化。その最中、この国を深い闇へと誘う動きを、東警部補は察知する……。〈解説〉友清　哲
206676-2

ほ-17-13
アクセス
誉田哲也
高校生たちに襲いかかる殺人の連鎖。仮想現実を支配する「極限の悪意」を相手に、壮絶な戦いが始まる！　著者のダークサイドの原点！〈解説〉大矢博子
206938-1

お-87-1
アリゾナ無宿
逢坂剛
時は一八七五年。合衆国アリゾナ。身寄りのない一六歳の少女は、凄腕の賞金稼ぎ、謎のサムライと賞金稼ぎのチームを組むことに⁉〈解説〉堂場瞬一
206329-7

お-87-2
逆襲の地平線
逢坂剛
〝賞金稼ぎ〟の三人組に舞い込んだ依頼。それは十年前にコマンチ族にさらわれた娘を奪還してほしいというものだった……。〈解説〉川本三郎
206330-3

お-87-3
果てしなき追跡（上）
逢坂剛
土方歳三は箱館で銃弾に斃れた――はずだった。一命を取り留めた土方は密航船で米国へ。友を、そして記憶を失ったサムライは果たしてどこへ向かうのか？
206779-0

お-87-4
果てしなき追跡（下）
逢坂剛
西部の大地で離別した土方とゆら。人の命が銃弾一発より軽いこの地で、二人は生きて巡り会うことができるのか？　巻末に逢坂剛×月村了衛対談を掲載。
206780-6

す-29-1
警視庁組対特捜K
鈴峯紅也
本庁所轄の垣根を取り払うべく警視庁組対部特別捜査隊となった東堂絆を、闇社会の陰謀が襲う。人との絆で事件を解決せよ！　渾身の文庫書き下ろし。
206285-6

各書目の下段の数字はISBNコードです。978－4－12が省略してあります。

す-29-2　**サンパギータ**　警視庁組対特捜K　鈴峯紅也
非合法ドラッグ「ティアドロップ」を巡り加熱する闇社会の争い。牙を剝く黒幕の魔の手が、絆の彼女・尚美に忍び寄る⁉　大人気警察小説、待望の第二弾！
206328-0

す-29-3　**キルワーカー**　警視庁組対特捜K　鈴峯紅也
「ティアドロップ」を捜索する東堂絆の周辺に次々と闇社会の刺客が迫る。全ての者の悲しみをまとい、絆が悪の正体に立ち向かう！　大人気警察小説、第三弾！
206390-7

す-29-4　**バグズハート**　警視庁組対特捜K　鈴峯紅也
ティアドロップを巡る一連の事件は、片桐、金田ら多くの犠牲の末に、ようやく終結した。片桐の墓の前で死を悼む絆の前に、謎の男が現れるが——。
206550-5

す-29-5　**ゴーストライダー**　警視庁組対特捜K　鈴峯紅也
日本最大の暴力団〈竜神会〉首領・五条源太郎が死んだ。次なる覇権を狙って、悪い奴らが再び蠢き出す——。大人気警察小説シリーズ第五弾。文庫書き下ろし。
206710-3

す-29-6　**ブラザー**　警視庁組対特捜K　鈴峯紅也
血縁も、絆も関係なく、喰らい合う闇社会の男たち。警視庁組対特捜の最強刑事・東堂絆の命に、巨額の懸賞金をかけた彼らの狙いとは⁉　文庫書き下ろし。
206990-9

し-49-1　**爪痕**　警視庁捜査一課刑事・小々森八郎　島崎佑貴
麻薬組織と霞ヶ関に投げ込まれた爆弾。それは、捜査一課最悪の刑事・特命捜査対策室四係の小々森八郎。警察小説界、期待の新星登場。書き下ろし。
206430-0

し-49-2　**イカロスの彷徨**　警視庁捜査一課 刑事・小々森八郎　島崎佑貴
早朝の都心で酷い拷問の痕がある死体が発見された。小々森八郎たち特命捜査対策室四係の面々にも、捜査の応援命令が下るのだが⁉　書き下ろし。
206554-3

し-49-3　**スワンソング**　警視庁特命捜査 対策室四係　島崎佑貴
凄腕だが嫌われ者の小々森刑事の命が狙われている！　特命対策室四係の面々は犯人確保に動き出すが、それは巨大な闇へと繋がっていた。文庫書き下ろし。
206670-0